인간의 초상 肖像

인간의 초상 肖像

초판 1쇄인쇄 2022년 3월 23일
초판 1쇄발행 2022년 3월 31일

저 자 유중원
발행인 박지연
발행처 도서출판 도화
등 록 2013년 11월 19일 제2013 - 000124호
주 소 서울시 송파구 중대로34길 9-3
전 화 02) 3012 - 1030
팩 스 02) 3012 - 1031
전자우편 dohwa1030@daum.net
인 쇄 유진보라

ISBN 979 - 11 - 90526 - 69 - 2 *03810
정가 15,000원

도화道化, fool는
고정적인 질서에 대한 익살맞은 비판자,
고정화된 사고의 틀을 해체한다는 뜻입니다.

인간의 초상 肖像

유중원 장편소설

도화

기억력을 가진 자에게 기억하는 것은 쉬운 일이고,
가슴을 가진 자에게 잊는 것은 어려운 일이다.

1. 내가 감히 인간의 냉혹한 운명에 대해 말할 자격이 있는지 모르겠다. 지금까지 살아오면서 운명다운 운명과 조우하여 그것에 맞서 격렬하게 싸워본 일이 없었기 때문이다. 그러나 나의 경우에 삶의 운명은 구체적으로 어떤 경로로 진행되었을까 하고 한 번쯤 생각해 볼 수는 있지 않을까. 지금쯤, 내 삶의 한 끄트머리를 되돌아볼 수 있지 않을까. 순전히 우연 혹은 행운 덕분에 이리저리 우회로를 거쳤지만 크게 옆길로 벗어나지 않은 운명 말이다.

한 인간의 삶에 있어서 인생행로란 인위와 우연, 사건과 사물, 운명에 의해 어떤 경우에도 반듯하게 직선 행로일 수는 없다. 삶이란 대체적으로 보이지 않는 힘에 의해 본의 아니게 이리저리 떠밀리다가 여기저기 부딪치고, 짓밟히고, 방황하다가 갑작스럽게 방향을 바꾸는 것이다.

삶이란 게 어떻게 돌아가는 건지, 어떤 일이 일어날지는 누구도 모른다. 그런 것이다. 삶이란 우발적 사건의 연속, 반전과 반전의 반전이 있을 뿐이다. 그러니 개인의 역사란 우리가 구태의연하게 운명이라고 명명하는 무작위적 우연의 연대기일 것이다.

이건 고백이나 짧은 회고록 따위는 아니다. 뭐랄까?

그것은 결코 자기 자신을 진실하게 내보이는 것이 아니다. 고백하는 사람은 누구나 거짓말쟁이이며 모든 고백에는 위선적인 동기, 과장, 미화, 자화자찬, 변명 또는 교묘한 선전이 숨어있다. 진정한 사람은 자신에 대해 말할 게 별로 없는 법이다.

우리는 아무도 그 자신에 대해 진실을 그대로 말하지는 못한다는 것을 인정해야 한다. 어떻게 얼굴을 붉히지 않고 불특정 다수에게 부끄러운 과거를 내놓을 수 있겠는가. 이건 순전히 내 관점이지만 도대체 불가능한 일이다.

그럼에도 불구하고 지금에 와서 이걸 말하는 게 도대체 무슨 의미가 있을까? 나는 아주 오랫동안, 근 40년 동안 누구에게도 말한 적이 없었는데 말이다. 과거의 그 기억들을 저 깊은 망각의 심연 속에 묻어둔 채 살아가기로 작정하지 않았던가. 그건 좋은 기억도 아니고 나쁜 기억도 아닌 그런 모든 걸 초월한 것이기는 하지만. 나는 말할 수 없었기 때문에 말할 수 없었다. 과거를 돌아본 것이 두려웠기 때문이었을까. 짓궂게 묻는 말에 대답하기 곤란해서.

무적의 백마부대 용사였군요. 보병이었군요. 월남에서 사람을 죽인 적이 있었나요? 몇 명이나 죽였습니까?

AK 소총을 어깨에 둘러멘 채 한가한 얼굴로 담배를 피우고 있는 어린 소년을 향해 정조준해서 방아쇠를 당기려는 순간 손가락이 굳었고 그가 연기처럼 사라져버렸다는 말을 할 수 없어서.

나는 왜곡하고 부인하고 변조하고 싶은, 과거를 재구성하고 싶은 그런 평범한 충동에 저항할 수 없었기 때문이었을지도 모른다.

어떤 기억은 오랜 시간이 지나면서 따로 떼어 놓고 새로운 시각으로 볼 수 있기는 하다.

하필 이 시점에서일까? 나에게 무슨 일이 일어난 것인가? 또는 일어날 것인가? 세월의 무게 때문일까? 이미 체념했기 때문인가? 여기에서 체념은 희망을 버리고 단념했기 때문이 아니라 불교의 사성제가 의미하는 것처럼 내가 비로소 인간 삶의 도리를 깨달았기 때문일까? 추억은 고통스럽지만 한편으로는 그 달콤한 회상 속에 빠져들고 싶은 욕망 때문이었을까? 지금쯤 내 말을 들어줄 누군가가 절실히 필요했던 것일까? 유대인의 속담처럼 지나간 고통을 이야기하는 것은 즐거운 일이기 때문일까?

솔직히 말하면 나는 매우 늙었기 때문이다. 일부 기억을 재생하고 상상력을 보태서 완결판 이야기를 만들고 싶은 조바심 때문이라고 해두자. 그러니까 지금 실제 사실이 존재할 수 있을까. 사실이라고 믿고 있는 게 실은 한 다리 건너서 들은 이야기이거나 몇 다리 걸쳐서 건너 건너 들은 이야기이기 때문에 정확하다고 할 수 있을까. 그러므로 기억의 파편과 그걸 이어주는 상상력과 단어가 결합한 이야기의 진실만이 존재할 뿐이다. 진실은 거기에 있는 것이다.

아무리 비극적인 이야기라고 하더라도 일단 책에 쓰고 나면 그토록 오랫동안 우리를 떠나지 않던 그 과거의 조각은 우리의 기억에서 지워지고 만다. 우리는 더 이상 그 생각을 하지 않는다. 의식이 정화된 것이다. 역설적이게도 소설은 과거의 일부를 살리는 데 쓰이면서 그것을 파괴하는 데도 기여한다. 소설은 기억을 잡아먹는다. (이건 어떤 프랑스 작가가 한 말이다. 나는 지금 그 작가의 이름이 기억나지 않는다.)

내가 나의 과거에 대해 말하고자 하는 것을, 더욱 많이 행간에 암시한 모든 것을 당신은 온전히 이해할 수가 있을까? 나는 젠체하지 않으면서 은근히 자신을 과장 미화하지 않고 정직하게 드러낼 수 있을까? 나에게는 굳이 말하고 싶어하지 않는 부분이 있을 수 있다. 내가 이야기하는 대상인 그들의 감정과 생각을 제멋대로 기억하고 해석한 것은 아닐까? 그들은 이미 죽었거나 그 후의 소식을 전혀 모르는데 말이다.

당신은 지금 오직 한쪽 당사자의 이야기를 듣고 있을 뿐이다. 당신은 지금 내 이야기를 듣고 있는가? 그러려면 당신은 나의 침묵도 함께 들어야 한다. 야상곡의 선율처럼 몽환적인 어떤 것이 숨어있을 수도 있다. 마침표를 믿지 마라. 그 마침표는 단지 말줄임표일 뿐이다. 끝났다고, 다 끝났다고 단언할 수 있을까. 또다시 무언가를 덧붙이고 싶은 욕망이 생길지도 모르겠다. 어쩌면 마지막 순간에 무언가를 덧붙일지도 모르겠다.

인간의 초상

그런데 내 이야기가 당신의 고단한 삶과 연쇄적인 상호 작용을 일으킬 가능성이 있을까? 당신은 허위의식에 찬 이걸 읽고 냉담하고, 의식적으로 무시하고, 혹은 의혹을 품을 것인가? 차라리, 오랜 버릇대로, 만취해서 그때마다 혀 꼬부라진 소리로 나의 분신, 제2 자아에게 웅얼거리는 게 낫지 않을까? 내 얼굴과 육체에, 나의 의식과 무의식의 세계에 내 삶의 궤적이 그대로 각인되어 있는데 새삼스럽지 않은가?

40년이 넘게 지났는데 내가 지금 울고 있을 리는 없다. 그러면 웃고 있을까? 자신을 비웃고 있을까? 희미한 미소를, 밝은 아니면 어두운 미소를…….

2. 나는 타임머신을 타고 그 시절로 되돌아간다

나는 1969년 그때 육군 일등병이었는데 나의 의사와는 상관없이 순전히 국가의 명령에 의해 전쟁터에 끌려갔고 얼마 후 작전에 투입되었다. 그리고 지금도 그 정체를 알 수 없는 열대병에 걸려서 나트랑에 있는 102 야전병원에 40여 일간 입원하여 생사의 기로를 헤맨 일이 있었다.

그러니까 밀림에서 벌어진 전투에서 베트콩 저격수가 날려 보낸 총알이 몸에 박혀 부상을 입어서가 아니라 뜻밖에 정체불명의 열대병에 걸렸던 것이다. 그것도 수천 명의 백마부대 30연대 부대원 중에서 어느 날 갑자기 나만 걸렸던 것이다.

그때까지 나는 너무나 건강했는데 말이다. 글쎄, 왜 하필 나였을까. 그러니 나는 지금까지도 그 영문을 모르겠다. 모질고 억센 운명(누가 운명을 관장하는지는 몰라도) 이외에는 그걸 달리 설명할 길이 없는 것이다.

그날 밤 치명적인 전투에서도 온전하게 살아남았는데 말이다.

연대 의무대 군의관은 증상이 너무 심했으므로 자신이 손쓸 방법이 없음을 알고 신속하게 야전병원으로 후송했다. 군의관은 부상병들과 환자들을 증상에 따라 분류해서 연대 의무대에서 치료가 불가능하면 즉시 더 큰 야전병원으로 보냈다.

나트랑. 십자성부대. 102 야전병원.

그 병의 증상은 이렇다. 처음에는 심하게 어지럼증을 느끼면서 계속적으로 토하고 체온은 급격히 상승했다. 온몸이 불덩어리가 되었다가 열이 조금 식으면 다시 열병인 것처럼 발작적으로 오한이 엄습하여 전신경련을 일으켰다. 그때 까무러치며 무의식중에 마구 헛소릴 내뱉는 것이고 무언가를 한참 동안 웅얼거렸다. 악령에 들린 자가 전혀 알지 못하는 방언을 지껄이는 것처럼 말이다.

그러나 돌이켜보면 그 헛소리는, 그 애절한 웅얼거림은 나의 무의식 속에 깊숙이 잠재되어 있던 영혼의 알아들을 수 없는 외침이, 혹은 중얼거림이 아니었을까.

내 몸은 계속해서 번갈아 찾아오는 불덩어리와 발작적 오한 때문에 근 보름 동안이나 아무것도 먹지 못하고 오직 수액에 의지하고 있었으므로 몹시 피폐해졌다. 그러나 의식은 가끔 돌아왔다. 그리고 그때마다 혼미한 의식 속에서 환청, 환각, 착란, 망상에 시달렸다.

그 당시, 감수성이 극도로 예민했던 20대 초반 그 시절에 남몰래 흘린 눈물, 고통, 혼란, 체념 등에 대한 희미한 기억들이 나도 의식하지 못하는 가운데 지금까지 나의 정신세계를 지배하고 있을 것이다. 그래서 아주 일찍부터 단념할 줄 알았다. 그리고 바보처럼 단순한 운명론자가 되어버렸다.

나는 그때 담당 의사와 간호 장교의 암묵적인 대화와 중환자실의 환자에 대한 죽음의 은유를 의미하는 행동에서 짐작하건대, 내가 지금 죽어가고 있음을 놀랄 만큼 분명히 느끼고 있었다. 나는 틀림없이 죽을 것이고, 그것도 아주 빠른 시일 내에 죽을 것이고, 죽은 뒤에는 이제 더 이상 존재하지 않을 거라는 자아의 부재에 대해 단념한 것이다.

나는 죽음의 문턱에서 혼수상태에 빠져 있었다. 육체는 거의 죽어 있었는데 의식은 희미하게나마 살아있어서 그들의 대화를 다 듣고 이해할 수 있었다.

그 의사가 말했다.

"호프리스야. 정신적 쇼크가 심하니까 뇌가 완전히 망가진 거지. 원인이 무엇인지 궁금해? 열대의 지독한 더위 탓일까? 아니면 어린 나이에 너무 심한 충격을 받을 수도 있었겠지? 소총수이니까 전투에서 말이야. 우리가 모르는 열대지방의 풍토병일 수도 있단 말이지. 약이 효과를 발휘해야 치료할 수 있는데. 우선 절대적 안정이 필요해."

간호 장교가 심각한 얼굴로 고개를 끄덕이고 있는 게 느껴졌다.

나는 언제부터인가 모르지만 계속 깊은 잠에 빠져 있다, 어쩌면 지금 꿈을 꾸고 있을 뿐이다, 아니면 일시적으로 착란을 일으키고 있는지도 모른다는 생각이 들었다. 나는 깨어나고 싶었다. 나는 비명을 지르고 싶었지만 비명소리는 나오지 않았다. 그때 나는 살려달라고 외치고 싶었던 것이다.

나는 병상에서 잠시 의식이 깨어날 때는 하염없이 누워서, 길고, 의식적이고, 자의적인 꿈과 환상 속을 헤매었다. 그러면, 죽음의 공포가 사라졌었다. 하지만 그때는 독실한 무신론자여서 톨스토이의 소설 속 인물인 이반 일리치처럼 죽어가는 그 순간 위대한 신과의 대화를 시도하지는 않았다. 다만 그 순간 내가 죽어도 눈에 보이지 않는 무언가는 살아있을 것이라는 생각, 내가 죽어도 영혼만은 절대 죽지 않는다는 확신이 들었다.

나는 어느 순간 갑자기 명징한 의식이 돌아왔을 때 (그건 야전병원에 입원한 지 한참 후의 일이지만) 마지막이라는 생각에 안간힘을 다해 유서와 다름없는 편지를 써서 고국의 아버지께 보냈었다. 이번 편지가 늦게 된 건 순전히 군사작전이 길어졌기 때문에 편지쓸 틈이 없었다고, 그 작전은 연대본부의 명령에 따라 부대 주둔지에서 200킬로미터나 떨어진 국경 근처의 밀림으로 출동한 장기 작전인데 조만간 원대복귀할 것이라고 둘러대고, 말이 작전이지 안전한 마을에서 아주 한가하게 지내고 있기 때문에 나는 지금 너무너무 건강하고 잘 복무하고 있다고, 우리 가족은 잘 살아야 된다고, 아버지가 중심을 잡아야 한다는 등등.

나는 순전히 거짓말을 하고 있었기 때문에 편지 내용은 짧았고 하고 싶은 말을 극도로 삼가고 있었다. 아버지는 언제나 과묵했으며 가급적 감정을 드러내지 않았고 거짓말을 무척 싫어해서 선의의 거짓말조차도 용납하지 않았다. 하지만 나는 거짓말을 하지 않을 수 없었다. 그렇게 할 수밖에 없었다. 나는 강박적으로 아버지를 비롯해서 가족을 절대적으로 안심시켜야 된다고 생각했던 것이다.

3. 열대지방의 늦은 오후

화장터 건물은 야전병원에서 조금 떨어진 숲으로 우거진 작은 언덕 위에 숨겨져 있었다. 화장터는 원래 언덕 밑 아래쪽에 있었는데 어쩐 일인지 크고 작은 개미 떼들이 너무 많이 몰렸다는 것이다. 그래서 지금 자리로 옮긴 것이다. 원래 자리에는 미군 부대와 한국군이 내다 버리는 엄청난 쓰레기로 뒤덮여있었고 파리 떼가 새까맣게 몰려들었다.

병원에서 바라보면 오후 늦게 또는 석양이 질 무렵이면 어김없이 우뚝 솟은 화장터의 드럼통을 잘라 붙여서 콜타르로 검게 칠한 굴뚝에서 죽은 병사의 시체를 태우면서 나오는 하얀 연기가, 가냘픈 연기가, 슬픈 연기가, 영혼을 상징하는 연기가 곧게 피어올라 하늘로 올라갔다. 가끔 바람에 실려 살과 머리카락 타는 냄새가 병원까지 날아들었다.

시체는 헬리콥터에 의해 전선에서 연병장으로 옮겨지면 가운데 부분에 길고 굵은 지퍼가 달린 2미터가량 긴 국방색 자루에 담겨졌고, 그 자루에는 군번과 계급, 이름을 적은 꼬리표를 달고 있었다. 그러고 나서 무슨 화물처럼 트럭에 실려 검은 숲속 영현부대 화장터로 운반되었다.

영현병이었던 김재수 하사는 화장터에서 혼자 소각로를 담당했다. 행정적 처리는 별도 사무실에서 영현부대의 장교와 행정병이 담당했지만 그는 누구나 싫어하는 시체 태우는 일을 했다.

항상 술에 얼큰히 취해서 불콰한 얼굴로 시체들을 잘 태우기 위해 기다란 쇠꼬챙이로 타다 남은 살점과 뼈들을 뒤적여서 불이 활활 타오르는 더 깊은 소각로 속으로 밀어 넣었다.

암암리에 김 하사에 대한 도저히 믿을 수 없는 흉흉한 소문이 돌았다. 열대지방의 우기에 접어들면 몇 달 동안 억수같은 비가 쏟아지는 날이 계속되고, 그 우울한 날에는 그는 어김없이 노릿노릿하게 구워진 주로 종아리 살점을 안주 삼아 술을 통음한다는 것이었고, 술에 만취하고 나면 무어라고 계속 웅얼대면서 장대비 속을 몽유병자의 몸짓으로 몇 시간씩이나 흐느적거리며 동생을 찾으러 다닌다는 것이다.

진짜 알코올 중독자라는 소문도 돌았고, 알코올 중독자는 대부분 폐울혈로 죽기 때문에 그도 끝내 폐울혈로 죽게 될 것이라고 쑥덕거렸다. 병원의 위생병과 일부 입원 환자들 사이에서 그렇게 입소문이 돌았던 것이다.

나는 우연한 기회에 얼굴에 마맛자국이 조금 남아 있고 다친 머리에는 붕대가 단정하게 돌려있는 외과병동의 박 상병으로부터 들었던 것이다. 그는 백마 30연대 52포병대대 소속이었다. 그는 다 나았는데도 무슨 수를 써서라도 퇴원을 미루고 싶어했지만 외과병동은 항상 빈자리가 없었기 때문에 조만간 원대복귀할 예정이었다. 우리는 가끔 만나서 이러저러한 무의미한 잡담을 나누었다.

그가 말했다.

"잠깐만 내 얘기를 들어보라구. 정신이 아주 이상한 사람이라고 하더구만. 반쯤 미쳐버린 거지. 맨날 시체만 상대하니까 그럴 수도 있어."

"누가 그걸 본 사람이 있어?"

"소문이 그렇다니까. 아니 땐 굴뚝에 연기가 나겠어!

그러니까 숲속에는 얼씬거리지 말라구. 참새처럼 큰 나비 떼들이 구름처럼 몰려드니까 으시시하다고 하더군. 그런데 밤이 되면 그것들이 귀신으로 변한다는 거지. 귀신이 낮에는 나비로 변신해있는 거지."

내가 상당히 회복되고 난 후, 드디어 내가 혼자 걸어서 화장실과 세면장까지 갈 수 있을 만큼은 회복되었을 때, 맑은 공기를 쐬기 위해 병원 주변 숲속을 어슬렁거리다가 갑자기 아무도 접근하지 않는 사람인 그를 만나게 되었다.

그는 숲속 평퍼짐한 넓은 바위에 걸터앉아 있었다. 시체를 태우는 소각로가 있는 화장터는 아무런 경계 표지도 없이 병원 막사에서부터 500미터 정도 작은 숲속을 걸어가면 있었다.

나는 그때 너무 외로웠으니까 몸을 추스르고 답답한 병동 밖으로 나가고 싶은 강렬한 충동을 느꼈다. 그리고 문득 그를 만나고 싶다는 호기심이 일었다. 나는 시원한 바람도 쐴 겸 정신적이건 육체적이건 너무 혼란스러웠으므로 진지한 말동무가 절실하게 필요했던 것이다. 그래서 박 상병의 말을 전혀 개의치 않기로 했다.

하지만 그를 만나면 직접 물어보고 싶었던 몇 가지 질문은 그를 만나고 나서는 하나도 생각나지 않았다.

그는 중간 키에 의외로 균형잡힌 탄탄한 몸매를 하고 있었다. 덥수룩한 머리칼이 넓은 이마를 덮고 있다. 처음 만난 순간 맑은 눈빛으로 찬찬히 뜯어보듯 바라보았다. 그는 전혀 어둡고 답답하다는 인상을 풍기지 않았다. 나는 어느 정도 괴물처럼 생긴 인간으로 미리 단정하고 있었는데 내심 당황하고 말았다.

인간의 초상

그러니까 어떻게 보아도 식인종처럼 보이지는 않았던 것이다. 더욱이, 그리스 신화에 나오는 눈은 하나밖에 없고 치즈나 우유를 주로 먹고 살다가 가끔씩 사람 고기로 포식하는 외눈박이 거인 퀴클롭스는 절대 아니었다.

그는 처음 갑자기 조우했을 때의 당혹감을 어느 정도 떨쳐 낸 듯 보였다. 하얀 환자복을 입은 금방 쓰러질 것 같은 초라한 내 모습을 보고 경계감이 사라졌을 것이다.

그가 말했다.

"쫄병…… 어디 소속이야?"

"백마 30연대입니다."

"네 이름을 물어보지는 않겠어. 지금 당장은 알고 싶지 않으니까. 그런데 병명이 뭐야? 작전에서 당한 것 같지는 않은데……."

"의사도 모른대요."

"의사가 병명도 모른다고? 네가 꾀병 부리는 거 아냐. 조기 귀국하려고……."

"그건 아니에요. 죽다 겨우 살아났거든요. 그러다가 결국 죽을지도 모른다는 생각이 들어요."

"네 꼴을 보니까 그런 것 같군."

"제 모습이 그렇게나 불쌍해 보이나요?"

"그러면…… 내가 사람 잡아먹는 괴물처럼 무섭게 보이나? 그런가? 괴상한 소문을 들었을 거 아냐? 두렵지 않았어? 어떻게 여기까지 올 생각을 했어."

"전 상관 안 해요. 그런데 소문하고는 다른데요. 왜 그런 헛된 소문이……"

"온갖 추측과 억측을 하였겠지. 소문이란 게 그런 거야. 터무니없거든. 우리…… 자주 만나자고. 화덕을 보여줄 수 있어. 거기는 나혼자밖에 없으니까. 무서워서 아무도 들어오지 않는 거야. 귀신은나오지 않으니까 걱정하지 말라구. 귀신은 내가 밤에 혼자 있을 때만 나타나는 거야."

"그래도…… 무서워요. 무서워할 필요가 없는데도 말입니다. 여기서는 죽음이 별거 아닌 것처럼 느껴지거든요. 맨날 굴뚝에서 흰 연기가 하늘로 올라가는 모습을 보니까요. 그렇지만 혼란스러워요. 어젯밤에는 정말 한숨도 못 잔 거 같아요."

"너나 나나 대가리에 피도 안 말랐는데 죽음을 운운하기엔 좀 그렇지? 세상을 채 살아보지도 못했는데. 그런데 왜, 누가, 죽음을 무서워하는 거지. 쓸데없이……

우리 모두 언젠가는 불 속으로 들어가는 거야. 그게 세상의 이치야. 제때 죽는 것이 중요한데 말이야. 사람들은 너무 일찍 죽거나…… 너무 늦게 죽게 되거든……."

"그런데 나비 말이에요. 나비 떼는 어디에 있어요? 그게……"

"누구한테서 나비 얘기를 들은 모양이지. 이곳 산호랑나비들은덩치가 크고 날개가 형형색색이어서 너무 아름답지. 그렇지만 걔들

이 떼를 지어 나타나는 계절이 따로 있어. 지금은 아냐."

하지만 그는 늘 바닥으로 시선을 깔고 반쯤 쉰 목소리로 자신과 대화하듯 조용히 말했다. 그는 의외로 순박한 사람처럼 보이기도 하지만 그 이상으로 인생 경험이 많은 사람으로 겉늙어버린 것처럼 보였으니까 자기모순적이었다.

야전병원을 둘러싼 열대의 숲은 무겁고 음산했다. 그날 오후, 하늘은 낮고 거대한 먹구름이 뒤엉킨 채 몰려왔다. 번갯불이 번쩍이고 천둥이 치며 무섭게 소나기가 쏟아졌다. 그러나 잠깐이었다. 스콜이 그치고 잠시 서늘한 바람이 불었다. 바나나나무의 넓은 잎들이 하늘거린다. 황혼녘이 되어 어둠이 내린다. 숲에는 이 세상에는 도저히 있을 것 같지 않은 적막감이 흘렀다.

그날도 여전히 술에 취한 채 (오후 작업이 시작되면서부터 마신 술이거나, 아니면 비가 내렸기 때문에 마셨을 수도 있다. 그는 어처구니없이 죽은 자들이 불쌍해서, 죽은 자들의 망령을 위로하기 위해서, 시도 때도 없이 그들이 생각나니까 그때마다 술을 마실 수밖에 없다고, 변명 아닌 변명을 하였다.) 무덤덤하게 그가 말했다.

"네가 사랑을 해본 적이 있었던가? 그게…… 대상이 여자인지 남자인지 하나님이든지 무엇이든지 상관없이 말이야."

"저는 사랑은 여자하고만 하는 줄로 알고 있는데요."

"그래서 여자와 자본 적은 있나?"

"그건 모르겠는데요."

"모른다고……?"

"기억이 잘 나지 않아요."

"그런 일이 기억나지 않는다고! 네놈이 날 놀리고 있는 거야! 내가 이미 파악하고 있었지. 너는 완전한 숙맥이야. 숙맥이란 게 바보라는 말인데 알고 있기나 해?

끝까지 숙맥을 지킬 자신이 있으면 그렇게 하라고. 무슨 의미가 있을지 모르겠지만……"

"저는 지금 마음속에서부터 변하고 있어요. 그게 느껴져요."

"그럴 수 있겠지. 죽다가 잠시 살아났으니까. 내가 지금부터 무슨 이야길 해줄 수 있지. 너무 놀라지는 말라구. 어쩔 수 없었다니까. 어쩔 수가……"

"저에게 말할 필요가 있을까요? 너무 충격적이라면……"

"너에게만은 말할 수 있단 말이지. 우리는 어차피 상황이 좋지 않으니까 막다른 골목에 몰려있는 거라고.

우기가 아직 끝나지 않았어. 내 말은 비 오는 날은 싫다는 거지. 지긋지긋하지. 슬프고 우울하단 말이야. 불의 유혹을 견딜 수 없어 꼭 죽고 싶다니까. 불꽃이 동생 얼굴로 변하지. 동생이 환하게 웃고 있는 거야. 그럴 땐 소각로 속으로 내가 들어가고 싶어. 불꽃이 활활 너울거리며 춤을 추고 위로 솟구칠 때는 그 유혹을 참기 힘들지.

내 몸이 불타고 있는 거야. 재만 남을 때까지 활활 타는 거야.

그 아인 비밀에 가득 찬 수수께끼였지. 난 그에 대해 아는 게 별로 없지. 유령처럼 신비로운 존재였지. 항상 반쯤 꿈꾸는 듯한 표정을 하고 있었던 거야. 내가 일방적으로 짝사랑했던 건 아냐. 그도 태도를 자세히 살펴보면 은근히 좋아했었지.

너무 연약했으니까 내가 끝까지 보호해 주어야 했어.

그가 떠났을 때 불같은 질투와 격렬한 감정, 알 수 없는 욕망 때문에 굉장한 고통을 느꼈던 거야. 그 고통이 납덩어리처럼 가슴을 억눌렀지.

난생 처음으로 그런 감정을 느꼈거든. 그런데 이느 날 그가 감쪽같이 사라졌던 거야. 남자가 남자를 사랑하는 것은 중대한 정신병이라고 하면서……. 나는 근거 없는 질투란 걸 알았지만 그를 의심했지. 그럴 수밖에 없었지. 그가 다른 여자를 사랑하거나 그녀가 그를 일방적으로 사랑하거나 또는 또 다른 남자가 그를 사랑할지도 모른다고 생각한 거야.

그때는 머릿속이 뒤엉켜서 정신이 산만했었지.

나는 그가 언젠가 돌아오기를 기다렸지만…… 하늘이 두 쪽이 나도 그가 돌아오지 않을 거라는 걸 알게 되었지. 그때부터 그를 증오했어. 사랑도 증오했고. 나 자신도 증오했지.

그 유혹을 뿌리치려면 술을 진창 퍼마시고 지워버려야만 하지. 술에는 고기 안주가 필요해. 그렇지 않나? 약간 짭짤하긴 한데……

허벅지 살은 닭고기 가슴살처럼 퍽퍽하고 종아리 살이 질기면서도 쫄깃쫄깃하다고. 종아리 살에는 하얀 지방질은 전혀 없는 거야. 그 살코기는 씹는 질감이 최고지. 맛있어서 눈물이 나지.

나는 어린 시절부터 남자의 다리, 종아리에 매력을 느꼈던 거야. 여자의 음부같이 무릎 안쪽 우묵한 부분에서부터 완만하게 튀어나와 젊은 여자의 엉덩이 혹은 젖가슴처럼 부드럽고 매끈매끈하고 정맥의 푸르스름한 핏줄이 보일 듯 말 듯 감춰져 있는 살덩이.

온몸을 쥐어뜯고 태워버릴 듯한 짜릿함…… 죽음처럼 불안한 짜릿함을 느끼게 되지. 으흐흐흐……

나는 울면서…… 울면서 꼭꼭 씹는 거야. 어쩔 수 없이 눈물이 흘러내린다고. 그리고 목구멍 속으로 꿀꺽 삼키는 거지. 중대한 정신병을 치료해야 하니까.

그렇지만 내가 제대하고 나면 불고기나 바비큐를 먹을 수는 없을 걸. 이것저것 생각이 날 거니까."

"그걸 제가 전부 믿으라구요?"

"믿건 말건 내가 알 바 아니야. 그렇지만…… 쫄병…… 이건 비밀이야…… 어디 가서 나불거리면 안 되는 거야…… 그러면 쥐도 새도 모르게 죽어. 지금 너한테 술을 멕이고 싶지만 참는다. 몸이 그 모양이니. 어디 견뎌내겠어…….

귀신을 본 적이 있나? 아니면 귀신을 믿기는 해?"

"귀신이 있다고요?"

"그렇다니까."

"아마 안개일지도 모르죠. 귀신은 있다고 믿으면 있고, 없다고 생각하면 그런 것 아니겠어요?"

"귀신들은 밤에만 나타나지. 밤은 낮과는 다른 거야. 밤이 되면 이상한 기운이 찾아오니까 술꾼은 술을 마시고 싶고 도둑들은 도둑질하고 싶은 은밀한 욕망이 생기는 거야. 귀신들도 마찬가지야. 그래서 밤은 귀신의 시간이 되는 거지.

그런데 귀신들은 나를 무서워한다니까. 내가 귀신들을 마음대로 조종할 수 있다고. 그래서 사람들도 나를 무서워하지. 알겠어? 내 몸에는 부적이 있어. 그건 닳아서 반질거리는 사람 뼛조각이야. 그게 날 보호해 준다고."

그가 처음 소각로를 담당했을 때 실내에 배어있는 살과 뼈가 타는 미묘한 냄새 때문에 현기증이 났고 몇 번이나 토하기까지 했다. 코를 찌르는 말로 표현하기 어려운 그 냄새 때문에 폐가 오그라드는 것 같았다. 그렇지만 동시에 묘한 흥분도 느꼈다. 어떤 알 수 없는 호기심이 생긴 걸까. 공포와 흥분과 환각의 뒤섞임. 이제는 별로 무섭지 않았고 소름조차 돋지 않았다. 그는 매번 자신의 육체가 지금 불타고 있다고 느꼈다. 그러면 온몸에서 엔도르핀이 돌기 시작하고 그런 다음 아드레날린이 뿜어져 나왔다. 몇 달을 지나고 나면서부터 사지가 절단되고 가슴에 구멍이 뚫린 시체의 경우에도 실제 사람으로 보이지 않고 그냥 살덩어리로 보였다.

워낙 은밀한 소문이었다.

그가 영창에 가지도 않고 또한 조기 귀국을 당하지 않는 것을 보면 100군수사령부 산하 영현중대의 장교들은 물론이고 사병들 역시 틀림없이 모르고 있다는 것이다. 아마 알고 있으면서 시치미를 떼고 모른 체했을 수도 있었다.

그들은 멀리 떨어진 사무실에 앉아서 화장보고서를 쓸 뿐 소각로 근처에는 얼씬도 하지 않았다. 더욱이 어떤 병사도 밤마다 귀신이 출몰한다는 화장터의 소각로를 담당하는 직책을 결사적으로 기피하였으므로 그 이외에는 당장 할 사람이 없었던 것이다. 그들은 김 하사에게 귀신이 붙어 있다고 수군거리며 그와 대면하는 것 자체를 꺼렸다. 그는 귀국 만기가 되었음에도 불구하고 중대 인사계의 끈덕진 종용에 따라 귀국을 연기하면서까지 그 일을 하고 있었다.

4. 퀀셋 병동

길쭉한 반원형의 간이 건물은 지붕이 주위 환경과, 특히 푸른 하늘과는 전혀 어울리지 않는 시커먼 타르로 칠해져 있다. 실내는 천장에 천천히 돌아가는 대형 선풍기가 매달려

있긴 했지만 항상 무더웠다. 침대에 누워있으면 작은 창을 통해서 간신히 푸른 하늘 귀퉁이를 볼 수 있었다.

하늘에는 옅은 구름만 높이 떠 있다. 우기의 장마는 진즉 지나갔다. 더위는 지금 숨이 막힐 지경이다. 달빛 탓에 주위가 온통 짙은 잿빛으로 덮이는 밤이 되어야만 거의 느낄 수도 없는 부드러운 미풍이 불어왔다.

나는 잠깐씩 의식이 회복되기도 하고 몸을 움직일 수도 가끔 밖으로 걸어 나갈 수도 있었지만 여전히 그 증세가 나를 억누르고 있었다. 숲속의 미지근한 바람은 잠깐이기는 하지만 정신을 맑게 해주었다. 하지만 증세는 오히려 악화되고 있었다. 간헐적으로 온몸이 불덩어리처럼 뜨거워지며 머리가 깨질 듯한 통증이 오고, 그때는 헛소리를 마구 지르고 고함을 외치며 내장 속에 들어있는 걸 몽땅 토해내야 했다.

김 대위는 언제나 냉담했고 단 한 번도 웃음을 보인 적이 없었다. 그는 친절한 의사가 아니었다. 맨날 뚱해서 화가 난 것처럼 보였다. 그랬으니 병명이 무엇인지, 매일 수십 알씩 삼켜야 하는 알약의 효능이나 부작용, 치료 경과에 대해서 말해 준 적도 없고, 의사로서 '이제 위험한 고비는 지나갔어. 안심해도 될 것 같애.'라든가, '깊은 잠에서 마침내 깨어났다고……. 몸이 스스로 회복하고 있는 거야.' 라든가, 빈말이거나 거짓말이거나 할 것 없이 위로의 말 한마디 말해준 적이 없었다.

그때쯤에는 가망이 없었으므로 나는 움직일 수 없는 사실로 여겼고 이왕 죽을 거라면 차라리 빨리 죽는 게 나을 거라고 생각했다. 그날 밤 돌발적인 기습 사격에서 죽지 않고 살아남았으니까 이번에야말로 내가 죽을 차례였다.

그러므로 죽음의 일시적 지연이 지금 이 순간 무슨 의미가 있겠는가 말이다. 그건 치욕이고 회한이며 육체적이고 정신적인 형벌일 뿐이었다. 어차피 죽음은 아주 가까이 다가와 있었던 것이다. 나는 지금 죽어가고 있는 중이다. 매일같이 삶과 죽음의 순환이라는 인류 공통의 운명을 직시하고 있는 것이다. 그러나 죽음은 고통과 번민으로부터 해방이었기에 가장 순전한 상태의 죽음의 세계는 나를 매혹하였고 나는 그때 자기 파괴적인 충동과 함께 죽음을 간절히 소망하게 되었다.

그러다가 명료한 의식 속에서 나는 이런 식으로 죽어서는 안 된다는 강렬한 의지가 되살아났다. 나는 격렬한 분노에 휩싸였다. 누가 무엇 때문에 나에게 사형 선고를 내릴 수 있단 말인가. 누가 사형을 집행할 것인가. 그러나 내 의지는 계속 비틀거리며 허우적거렸다. 끊임없이 삶의 희망과 죽음의 운명에 대한 생각들이 반복되었다. 그때 한창 철없는 나이였는데 벌써 심각하게 삶과 죽음의 의미를 곱씹고 있었으니.

그건 돌이켜 보면 자신의 운명에 저항하려는 몸부림이었고 긴박하게 닥쳐오는 운명을 늦추기 위한 안간힘이었다.

그날 늦은 오후에 나는 잠깐 의식이 회복되었을 때 병상에 누워 곧게 하늘로 올라가는 그 흰 연기를 바라보고 있었다. 그리고 나도 조만간, 며칠 내로 흰 연기로 탈바꿈할 것이라고 생각하자 눈물이 두 뺨으로 걷잡을 수 없이 쏟아져 내렸다.

김 하사가 쇠꼬챙이로 불이 활활 타오르는 소각로 깊숙이 나를 밀어 넣을 것이다. 그러면 신체의 어느 부위인지 알아볼 수조차 없게 흩어져 있는 뼛조각 몇 점과 회색 재 한 줌만 소각로 바닥에 남을 것이다.

하지만 나를 옭아매고 있던 뿌리 깊은 냉혹한 공포감과 고통스러운 자아로부터 해방감을 맛보았다. 그리고 안도감을 느꼈다. 그 눈물이 그때 처음이자 마지막으로 흘린 것이었다. 그 후로 눈물 같은 것은 흘린 일이 없었다.

나는 그때서야, 눈물을 쏟은 후에서야 우리에게 지옥은 없다는 것을 깨달았다. 유황불이 활활 불타고 있는 지옥은 땅속 수백 미터, 수천 미터 깊은 곳에 자리 잡고 있을 터인데 영혼의 하얀 연기는 하늘나라로, 천국으로 올라가고 있었으니까. 그런 거야. 우리들은 이 세상에 태어나서 무슨 흉측한 죄악을 지을 틈도 없었는데, 아직도 얼굴에 솜털이 보송보송하고 변성기이거나 막 지났는데, 동정이고 새벽이면 몽정을 하고, 젊은 여자애만 보아도 미칠 듯이 가슴이 울렁거렸는데, 어떻게 무슨 이유로 심판을 받고 지옥으로 떨어질 수 있겠는가. 나는 무신론자이지만 어떻든 천국으로 올라가는 거였다. 나는 그 순간 갑자기 흥분했고 희열을 느꼈다.

석양이 되어 선명한 저녁 햇살이 열대의 푸른 숲속으로 사라졌다. 그때 숲은 무언가 중얼거리고 휘파람을 불고 노래를 부르고 손짓을 하였다.

5. 내가 천신만고 끝에 살아나서 회복기에 있을 그때는 가벼운 죽으로 연명하였지만 여전히 계속되는 두통 증세로 신경이 예민해져 심한 불면증 때문에 고통을 받았다. 의식이 상당히 회복된 후에도 한동안 여전히 흐느적거리고, 중얼중얼거리고, 잠을 자지 못해서 눈알이 빠질 것 같았으니 내 시선은 초점을 잃고 나른해 보였다. 너무나 비현실적이어서 이게 현실인지 꿈인지를 분간할 수 없었다. 좀비, 아니면 약간 미쳐버렸을까.

밤에는 여전히 후덥지근한 병실에서 잠 못 이루는 밤은 지독히도 지루했다. 나는 그때 간호 장교에게 하소연하였다.

"김 중위님, 제발 독한 수면제 좀 줄 수 없어요? 죽어도 상관 없으니까 아주 독한 걸로 주시라구요. 절 좀 죽음처럼 깊은 잠 속으로 빠지게 해주세요."

하지만 그녀는 애매하게 살짝 웃었다. 그때는 여자의 향수 냄새가 내 코끝을 자극했고 낯설지만 달콤한 입 냄새가 느껴졌다. 그녀는 수면제를 주는 대신 특유의 숙련된 손놀림으로 또다시 엉덩이에 무슨 주사를 놓아 주었다. 알콜이 묻은 가제로 엉덩이를 가볍게 문지른 다음 바늘을 찔렀다. 바늘은 서서히 몸속으로 파고들어 왔다. 내 엉덩이는 너무 많은 주삿바늘 자국 때문에 온통 푸른 멍이 들어 있었다. 그렇지만 주사의 효과는 아주 놀라웠다. 나는 하늘을 나는 듯한 행복감에 빠져들었고 간호사가 천사처럼 보였다.

그녀는 자주 체온과 맥박을 쟀고 청진기로 심장과 폐에서 나오는 소리를 들었으며 차트에다 뭔가를 재빠르게 휘갈겨 썼고, 열이 오르면 이마를 손으로 짚어서 식혀 주었다. 남자는 몸이 아프면 여자의 간호를 받는 게 최고다. 그러면 저절로 나을 것 같다.

그녀가 말했다.

"무슨 일이 일어난 거야? 그 지경이 되게……. 그건 분명히 정신 착란과 비슷했어."

내가 말했다. "저는 기억이 없어요."

"기억이 안 나겠지. 이런저런 온갖 검사를 다 해 보았지만 뚜렷한 게 없는 거야. 그래도 얼마나 다행이야. 더 이상 악화는 안 되었으니까. 중환자실에서는 하도 몸부림을 치니까 못 움직이게 몸을 단단히 고정시켜 놓았었지. 얼마나 비명을 질러대는지…… 미친 듯이 무섭게 비명을 질러댔지. 지붕이 무너져 내리는 줄 알았다니까. 오직 움직일 수 있는 건 입술뿐이었지.

살고 싶으면 약을 잘 먹으라고. 아무리 구역질이 나더라도 시간에 맞춰 꼬박꼬박 잘 삼키라고. 절대로 화장실에 버리지 말고."

소등한 병동은 희미한 미등만 켜진 채 밤의 침묵 속에 갇혔고 간간히 코고는 소리 중간에 이빨 가는 소리가 들렸다. 나는 속으로 중얼거렸다. '아침까지 잠을 잘 자라고! 절대로 깨지 마라! 꿈도 꾸지 말고! 오! 하나님!'

하지만 내가 꿀꺽 삼킨 진정제의 약효가 나타나는 데는 무려 몇 시간이 걸렸다. 마침내 깊은 잠에 빠져들었고 잠이 든 뒤에는 또다시 악몽 같은 심란한 꿈에 시달렸다. 그래도 잠에서 깨어났을 때는 아주 잘 잤다는 가뿐한 느낌이 들었다.

이른 아침이 되면 벌써 잠자던 환자들이 하나 둘 깨어나서 부산하게 일어났다 누웠다, 나갔다 들어왔다를 반복했다.

나는 죽음과 같은 혼수상태에서 보름여를 보냈는데 이제는 겨우 깨어나서는 반대로 고도의 불면증 때문에 계속적으로 깨어있어야만 했던 것이다. 잠은 생리적으로 인간의 가장 기본적인 욕구인데 잠을 못 자서 죽게 된다면 이 얼마나 끔찍한 죽음일 것인가. 나는 그 때문에 또다시 죽음의 고통 속에서 그 공포를 잊기 위해 끊임없이 비현실적이고 모호한 성격의 상상과 망상, 꿈과 환영 속을 헤맸다.

하지만 하얀 무명 시트가 깔린 병상에서 눈을 감고 가만히 누워 있으면 아주 편안했고 그때는 즐거운 감각들이 들뜨면서 나를 둘러싼 현실 세계를 아름답게 채색하였다. 감정과잉 상태를 벗어나서 아름답고 기이한 환상 속으로 빠져들었던 것이다. 그러면 나는 그때 환상 속에서 스쳐 지나가는 희미한 형상들을 보았고 그 형상들에서 신비한 기운을 느꼈다.

(물론 그때 죽어가면서 명료한 의식 또는 오락가락하는 흐릿한 의식 속에서 끊임없이 꿈꿨던 꿈의 내용을 지금은 거의 기억해낼 수 없다. 온통 꿈속이었다. 꿈속에서 또 하나의 꿈을 꾸고, 또 그 꿈이 또 다른 꿈을 꾸었다. 꿈의 연속. 그리고 너무 오랜, 까마득한 세월이 흘렀다. 내가 애써 기억해낸 기억의 파편과 부풀려 지어낸 것, 제멋대로 상상한 것들은 한 덩어리로 얽혀있어 분리하기가 불가능했고 함께 망각 속에 묻혀 있었다. 40여 년의 세월이 흘렀으니……. 40년의 시간. 과거. 침묵. 망각. 그것은 시커먼 구멍이다. 그 속으로 사라진다.)

그렇긴 하지만 희미하고 파편적이긴 해도 모든 기억이 완전히 사라지는 것은 아니다. 세월이 그렇게 많이 흘렀다고 해도 어찌 사람들을 잊어버릴 수 있겠는가. 사람들의 기억. 장면들의 기억. 그것들은 세월도 무용지물로 만드는 것이어서 마치 어제 일처럼 너무 생생하다. 그러나 과거의 삶은 안개 속에 가려져 있다. 그러므로 순수한, 단순한 문자 그대로 기억은 있을 수 없다. 기억은 질서정연하지 않다. 기억의 단속. 그런 의미에서 모든 기억은 이미 해석에 불과한 것이다. 이것은 기억의 변형이고 변주일 뿐이다.

내가 야전병원으로 이송된 지 벌써 20여 일이 지났다.
대대 작전인지 연대 작전인지 끝나가는 모양이다. 전선에서 사망자와 부상자를 실은 헬리콥터가 연달아 도착했다. 죽은 병사들은 영현부대로 갔다. 위생병들이 부상병들을 들것에 옮겨서 진료실로 데리고 갔다. 그들은 머리에 압박붕대를 두르고 피를 흘리며 조용히 신음을 내뱉었지만 어떤 부상병은 고통을 참지 못하고 고래고래 소리를 질렀다.

그는 다리에 총을 맞았고 왼팔에도 두 군데나 총상을 입었다. 왼팔 총상 한 군데는 상처가 굳어가면서 고통이 극심했다. 응급처치가 진행되면서 군의관과 간호 장교는 뜨뜻하고 끈적거리는 피를 뒤집어썼다. 하얀 가운이 빨갛게 물들었다. 그는 몇 시간 후 수술대에 올려졌다. 수술실은 강렬한 약품 냄새와 비릿한 피 냄새가 났다.

가끔 수술 도중 혹은 수술이 끝났지만 살아나지 못하고 사망하는 부상병도 있었다. 작전이 끝나면 외과 병동은 부상병으로 만원이어서 병상이 부족했다. 그런 때는 바닥에 임시 매트리스를 깔고 거기에 부상병들을 눕혔다.

나는 그 즈음에는 한숨 돌릴 만큼 절체절명의 위급한 상황은 벗어난 것으로 보이지만 병세는 더 이상 호전되지 못하고 답답한 상태에 빠져 있다. 여전히 수십 알의 형형색색 알약과 엉덩이 주사, 수액에 의지하는 지루한 날들이 계속되고 있었다. 온몸이 땀에 끈적거리면서 수액이 일정한 간격으로 방울방울 떨어지는 모습을 지켜보아야 했다.

갑자기 내 신세가 한없이 처량하게 느껴졌다. 비라도 세차게 쏟아져 내렸으면, 폭우가 쏟아졌으면 속이 풀릴 것 같았다. 나는 기다렸다. 지루함과 절망을 이겨내기 위해서 기다렸다. 그때는 전쟁에 대한 기억은 까마득하게 잊고 있었다.

우리는 그날 오후 늦게 만났다. 김 하사는 작업 물량이 없다면서 나트랑에 이틀 동안이나 무단외출을 나갔다가 슬그머니 귀대했다.

내가 말했다.

"나트랑에는 …… 이틀 동안이나?"

"할 일이 좀 있었지. 미군 보급창 사람들도 만나고. 양담배와 고급 양주를 선물로 받았지. 너에게는 아무 소용이 없는 물건들이지만. 그런데 밤에는 잠을 거의 못 잤지. 잘 수가 없었으니까. 그래도 정말 행복했어. 그게 그렇다니까."

건물 뒤편 골방은 어두컴컴하지만 항상 몽환적 분위기에 휩싸여 있었다. 비현실적 혹은 초현실적이라고 할까. 남자와 여자는 몽롱한 채로 나비가 되어 양귀비꽃이 만발한 아름다운 꽃밭을 훨훨 날아다녔다. 그때는 인간의 하찮은 욕망 따위는 초월하였다.

김 하사가 우울한 눈빛으로 나를 바라보았다.

그는 담배에 불을 붙이고 나서 아무 말도 하지 않았다. 담배를 피우면서 얘기를 하게 되면 좋은 담배 맛을 음미할 수 없기 때문이었다. 담배가 다 타고 나서 그가 말하기 시작했다.

"그런데 네 얼굴을 보니 여전히 그렇구나. 조금도 나아지지 않았어. 더 나빠진 것도 같고."

"잘 모르겠어요. 그저 그래요. 그래도 원인을 알 수 없는 절망적인 발작만은 일어나지 않으니까 얼마나 다행인지 모르겠어요."

"그 발작이 왜 생기느냐 하면 네 머릿속에서 악마들이 마구 뛰어노니까 그러는 거야. 그러니까 의사 말을 무조건 믿는 게 아니야. 거의 모든 사람들이 크고 작은 거짓말을 하는데 의사라고 안 하겠어. 자기 몸은 스스로 판단하는 거야.

여긴 군대야, 군대라니까. 아무도 생명에는 신경 안 써. 모두 귀국 박스에만 정신이 팔려 있지. 쫄병 하나 죽어도 눈 하나 깜짝 안한다니까. 너희 집에 전사통지서 한 통 보내면 그걸로 끝나는 거지.

내가 널 소각로에 밀어넣고 싶지는 않구먼. 그러면 눈물을 많이 흘리게 될걸. 그래도 말이야…… 네 유골은 작은 나무 상자에 담겨서 비행기를 타고 귀국하여 국립묘지로 가는 거지. 지금까지 한 번도 비행기를 타 보지 못했을 거 아냐."

"제가 지금 뭘 알겠어요?"

"김 대위는 서울의대를 수석 졸업했다고 했어. 그래서인지 고집이 대단하지. 직속 상관인 내과 과장 말도 안 들어. 그런데 말이야. 그 과장은 그렇게 당해도 싸지. 아랫사람들에게 아주 무례하게 굴기로 소문이 났단 말이지.

본론으로 돌아가자고. 주치의가 병명조차 모른단 말이지. 병명도 모르면서 무슨 약을 주고 있는 거야? 아무런 근거가 없는 가설만 믿고 있는 거지. 너는 지금 오직 진정제에 의지해서 하루하루 버티고 있는 거라고.

　그래도 그 의사는 약간은 정직한 거야. 대부분의 의사들은 다 아는 척하거든. 자기가 도저히 알 수 없는 병에 대해서는 시치미를 뚝 떼고…… 아무런 고민 없이…… 마음에서 생긴 병이라고 하면서 정신병으로 진단하는 거지. 옛날에는 무조건 히스테리라고 했어.

　이상한 게…… 네가 지금쯤 피해망상 증세를 보여야 하는데…… 다시 말하면 미쳐야 된다는 말이지. 그러니까 운명으로 받아들이면서 안정을 찾은 거야? 아니면 뭐야?

　네 병은 신비한 거야. 전문의가 병명조차 알 수 없는 병이라면 인간들이 도저히 이해할 수 없는 병이라고 할 수 있을 기야. 그러니까 임상의학의 한계를 벗어난 거지. 그렇다면 네가 죽을 때까지 무한정 기다리는 거 아니겠어. 의사가 지금 자신의 예감을 숨기고 있다고 할 수 있어.

　그러면 아주 특별한 처방이 필요하겠지. 안 그런가?"

　"무슨 말씀을……?"

　"내가 보기에는 무슨 좋은 약이…… 그러니까 다시 말하면 특효약 같은 게 있을 것 같다는 거지. 농담하는 게 아니야. 네가 너무 걱정스러워. 몰골이 그렇다니까.

　네 부모님이 보았다면 대성통곡을 할 거라고……

　시내에 나가면 중국 노인이 하는 아편 집이 있어. 자신이 지독한 중독자인데 아주 멀쩡하지. 질이 좋은 아프가니스탄제 검은 알약을 솜씨 있게 말 줄 알지. 전통적인 대나무 파이프를 사용하는 거야. 그게 최고거든."

"지금…… 저더러…… 무서운 마약을 하라고…… 말하는 거죠."

"무조건 마약이라고 할 수는 없어. 그건 틀림없이 너에게 딱 알맞은 좋은 약이라고 할 수 있어. 그 검은 연기를 몇 번 마시면 좋아지지 않을까. 그게 인간들이 알 수 없는 신비한 망각 작용을 한다니까. 궁극적인 진통제이고 진정제라고 할 수 있겠지.

또 한 가지가 있어. 그 집에는 딸이라는 소문도 있고 첩이라는 소문도 있지만 약간 귀가 먹은 점쟁이인지…… 주술사인지…… 가 있단 말이야. 내가 보기에는 그 여자는 얼굴에 신기가 흐른다고. 뒷방에서 가끔 영험하다고 소문난 무슨 약을 조제하고 있거든.

그러니까 틀림없이 특효약을 만들어줄 수 있을 거라고. 그 약에는 신비하면서도 초자연적인 효험이 있는 거지.

내가 영현부대 차로 데려다줄 수가 있지. 헌병들도 우리 차는 귀신 나온다고 해서 근처에는 얼씬도 하지 않으니까."

"그런 이상한 집을 어떻게 알게 되었는데요?"

"내 밑에는 작업을 도와주는 월남 민간인들이 몇 명 있지. 그들은 임시직인데 나트랑에서 출퇴근을 한다고. 걔들 중에 장의사를 오래한 친구가 있는데 그를 통해서 알게 된 거지.

그러니까 완전히 믿을 수가 있는 거지. 내 말대로 하라니까."

"그건 아니에요. 내가 이 몸으로 어떻게 병동을 빠져나갈 수 있겠어요. 가령 빠져나간다고 해도 아마 탈영병으로 처리할 거예요.

열심히 치료해 주시는 분들께 그러면 안 될 것 같아요.”

마약과 약물 중독에 대한 선입견 때문에 막연한 두려움이 공포심으로 부풀어 올랐다. 그렇지만 나는 지쳐 있었고 자신도 모르게 마음이 흔들렸다. 그의 마음을 충분히 이해할 수 있을 거 같았다. 그의 진지한 호소에 나는 따라야 할지 말지 망설이지 않을 수 없었다. 그러나 나는 그 선입견을 극복하지 못했다. 그의 말을 거역했다고 생각하자 마음이 불편했고 죄책감이 들면서 눈물이 흘러내렸다.

“그렇다면 할 수 없지 뭐. 눈물까지 흘릴 필요는 없어. 그러나 오해는 하지 말라고. 진심으로 생각해서 그런 거니까.

네가 좋다면 차라리 아편 단지를 이리로 가져올 수도 있는데. 중독이란 게 쉽게 되는 게 아니야. 우리 아버지도 그걸 오랫동안 했지만 지금까지 아주 건강하시단 말이야. 그러니까 중독이 되지 않도록 조금씩 조절하면서 치료가 끝날 때까지 먹는 거지.”

나는 더 이상 아무 말도 하지 않았다. 그의 시선은 나를 바라보는 대신 먼 산을 향하고 있었다. 석양의 여린 햇빛이 산 너머로 지면서 저녁 노을이 되어 한 폭의 그림으로 변했다.

우리는 말 없이 헤어졌다.

그 넓고 평퍼짐한 바위가 그렇게 낯설게 보였다. 나는 자신을 도저히 이해할 수 없었다. 나는 울고 싶었다. 나는 진정한 나라고 할 수 없었다. 내가 무슨 연기를 한 것도 아니었다. 이미 자포자기하였지 않은가. 무슨 미련이 남아 있단 말인가. 이런 상태라면 차라리 독약이건 마약이건 해서 끝장을 보는 게 낫지 않을까.

6. 나의 주치의였던 김현수 대위는 그 당시에는 작은 키에 여윈 체구로, 그러나 깨끗하고 흰 피부를 가지고 있었다. 나는 지금 그의 소식을 까맣게 모른다. 아마 1970년대 의사들이 미국 쪽으로 많이 떠났으니까 그때 미국으로 이민을 갔을지도 모르고, 아니면 대학병원에서 교수, 대형 종합병원에서 내과 과장을 하고 정년퇴직을 하였거나, 또는 군 제대 후 내과 병원을 바로 개업해서 돈을 많이 벌고 빌딩을 올렸을 수도 있다.

하여간에 지금쯤은 살이 적당히 찌고 배가 약간 나왔을 수도 있다. 주말마다 골프를 많이 쳐서 흰 얼굴은 알맞게 그을렸을 것이고, 머리는 틀림없이 대머리 혹은 반쯤 대머리일 것이다. 나도 늙었지만 그는 훨씬 많이 늙었을 것이다.

나는 지금도 그녀의 아름다움을 상상한다. 정말 예뻤다. 장담할 수 있는데 내가 지금껏 살면서 본 여자 중에서 제일 예뻤다. 나는 그녀의 얼굴이나 몸매를, 하얀 피부를, 슬픔과 기쁨을 동시에 보여주는 그 눈길을 더 이상 어떻게 묘사할 길이 없다. 불가사의한 매력으로 사람의 마음을 끌고 사로잡았다. 내가 그때 넋을 잃고 바라보고 있는 건 인간의 육체를 지닌 진짜 사람이 아니라 여신, 에로스의 얼굴과 몸을 가진 여신이었다.

하지만 나는 매번 그녀의 시선에 그대로 노출되면서 자존감을 잃고 더욱 쪼그라든다는 피해의식 때문에 그녀와 마주치는 것을 몹시 두려워했다.

내가 감히 여신을 사랑할 수 있을까. 그때 우리들 중환자실 환자들은 그녀가 출현할 때마다 숨을 죽인 채 넋을 놓았다. 그리고 몰래 그녀의 얼굴을 훔쳐봤을 뿐이다. 우리들은 감히 노골적으로 쳐다볼 수 없었다. 우리는 쫄병이었고 그녀는 엄연히 장교. 그러나 그녀는 극히 사무적이었으니 아주 상냥했다고 할 수는 없었다. 그러니깐 폴로렌스 나이팅게일 같은 백의의 천사 타입은 아니었다.

김혜진 중위.

나는 거의 회복되어서 원대복귀를 앞두고 있었다. 그날 저녁 김 중위가 있는 당직실로 갔다. 거기에 간 것은 처음이었다. 그곳의 풍경은 역시 군대식이어서 단순했기 때문에 친숙했고 긴장된 분위기는 전혀 느껴지지 않았다. 우리는 좁은 실내에서 숨소리가 들릴 만큼 붙어앉았다.

하지만 그때는 연대작전이 끝나고 부상병들이 호송되면서 연이은 야간 근무로 그녀의 눈빛에는 긴장과 피로가 배어있었다.

나는 그녀가 말을 꺼내기를 기다렸다.

그녀가 희미하게 미소를 지으며 말했다. "원대복귀한다고? ……네가 원한다면 복귀를 늦춰줄 수도 있는데."

내가 말했다. "감사합니다. 덕분에…… 은혜를…… 그러나 빨리 돌아가고 싶습니다."

그녀가 말했다. "내과 과장은 죽은 목숨이라고 처음부터 너무 쉽게 포기해 버렸다고. 항상 주머니에 작은 성경책을 넣고 다니는 독실한 신자이면서 말이야.

다시 생각하면 이해할 수는 있지. 도무지 손쓸 방법이 없었으니까. 여기는 인간의 목숨을 우습게 아는 전쟁터이거든."

내가 태연한 척 가장하며 무미건조한 어조로 말했다. "그럴 만했겠지요. 저 역시 미련을 버렸으니까요."

그녀는 마음에 상처를 입은 게 분명했다.

그녀가 말했다. "어떻게 그런 말을 함부로…… 내가 얼마나 걱정했는데…… 어린 네가 세상을 채 살아보지도 못하고 그렇게 억울하게 죽는 게 말이 안 된다고 생각했어.

너에겐 말로 표현할 수 없는 뭔가가 느껴지거든. 때로는 간호사의 역할이 중요할 때가 있지. 김 대위가 효과를 인정했으니까 계속 그 약을 처방한 거야."

나는 화제를 돌리기 위해서 무심결에 말했다.

"언제 귀국할 거예요?"

그날 늦은 밤 눈썹처럼 가는 조각달이 하늘에 떴는지, 둥근 보름달이 떴는지는 기억나지 않는다.

그녀의 표정이 너무나 쓸쓸하고 절망스러워 보였다. 그녀는 지쳐 있었다. 긴장과 피로 때문이라기보다는 야전병원의 고달픈 삶 자체에 지친 듯이 보였다. 아니면 사람을 한없이 늘어지게 만드는 더위 때문이었는지도 모른다. 그녀가 복잡한 마음을 가라앉히는 데 잠깐 시간이 필요했던 것 같다.

그녀의 얼굴이 약간 붉어졌다.

그녀는 눈물을 닦으면서 말했다.

"왜? 연장 근무도 고려해 봤지만…… 과장의 응큼한 눈길도 꼴보기 싫고…… 간호과장의 등쌀도 지겨워서, 아무도 나를 이해해 주는 사람이 없는 게 문제인 거지. 곧 귀국할 거야.

이 젊은 청춘에게 군대는 숨이 막히지. 제대 신청을 해야겠어. 우리 서울에서 다시 만날 수 있을까? 내가 술을 살 거니까. 날 기억해 주었으면? 문은 닫혀 있지 않고 언제나 열려 있다고."

그 말은 나를 몹시 당황하게 만들었다. 나는 그 긴장된 상태를 완화시켜 줄 것 같은 뭔가 할 말이 갑자기 머릿속에 떠오르지 않았다. 나는 간신히 말했다.

"전 바보가 아니에요."

우리는 잠시 아무 말도 하지 않았다. 그녀가 천천히 일어섰고 미세하게 몸을 떨었다. 나도 덩달아 일어섰고 그녀가 강렬한 시선으로 쳐다보고 있다고 느꼈다.

그녀의 뺨에 홍조가 더욱 짙어졌다. 모든 감각이 극도로 예민해지고 있었다. 그녀가 밤의 불빛 속에서 갑자기 아름답고 생생하게 보였다. 그 순간 내 속에 납작 엎드려 있던 짐승의 욕망이 꿈틀거렸다. 나는 그녀의 매력적인 나체를 상상하며 어색한 순간의 불편함을 느꼈고 스스로 무안해서 움찔했다.

그리고 재빨리 문을 열고 나왔다.

그녀는 지금도 여전히 아름다운 모습으로 곱게 늙어가거나 또는 완전히 쭈그렁 할머니가 되어 살아있을 것이다. 그러니까 머리는 서리를 인 것처럼 하얗게 변했고 뱃살은 축 늘어져서 몸무게는 20킬로 정도 늘었을 것이 아닌가. 비슷한 나이의 다른 여자들과 전혀 다를 바 없이 그녀는 오래 전부터 외모에 대해서는 완전히 신경을 끊었을 것이다. 아니면 미인박명이라고 일찍 죽었을지도 모른다.

그녀가 한동안 간호사를 계속한 걸로 가정한다면 그때 만난 노총각 의사와 결혼해서 2남 1녀쯤 자식을 낳고 행복하게 살고 있다고 상상해 본다. (하지만 그녀가 김 대위와 결혼했을 거라고는 상상할 수 없다. 그 당시 내가 보기에는 그들은 서로 간에 극히 사무적인 관계였지 사랑이나 애증이 얽힌 관계는 아니었던 것이다. 그러나 어찌 알겠는가?)

7. 얼룩은 하얗고 몸통은 새까만 너무나 얌전한 개

나는 그때 김 하사보다는 그 개가 더 보고 싶고 그리웠다. 가끔 꿈속에도 나타났다. 개 주인은 그를 '덕구'라고 불렀다. 김 하사는 가끔 그 개를 데리고 다녔다. 군부대 주변에는 항상 개들이 어슬렁거렸다. 주워 먹을 음식 쓰레기가 많았기 때문이다. 그는 주인 없이 부대 주위를 헤매고 다니던, 그 당시 야윌 대로 야위어 뼈만 앙상하게 남아있고 더군다나 한쪽 뒷다리를 약간 절룩거렸던 그 잡종 개를 거둬 정성껏 키우고 있었다. 이제는 제법 살이 올랐고 뒷다리는 정상을 되찾았다.

내가 말했다.

"우리 아버지처럼 키워서 잡아먹으려고……. 그걸 설명하기가 난감해요. 아버지는 개를 무척 사랑했어요. 그렇지만 잡아서 보신탕을 해먹었어요."

그가 정색을 하며 대꾸했다.

"나도 보신탕을 좋아했지. 술안주로는 보신탕이 최고 중에 최고야. 넌 애송이니까 그 맛을 모를 거야."

"사람 고기 맛은 어때요?"

"뭐라구……?"

"개고기하고 비교하면 말이죠."

"내가 어떻게 알아."

"소문이 그렇게 은근히 났어요. 알 사람은 다 알고 있거든요.
제 생각에는 여자가 더 부드럽지 않겠어요?"

"쓸데없는 소릴…… 그렇긴 하네. 여자 하반신은 그럴 거야. 그렇지만 여자 시체는 들어오지 않으니까. 여자는 간호사밖에 없는

데…… 안타깝게도 간호사가 죽은 경우는 없었으니까."

"어떻게 하면 알맞게 구울 수 있죠? 먼저 술을 몇 잔 걸치고 나서 잘 익을 때까지 침을 삼키며 기다릴 거 아네요."

"맞는 말이군. 아무렴…… 네가 그렇게 생각하다니. 얼씨구! 제법 인데!!"

"그러니까 덕구도 술안주 감으로 키우는 거 아니에요?"

"덕구는 그런 게 아니야. 내 동생이야. 동생이고 자식 이상이지."

"덕구를 지나치게 사랑한다는 것을 알고 있어요. 그래도…… 똥개 아네요."

"네가 뭘 모르고 있는 거야. 똥개야말로 진짜 개인 거지. 그러니까 건강한 개는 새 주인을 만나면 따라가지 않으려고 앞발로 버티고 낑낑거리며 뻗대는 거야. 그러나 덕구는 그렇지 않았지. 애원하는 눈빛으로 올려다보았던 거야. 덕구에게도 내면의 감각이 있고 영혼이 있다는 것을 깨달았지. 다시는 도망가지 않게 잘 키울 거라고. 그렇고말고. 어떤 놈이 손을 대면 가만두지 않을 거야. 장교라고 해도 말이지.

지금까지 기쁘거나 슬플 때 나의 절친한 친구는 쟤였거든. 내 감정의 밑바닥은 한 번도 털어놓을 수 없었는데…… 쟤한테만……"

우리가 그 이야기를 할 때 덕구는 졸고 있는 듯 눈을 감고 한껏 느긋한 자세로 누워있다. 나는 그것이 낑낑대거나 짖어대는 개 짖는 소리를 여태 들어본 적이 없었다.

덤불에 숨겨져 있는 사람 몸이 겨우 비비고 들어갈 수 있는 작은 입구를 발견하였다. 시커멓게 입을 벌리고 있는 동굴 속은 한기와 함께 습기, 지독한 악취가 풍겨왔고 황토색 흙바닥에는 잡동사니들이 너절하게 흩어져 있다. 동굴 속은 들어갈수록 아득하고 더욱더 어두컴컴했다. 박쥐 떼들의 날개 퍼덕이는 소리가 들렸다.

그는 그 순간 무언가 섬뜩하며 알 수 없는 공포감을 느꼈다. 더이상 전진을 포기하고 뒷걸음질로 빠져나왔다. 수류탄의 안전핀을 뽑아 동굴 속으로 던지려는 순간 손이 넝쿨에 걸려 몸이 균형을 잃고 넘어지면서 수류탄을 놓쳐버렸다. 온몸이 만신창이가 되어 출혈이 심했고 더욱 심한 갈증을 느꼈지만 물을 마셔서는 안 되었다. 물을 먹은 그만큼 피를 흘리기 때문이다. 겨우 입술만 적셔주었는데 그건 거의 고문에 가까웠다. 그는 중환자실에서 보름을 보낸 후 가까스로 살아나서 일반 병동으로 옮겨졌다.

수색중대 소총수였던 김 일병이 말했다.

"하필이면 내가 뽑히기를 원치 않았어. 소총수가 제일 위험했으니까. 계속 기도했지. 양구에 있는 부대를 떠나면서 부대원들과 작별의 인사를 할 때까지도 정말 가기 싫은 발길을 한 발 한 발 옮긴 거지. 반드시 죽을 거라고 생각했거든.

보병은 군대에서 제일 밑바닥이야. 돈 있고 빽 있으면 절대로 보병이 안 되지. 다 빠져나가는 거야.

이제 끝났어. 파편은 모두 빼낼 수 있다고 했어. 나는 성성한 몸으로 살아서 귀국하게 되었어. 나는 심한 불구로 사느니 차라리 죽는 게 낫지 않을까…… 그렇게 생각하지."

내가 말했다. "기적이 따로 없네. 행운의 여신이 돌봐준 거야. 파랑새가 하늘 높이 날아오른 거지."

"어머니가 매일 새벽 정화수 떠놓고 손을 싹싹 비빈 덕분일 거야. 그리고 나는 사람을 죽인 적이 없거든. 하늘을 향해 쏘았어. 다행스럽게도 백병전을 경험한 일이 없다니까. 그때는 내가 죽거나 그를 죽이거나 둘 중 하나 아니겠어. 서로를 찔러 죽여야 하니까."

무사히 귀국을 앞둔 신 병장이, 자신은 날 보지 못하고 곧 귀국할 것 같다고, 부디 몸 건강하라고, 삼수 끝에 입대했다고 했던가, 늦었지만 열심히 공부해서 좋은 대학에 들어가야 된다고, 긴 인생에서 늦은 경우는 결코 없다고, 원대복귀하면 좋은 소식이 있을 거라고 편지를 보냈다.

나는 저승사자가 지키고 있는 죽음의 문턱에까지 갔지만 죽음과 대면하여 이겨냈다. 그때는 운 좋게 살아남았기 때문에 한껏 들떠서 하늘을 둥둥 날아다니는 기분이었다. 그래서 하찮은 개인의 운명에서 행운이 얼마나 절실하게 필요한지 깨달았다.

8. 야전병원의 검문소 입구에서 나트랑 시가지로 쭉 뻗어있는 직
선 도로의 오른쪽으로 '성병유 요치료'라는 스탬프가 찍힌 빨간 딱
지를 소지한 병사들을 수용하는 '성병환자 수용소'가 보였고, 왼쪽
으로 헌병 중대와 보안대, MIG 막사, 보급창 그리고 멀리 미군 헬
리콥터 대대가 주둔하는 비행장이 보였다. 나는 새삼스럽게 나트랑
시내를 내려다봤다. 바다에서 잔뜩 습기를 품은 해풍이 불어왔다.
햇빛이 눈부시다.

나는 원대복귀하기 바로 전날, 김 대위의 허락을 받고 오전 일찍
나트랑 시내로 나갔다. 그는 그때쯤 날 동생으로 여겼는지 술을 마
시면 안 된다고 심하게 잔소리를 하였다.

그가 말했다. "바깥 공기가 쐬고 싶겠지. 그럴 거야. 병동이 감옥
처럼 얼마나 답답했겠어. 나트랑 비치에 가서 바닷바람을 실컷 들
이마시라고. 그리고 시내에 가면 한국 식당이 있어. 오랜만에 진짜
한국 음식 맛을 보면 기분이 괜찮을 거야.

술 생각이 간절할 수도 있어. 오랫동안 갇혀 있었으니까 해방감
을 맛보면 술 생각이 나겠지. 참으라고. 술을 마시면 도로아미타불
이야. 네 몸이 술을 견딜 수 없다니까. 그러면 네가 다시 살 수 있
다고 장담할 수 없어……."

나트랑에서 처음 나온 외출이었다. 나는 많이 회복되었지만 정문을 나서면서 가벼운 현기증을 느꼈고 걸음걸이가 약간 불편했다. 그러나 기분은 날아갈 것처럼 가뿐했다.

나는 월남 인력거를 타고 야자수가 하늘거리는 바닷가 긴 백사장을 지나서 한가하게 시내를 한 바퀴 돌았다. 가끔 람부레타와 햇빛을 가리는 둥근 모자를 쓰고 아오자이 자락을 펄럭이는 꽁까이가 운전하는 오토바이가 앞질러 갔다. 그리고 노란 가사적삼을 입은 몇몇 승려들이 앞장서고 검은 만장을 든 행렬을 앞세운 상여와 마주쳤다. 그리고 나서 무작정 거리를 걸었다. 칸 호아성청 앞 노점에서 콜라를 시켜 마셨다. 성청을 드나드는 공무원들로 보이는 사람들 중에 남자들은 주로 짙은 색 회색 바지에다 짧은 반소매 흰 와이셔츠를 입었고 여자들은 쇼트커트 헤어스타일에 밝은색 양장차림이었고 선글라스를 쓰고 있었다.

1960년대 나트랑시내 전경

프랑스 식민지 시절에 지은 유럽식 3층 건물인 작은 백화점으로 들어갔다. 백화점 안은 초라했고 진열대는 대부분 비어 있었다. 미군 PX에서 흘러나온 카메라와 가전제품이 진열되어 있기는 했다. 여자 점원은 그저 무심한 얼굴로 말없이 쳐다볼 뿐이다.

그리고 맥주홀에 갔다. 홀 안은 열 개 남짓 둥근 테이블이 놓여 있고 한 테이블에 월남 민병대원 네 명이 둘러앉아 맥주를 마시고 있었다. 그들은 나를 잠시 힐끗 쳐다보았고 다시 그들끼리 소곤소곤 이야기를 했다. 나는 혼자 앉아서 생선 소스에 데친 나팔꽃채를 찍어 먹으며 베트남 맥주 바무이바를 시원하게 들이켰다. 취기는 서서히 몰려왔지만 얼큰하게 취했다. 딱 한 병만 마실 작정이었지만 다섯 병까지 마셨다. 나는 군의관의 임중한 지시사항을 어기고 말았다.

그러고 나서 김재수 하사가 가르쳐준 대로 2층집을 찾아서 한참 헤맸다. 건물은 무척 낡고 지저분했다. 1층 홀에서 늙은 포주에게 말했다. "붕붕, 오케이." 그녀가 말없이 두툼한 손을 내밀었다. 나는 미리 준비한 5불을 건넸다. 미군은 8불, 한국군은 5불, 월남 군인은 3불로 무슨 규칙처럼 정해져 있었다.

포주가 말없이 2층으로 올라가라고 손짓을 했다. 방은 깨끗하게 정돈되어 있었다. 그녀가 일어서서 다가왔다. 좀 지나치게 화장을 한 얼굴이었다. 꽁까이는 푸른 꽃을 수놓은 흰색 아오자이를 벗었고 눈부시게 아름다운 육체가 드러났다. 나는 얼굴에 진땀이 흐르는 느낌이 들어서 심호흡을 했다. 아직 여자를 가까이해본 적이 없는데 벌건 대낮에 여자와 관계를 가진다는 것이 어색하다는 생각이 들었기 때문이다. 나는 그때 김혜진을 잠깐 떠올렸다.

나는 여자에게 이별 인사로 "꽁까이 감온옹(아가씨 고맙습니다)" 이라고 말했다. 여자는 어느새 담배를 손가락에 끼고 있었고 나를 향해 미소를 지어 보였다. 다시 잡화점 상점에 들러 그림엽서들과 부처님을 본뜬 나무 인형을 산 다음 오후 4시경 귀대했다.

9. 열대의 짙푸른 숲과 파란 하늘과 푸른 바다

도시는 전쟁도 까마득히 잊은 채 뜨거운 태양 아래 오후의 낮잠을 자고 있다.

나와 몇몇 병사들을 태운 앰뷸런스가 부대를 향해 출발했다.

나는 원대복귀하였다. 그러나 그때 병원에서 퇴원하긴 하였지만 여전히 몸 상태가 완전한 것은 아니어서 내가 희망하면 바로 조기 귀국을 할 수도 있었으나 그렇게 하지 않았다.

나는 몇 번의 전투를 치르면서 부대에 대한 소속감과 함께 자부심을 느꼈고, 전에는 알지 못했던 전우애와 연대감, 남자들의 우정을 알게 되었다. 우리들은 전우에 대한 깊은 믿음과 사랑 때문에 육체적이건 정신적이건 간에 서로 의지했다. 그들이 눈앞에 어른거려서 하루 빨리 만나보고 싶었던 것이다.

앰뷸런스가 부대 정문을 통과할 때 나는 안도감을 느꼈다. 먼 여행에서 그리웠던 집으로 돌아온 기분이었다. 벌써 기분이 들뜨기 시작했다. 밤이면 포병대가 시간에 맞춰 밀림의 어느 지역을 향해 어김없이 위협 사격을 하는 은은한 포격소리가 그립다. 그건 나에게 자장가 소리처럼 들리기 때문이다.

나는 102 야전병원에서 퇴원하여 원대복귀하자마자 최전방 부대에서 대대본부 행정반으로 전속되었다. 이런 행운은 중대본부 신병장이 귀국하면서 연줄이 닿았던 인사과 대위에게 추천을 해준 덕분이었다. 소대에 남아 있는 병사들에게는 아주 미안한 일이었고 심한 죄책감을 느꼈지만 이제 작전에 동원되어 전투에 직접 참가할 일은 없게 되었다. 하지만 담당 장교가 평범한 좋은 성격의 사람이길 바랐다. 전우들과는 반갑게 해후할 것이다. 새로 전입해온 어리버리한 신입 교대 병력과도 만나게 된다.

대대 연병장은 언제나 텅 빈 채로 그 자리에 서 있었다. 다만 내기억으로는 대대장이 교체되면서 이취임식을 할 때면 우리는 뜨거운 태양 아래 무거운 철모를 쓰고 거기다 소총까지 어깨에 걸머지고 땀을 뻘뻘 흘리면서 도열해 있었다. 하지만 연대 연병장은 더 넓었고 연대장 이취임식 때는 군악대가 군가를 연주하기까지 했다. 우리는 형식적인 행사가 어서 빨리 끝나기만을 기다리면서 무덤덤하게 서 있었다.

그 연병장을 지나면 간이 건물인 의무대 막사 뒤쪽에 붙어 있는 대대 PX가 나왔다. 한가한 저녁이면 매점에서 가벼운 마음으로 버드와이저 캔맥주를 마시며 이런저런 대화를 하고 마음껏 웃고 떠들 것이다. 영내 생활에서 저녁 식사가 끝난 후 저녁 시간은 자유 시간이기 때문에 가장 황금 시간대였다.

나는 가끔 김 병장을 만나 어울리기 위해서 밤이 되면 연대 PX로 가기도 했다. 거기는 규모가 커서 진열된 물품이 많았고 여러 대의 당구대가 있었다. 나는 당구를 칠 줄 몰랐지만 계속 당구대를 점령하고 붙어 사는 병사들도 있었다. 그때는 미군들처럼 쓰리 쿠션 대신 스트레이트 로테이션을 쳤다. 그들은 대도시에서 중고등학교를 나와 대학 재학 중에 입대한 얼굴이 하얗고 혈색이 좋은 행정병들이거나 장교들 시중이나 드는 따까리들이었다. 그들에게 수색 임무나 전투, 매복 작전은 남의 일에 불과했다.

어쨌거나 나는 다시 병사들의 단순 반복적인 일상으로 복귀한다. 우리는 저녁이면 가끔 내무반에 모여서 캔맥주와 마른안주로 간단한 회식을 했다. 누가 어디서 가져왔는지 양주를 내놓기도 했다. 우리들은 얼큰히 취했고 목청껏 노래를 불렀다.

나는 마음만 혼란케 하는 책들을 더 이상 읽지 않기로 했다. 그들에게 다가가서 내 마음을 활짝 열고 가감없이 털어놓을 것이다. 이제부터 나를 짓눌렀던 무기력과 죽음의 공포와 불안 강박 증세를 깨끗이 떨쳐내야 한다. 나는 운명에게 나 자신을 맡겨야 한다. 운명이 무엇을 어떻게 결정할지 모르지만 말이다. 나는 운명의 손 안에서 그가 조종하는 대로 살아야 한다. 운명이라는 흔해빠진 말은 전혀 어쩔 수 없는 경우에 쓰는 편리한 단어 아니겠는가.

스스로에게 만족하라!

운명의 은총이 있길!

그러면 내 수척한 몸과 창백한 얼굴은 금방 회복될 것이고 열대의 열기에 다시 갈색으로 변모할 것이다.

새벽이 될 즈음에는 어김없이 생생한 꿈을 많이 꾸게 될 터이다. 더 이상 나쁜 꿈이거나 악몽, 슬픈 꿈이 아니었으면 좋겠다. 그저 좋지도 나쁘지도 않은 꿈이면 얼마나 좋을까.

밤마다 초소에서 지독한 모기떼에 시달리면서 2시간 동안 보초 근무를 서게 된다. 부대 외곽에는 겹겹이 철조망이 쳐 있었고 철조망과 나뭇가지에는 조명지뢰가 열매 달리듯 달려 있다. 그리고 철조망 앞에는 수없는 지뢰와 부비트랩이 촘촘하게 매설되어 있다. 그걸 모두 뚫고 베트콩이 들어올 수 없다고 생각했다. 우리는 안심했다. 그러므로 맨날 M16 소총을 껴안고 졸았다.

끈적끈적한 액체 모기약을 얼굴과 목 언저리 손 등에 잔뜩 발랐지만 그것의 효과는 30분쯤 지나면 소멸한다. 그때부터 지독한 모기들은 나의 피부를 지배하며 마음껏 피를 빨아 먹었다. 그럼에도 눈꺼풀이 자꾸 처지면서 하품으로 졸음을 쫓아보려고 하지만 잠깐씩 깜빡 졸다가 결국 잠에 굴복하고 마는 경우도 있었다. 그래서 작은 고추가 맵다고 작아도 목이 타들어 가도록 매운 베트남의 손독 고추를 꺼내 잘근잘근 씹어대면 화들짝 놀라서 잠이 멀리 달아났다.

숲속에서 지속적으로 벌레 우는 소리, 개구리들이 우는 소리, 다람쥐들이 나무를 타고 올라가는 소리가 밤의 정적 속에서 희미하게 들렸고 그 소리에 끌렸다가 곧 멍한 상태로 돌아왔다. 그때 졸음에 겨워 가수면 상태에서 성욕이 살아나면 매우 감각적이 되어 수음을 하게 된다. 매일 밤마다 무슨 의식을 치르는 것처럼 말이다.

그러다가 밤이 이슥해지면 52포병대대 C포대에서 105밀리 곡사포가 갑자기 밀림을 향해 사격을 개시하였다. C포대의 6문의 105미리 곡사포가 교대로 교란 사격을 한 것이다. 포탄은 밤하늘을 뚫고 밀림 위로 길게 치솟아 올랐다가 하강하면서 휘파람 소리를 낸다. 그때 천둥같은 포성 때문에 정신이 번쩍 들면서 잠은 멀리 달아나 버렸다.

그러므로 밤이면 화려한 궤적을 그리며 저 멀리 밀림 쪽으로 날아가는 예광탄들과 화음과 불협화음이 뒤섞인 현란한 포병 사격은 너무나 익숙한 것이어서 그때마다 어떤 알 수 없는 희열과 쾌감을 느끼게 해주었다.

나는 삶과 죽음의 경계선에서 그렇게 사경을 헤매었어도 그 전쟁을 원망하지도 않았고, 왜 전쟁이 일어났는지, 그게 무슨 전쟁인지, 누굴 위한 것인지, 누구 잘못인지도 몰랐다. 그러므로 일개 사병인 주제에 전쟁의 승패 여부, 이해득실을 따질 필요는 없었다. 그건 국방부에서나 해야 할 일이었다.

나는 원대복귀한 후 두 달쯤 지나서 연장 근무를 신청하였고 1년여를 더 복무하였다. 그리고 그 무렵 김정현 병장 사건이 일어났다.

우리는 월남에 도착하여 함께 파월 전입병 교육을 받고 헤어진 후 처음으로 만났던 것이다. 각기 다른 보병 중대로 배속되었었다.

김 병장은 작전 중 실종 전사한 것으로 상부에 보고되었지만 그후 아무도 그의 소식을 알 수 없었다. 나는 그때 절박한 심정으로 인간 성체가 되기 위해 호되게 부화의 과정을 거쳤다.

나는 병장으로 진급했다. 행정반의 2년 차 고참병의 특권. 무시로 외출과 외박. 수진에서 몽유병자 같은 끝없는 배회. 만춰. 마리화나.

프랑스 장교와 베트남 여자 사이에서 태어난 혼혈의 단골 꽁까이. 그녀는 튀기답게 아름다웠다.

늦게 배운 도둑이 소도둑이 된다고 하였는데 나는 망설임 없이 수진으로 나가 여자들과 뒹굴었다. 나는 김정현의 단골집이었던 마담 마돈나가 운영하는 그 집을 자주 드나들게 되었고 거기서 '듀엔'을 만났다. 그리고 그 집에서 처음으로 프랑스 술인 그 독한 압생트를 마셨다.

　그녀는 프랑스 식민지 시절 인도차이나 총독부가 개발한 고원 도시 달랏 출신이었다. 그곳은 고원의 구릉 지대 특유의 청명함과 연중 신선한 기후 때문에 프랑스인들의 휴양도시였다.

　그녀는 1968년 월맹의 구정 공세 때 월맹 정규군의 공세가 치열했으므로 학교를 그만둘 수밖에 없었다고 했다. 그녀의 18번은 '사이공 데플람 (사이공은 아름다워라)'이었고 항상 담배를 피우면서 그걸 흥얼거렸다. 그녀는 사이공에 가본 적이 없었는데 화려한 국제도시인 사이공을 무작정 동경하고 있었다. 그리고 아버지의 나라인 프랑스로 가고 싶어 했다.

　어머니보다 다섯 살 아래 연하인 아버지가 지어준 프랑스식 이름은 '로즈 마리아'였다. 프랑스 육군 공수부대의 중위였던 아버지는 1954년 5월 디엔비엔푸 전투에서 전사했다.

본부 건물은 회색 지붕에 회색 페인트칠을 한 목조 간이 건물이었다. 캐비넷에 둘러싸인 사무실 천장에는 대형 선풍기가 느릿느릿 돌아가고 다닥다닥 붙은 책상에서는 끊임없이 수동식 타자기 두드리는 소리가 났다. 행정병의 일상생활은 소총병과는 도저히 비교할 수 없을 만큼 편안했다. 행정병은 총 대신 펜대를 굴렸다.

소총병이 육체 노동을 하는 밑바닥 블루칼라라고 한다면 행정병은 공무원이나 은행원처럼 깨끗한 사무실에서 근무하는 화이트칼라였다. 나는 처음에는 내심 분노했지만 점차 그 생활에 익숙해졌을 뿐만 아니라 행정병에게는 그 나름의 고유 권력까지 있었다.

그때 PX에는 중사 한 명과 선임 병장과 세 명의 상병이 근무했다. 그들은 최고의 특과병으로 용돈이 많이 생기는 것으로 소문이 나 있었다. 중사는 밤마다 다량의 맥주를 월남의 폭력 조직이 장악하고 있는 암시장으로 빼돌렸다. 맥주 한 팔렛에 80상자가 들어가는데 짚차에는 한 팔렛을 실을 수 있었다.

거기서 생긴 이익금은 대부분 대대장이나 연대장까지 상납되었다. 그들은 그 과정에서 떡고물을 챙기는 것이다. 그건 행정병들 사이에서는 공공연한 비밀이었다.

나의 담당 업무 중에는 PX 창고에 입고되고 판매되는 물품에 대한 회계 처리가 포함되어 있었다. 그래서 PX의 선임 병장과는 월말이 되면 입고와 판매 현황에 대해 짜맞추기식 계산을 했으므로 PX는 나의 입을 막을 필요가 있었다.

그는 처음에는 매월 30불의 정기 상납을 제안했다. 그 당시 내 봉급이 55불 남짓이었으므로 얼마나 큰 돈인가. 그러나 나는 그런 종류의 돈을 받는다는 것이 난생처음이어서 어리벙벙했고 마음 한

구석이 메스껍고 너무 찜찜했다. 겁이 났고 부끄러움을 느꼈다. 그래서 거절하기로 마음먹었다.

병장이 솔직히 말했다. "맥주 공팔치는 걸 부대 내에서 몇 사람만 알고 있지. 밖에 내다 팔면 두 배 세 배 이익이 나는데 그 이익금이 위로 올라가는 거지. 일부는 부대 운영비로 쓰고 나머지는 매달 박스 채우는 데 쓰는 거야. 그렇다고 사병들이 마실 맥주가 모자라는 것도 아니야. 맥주 회사는 얼마든지 공급하니까 누이 좋고 매부 좋은 일이지."

내가 말했다. "내가 장부에는 잘 맞춰서 기입할 거니까 걱정하지 말라고. 그거 별거 아니야. 다시 말하면 나한테까지 신경 쓸 필요는 없다는 거지."

"PX도 낯짝이 있지…… 너무나 뻔한 일을 가지고 어떻게 모른 체하면서 입을 씻을 수 있겠어.

그 눈치 빠른 우리 중사 잘 알잖아. 전라도 산골 촌놈 출신인데다가 겨우 중졸이야. 엄청 무식하지만 머리는 여우처럼 잘 돌아가지. 그래도 엄청난 할렐루야이고 황금만능주의자야.

비밀을 직접적으로 아는 자들…… 그러니까 우리 PX 근무병들과 밤에 맥주 싣고 나갈 때 운전하는 운전병, 장부 처리하는 너에게는 돈을 먹여야 한다는 거지. 그래야만 안심이 된다는 거야.

그의 지론에 의하면 함께 돈을 먹었으니까 어디다 불 염려는 없다고 보는 거지. 그런데 자기 돈 주는 것도 아닌데 엄청난 하느님의

자비로 아는 거야. 고구마 싸는 데는 일등이야. 그래서 대대장이 하고많은 하사관들 중에 그자를 PX 담당으로 뽑은 거지."

"나도 전라도 하와이야. 왜 이래? 군대는 편견이 너무 심하다니까. 아무튼 내 걱정은 말라고."

"다 같은 전라도는 아닌 거지. 그건 그렇고 본론은 그게 아니야."

"그렇다면 본론은 뭐야?"

"이건 중사 새끼의 엄중한 지시 사항이야. 네가 끝까지 안 받는다고 버티면 문제가 생겨. 중사가 대대장한테 직접 찔러서 널 보직 변경시킬 거라고."

"그렇게까지…… 네가 준 거처럼 해서 가지면 안 되나?"

"야! 임마! 사람을 어떻게 보고…… 네놈이 무슨 도덕주의자나 되는 거처럼 고고하게 구는데……. 그럼 나는 뭐가 되지? 군대에서 그럴 필요가 있을까? 혼자 잘난 체하지 말라고."

나는 어떤 선택을 해야 했지만 '혼자 잘난 체하지 말라'는 말에 갑자기 비겁자가 된 기분이 들면서 죄의식을 느꼈다. 그래서 우리는 원만한 타협을 보았다. 그게 눈 가리고 아웅 하는 식이었지만. 그 돈으로 매월 몇 번씩 함께 수진에 나가서 진탕 술 마시며 놀기로 한 것이다.

1970년 늦가을 나는 상처와 고통이 치유되기는커녕 여전히 심연 깊은 곳에 앙금처럼 쌓인 채로 귀국하게 되었다. 나는 카렌다에 동그라미를 그려가며 귀국 특명을 손꼽아 기다린 것도 아닌데 귀국 날짜가 잡힌 것이다. 나는 무슨 예방 주사를 맞고 사유물 목록을 작성해서 제출했고 소지품 검열을 받았다.

귀국 예정자들은 모두 연대 의무과에 가서 성병 검사를 받았다. 의무병이 고무장갑을 끼고 내 거시기를 잡고 쭉 훑어 내렸다. 그때 농이 나오는 등 성병의 증세가 있으면 무조건 귀국은 보류되고 102 병원 '성병 환자 치료소'에 치료를 받아야 한다. 치료가 끝나면 다시 한번 비뇨기과 검역병이 유리 대롱에다가 소변을 받고 유리판에는 혈액을 채취해 현미경으로 조사를 했다. 그래서 비뇨기과 군의관의 완치 증명서가 있어야만 귀국할 수 있었다.

나는 내심 걱정했지만 1차 검사에서 무사히 통과되었다. 무슨 증상이 있었다 하더라도 연대 위생병과 나는 안면이 있었기 때문에 20불만 주면 눈감아 주었을 것이다. 그것의 공정 가격은 20불이나 30불이었다.

그런 후 남아 있는 전우들과는 며칠 동안 밤마다 캔맥주나 용케 구한 750ml 조니 워커를 마시며 송별회를 가졌다.

매달 주기적으로 교체 병력이 들어왔고 그들이 들어오면 우리는 귀국길에 올랐다. 내가 2년 차 말년이 되었을 때는 부대가 완전히 바뀐 것처럼 장교이건 사병이건 거의 전부가 교체되어 있었다. 나의 직속 상관인 대대본부 본부 중대장도 ROTC 출신 대위가 새로 부임했다.

내가 귀국 특명을 받고 3중대 중대 기지로 마지막 찾아갔을 때 모든 게 하나도 변하지 않고 그대로 있었다. 중대 진지의 무수한 사물 하나하나마다 소총수 시절의 중요한 순간들이, 에피소드가, 고통, 상실, 노스탤지어가 새겨 있고, 죽은 전우들과 그 기억으로 가득 차 있고, 전쟁의 냄새가 배어있었다. 어디선가 하모니카 소리가 들렸다. 이제 다시는 이 중대 기지를 못 볼 것이다. 그 모든 것들이 너무 아름답게 보였다. 귀국하면 언젠가는 꿈에 다시 나타날 것처럼 보였다. 그러나 사람들은 하나도 빠짐없이 전부 바뀌어 있었다. 옛날 3중대 3소대 소대원들은 하나도 남지 않고 귀국해버렸다. 새로 부임한 3소대 소대장은 제3사관학교 출신의 중위였다.

나는 남몰래 눈물을 흘렸다.

귀국을 얼마 앞두고 있었을 때 장기복무 하사였던 영현병 김 하사가 마침내 귀국 명령을 받자마자 키우던 개를 화장하고 나서 리볼버 권총으로 자신의 심장을 쏴 자살했다는 소식을 들었다. 자신이 자살하기로 예정한 바로 그 날 화장실의 소각로 앞에서.

나는 퇴원하기 하루 전 그와 마지막 만날 때부터 예감하고 있었기 때문에 이상한 이야기이지만 그의 죽음은 당연하게 느껴졌다.

전선에서는 도저히 이유를 알 수 없는 자해나 자살 사건은 가끔 또는 자주 있었다. 병사들은 그때마다 말했다. "전쟁이란 게 미친 짓 아닌가. 자살이 뭐 대수라고 할 수 있겠어." 그러나 자살은 모두가 치열한 전투 중 국가를 위하여 전사한 것으로 처리되었다. 그래서 가족들에게도 그렇게 통지되었다.

그는 그날 불면증에 시달리는 우울한 표정으로 "사람들이 날 그냥 좀 내버려두었으면 좋겠어. 만약 귀국 명령을 받게 되면 어찌해야 할지 모르겠어. 어차피 내려오지 않겠어."라고 말했었다.

하지만 나는 그 어떤 흔해 빠진 위로나 격려 따위의 말도 입 밖으로 내보낼 수 없었다. 그의 육신 역시 훨훨 타는 소각로에 들어가 한 줌 재로 변했을 것이다.

지금 돌이켜보면 그는 절도의 습벽이 있는 자가 자신의 도벽과 싸워야 하듯이 자살의 유혹과 끊임없이 싸웠을 것이다. 그는 불우한 환경에서 자라면서 몹시 예민한 감수성을 가지고 있었다. 그래서 이른 나이에 벌써 인생의 고통과 시련을 겪으며 삶과 죽음이 얼마나 가까이 있는지 깨달았고, 그때마다 소각로에서 활활 타오르는 불꽃이 집요하게 그의 영혼에 호소하면서 그를 유혹했을 것이다.

불은 정화제이다.

하지만 그는 한동안은 강인한 정신력으로 비상 탈출구를 만들 수 있었다. 마음만 먹으면 언제든지 죽을 수 있다는 체념 또는 단념에 익숙해지자 오히려 힘이 솟아났으니 어떠한 고통과 불행이 닥치더라도 상관없다고, 내 삶은 대부분 불행했지만 때론 너무 행복하기도 했었지, 하지만 삶은 한낱 꿈에 불과한 거야, 나에게 종교는 없으니까 다른 세계 같은 것을 믿지는 않는다, 죽으면 그걸로 끝장이다, 인간은 어차피 죽는다, 그러니 조금 빨리 죽는다고 그게 무슨 상관이겠는가, 생각한 것이다. 그래서 그는 기쁜 마음으로 어떠한 고난과도 맞설 수 있고 더 이상 참을 수 없는 인내의 한계점에 이르면 간단하게 총을 쏘면 그만이라고, 생각한 것이다.

그렇지만 귀국 특명은 그를 벼랑 끝으로 몰리게 하였다. 그건 그가 정신적으로 버틸 수 있었던 마지막 한계였던 것이다.

그는 늘 혼자서 중얼거렸다. 그는 왜, 연신 혼잣말을 중얼거렸을까? 그의 진지한 표정을 보면 그게 실은 혼잣말이 아니라 세상 사람들에게 꼭 하고 싶은 말이었을 것이다. 자신을 변호하기 위한 변명이었을 수도 있다.

그런 내밀한 것들을 하필 나에게 이야기했을까? 그는 누구에겐가 털어놓지 않고는 견딜 수 없었을 것이다. 그때 그의 주변에는 말 상대가 되어줄 사람이 나밖에 없었지 않은가. 남자도 아니고 여자도 아닌 중간에 끼어 있는 자신의 위치를 마침내 자각했던 것인가. 까마득한 옛날이었으니까 너무 수치스러웠을까?

나는 그가 인육을 먹는 괴기스러운 모습을 직접 본 것은 아니었다. 아마 순진한 날 놀려먹기 위해서거나 또는 자신의 존재를 부각시키기 위해 잔뜩 겁을 주려고 그렇게 말했는지 모른다. 아니면 호기심에서 한 점을 씹어 먹은 일이 있었는데 그걸 가지고 너무 과장해서 말했거나.

그는 장교처럼 머리를 길렀었다. 그것도 아무도 간섭을 하지 않으니까 도저히 군인의 머리라고는 할 수 없는 약간 히피처럼 어지럽게 헝클어진 장발이었다. 그때 양쪽 뺨 위로 홍조가 슬며시 번지면서 귓불이 빨갛게 달아올랐었던가? 내 힘없는 멍한 시선마저 마주치지 않으려고 시선을 내리깔았다. 그건 그랬다. 지금도 확실하게 기억할 수 있다.

그는 술에 취하면 취할수록 나를 붙잡고 말이 하고 싶어서 계속 응얼거렸다. 약간 비논리적일 때도 있었고, 가끔 목이 메이기도 했고, 깊은 울림의 목소리로 말할 때도 있었지만 요약하자면 이러하다. (다시 말하지만 나는 그의 말에 대해 추임새를 넣으며 맞장구를 치지도 않았고 방해하지도 않으면서 다 들었다.)

"나는 술을 한 모금 가득 목구멍으로 넘기면 안정이 되면서 무슨 일에도 당황하지 않지. 그리고 연거푸 빠르게 두세 모금 마시면 그때부터 혀가 조금 풀리면서 상대방을 향해 겨우 말을 할 수가 있는 거야. 나는 어려서부터 외톨이였으니까 혼잣말을 하는 버릇이 있었거든. 그런데 속수무책일 만큼 완전히 취하면 어떻게 될까…… 아무리 마셔도 그럴 경우는 없었다고.

하지만 이전에는 이렇게 터놓고 이야기한 적이 없었다. 어떤 경우에도 속마음을 털어놓을 수가 없었던 것이다. 나는 자폐적이었으니까 누구에게도 나만의 비밀을 털어놓지 못했고, 아무하고나 얘기하지도 않았다."

"나는 가끔 혼자 있는 것에 대해서 생각할 때가 있다. 나처럼 혼자인 사람이 이 세상 어디에 또 있을까 하는 생각이 들지만…… 그건 내가 너무 감상적이기 때문이라고…… 내가 남자로서 너무 나약하기 때문이라고 여겨지면서 스스로 창피해지는 거야. 내가 이렇게 나 겁쟁이…… 아니면 너무 비겁한……"

"글쎄. 우리는 전쟁터에 내몰린 군인이다. 허무하기 때문에. 이판사판이었으니까. 우린 피차 너무 외로웠고 말들을 쏟아낼 상대가 필요했기 때문에. 대화할 상대가 있다는 것은 정말 다행스러운 일이야. 아니면 혼자서 씨부렁거려야 되니까."

나는 그의 동성애 취향이 궁금했다. 나는 그때 남자가 남자를 사랑할 수 있다는 걸 도저히 이해할 수 없었다. 사랑이란 오로지 남녀 간의 문제로 알았던 것이다. 돌이켜보면 그는 동성애자이면서 이성애자였다.

"나는 여자도 좋았지만 나중에 남자를 알고 나서부터는 남자가 더 좋았거든. 처음부터 본능적으로 거부감이 없었어. 그런데 정신병자 취급을 하니까 쉬쉬할 수밖에 없는 거야.

난 덕구를 벗어날 수 없었다. 단순히 바람피우는 정도가 아니었으니까. 도대체 그를 이해할 수가 없지. 한 길 물속도 모른다는데 사람 속을 어떻게 알 수 있겠나! 그렇다니까.

내가 칼날에 비소를 묻혀서 그의 가슴을 찌르기 전에는. 그가 떠났을 때 며칠 동안이나 그 사실을 믿을 수가 없었지. 진실은, 믿으려고 하지 않았다. 그때부터 내 고통은 시작된 거야. 그때 잠깐 동안이지만 심한 편두통을 앓았다니까."

"아무튼 귀국해봤자 별 수가 없지. 날 기다리는 사람은 아무도 없으니까. 다시는 더러운 군대에 있고 싶지 않아. 하지만 제대 신청을 해도 받아주지 않을 거야."

그가 나트랑 주둔 100군수사령부 영현중대로 전입 왔을 때는 화장터 담당 하사관 자리가 비어 있었다. 모두가 극도로 꺼려했으니까. 그래서 자원 신청한 것이다. 김 하사 말에 의하면 아주 편한 자리로 보였다는 것이다. 시간이 많이 나면 나무 깎는 걸 계속하고 싶었다는 것이다.

"영현병의 주특기는 특과라고 할 수 있는 병참이야. 그런데 영현병은 병참 중에서는 제일 험한 일을 하는 거야. 시체 치우는 일을 하니까. 이제 시체는 푸줏간의 고깃덩어리로 보이지."

나는 지금도 인적이 완전히 끊긴 그 음산한 작은 숲속 기묘한 분위기를 뚜렷하게 기억할 수 있다. 그때 그는 분명히 귀신 이야기를 하였는데 나는 그걸 믿을 수도 안 믿을 수도 없었다.

"밤이 이슥해지면 그때부터 소각로 주변 숲속에는 가벼운 바람이 살랑거리면서 독특한 분위기를 자아내지. 그때는 오싹하면서 긴장이 되지. 창백한 귀신들이 하나둘 어둑어둑한 형체로 나타났다가 새벽이 돌아오기 전 소리없이 사라지는 거야. 그들은 결코 추악한 모습이 아니야. 귀신 쎗나락 까먹는 소리를 하는 것도 아니고. 침묵으로 말을 하는 거야. 나를 빤히 응시하거나 노려보지도 않지. 그냥 슬픈 표정이었어. 처음에는 호기심과 두려운 감정이 뒤섞여서 혼란스러웠던 거야. 하지만 그들에게 죄의식을 느낄 것까지는 없으니까 내가 신경과민이 될 필요는 없는 거지.

그들은 정말 억울했던 거야. 귀신은 소각로에서 재가 된 사람들의 혼령인 거야. 그래서 귀신과 대화할 수 있지. 나라도 한 맺힌 억울함을 끝까지 들어 주어야 한다니까.

하지만 그 일은 나에게 끔찍한 기억으로 남게 될 테지. 그들이 자꾸만 뭐라고 손짓을 했으니까."

"나는 지옥의 유황불을 상상한다. 쇠막대기로 불꽃을 헤집는 작업은 나를 전율케 하였다."

102병원에는 신학교를 갓 졸업한 중위 계급의 군목이 집전하는 영내 군인교회가 있었다. 김 하사는 그 군목을 몇 차례 만났었다.

"하느님이 계신지 모르겠어? 하늘에서 우리를 내려다보고 계신다면 교회에 나갈 수 있을걸. 교회는 연약한 여자들이나 다닌다고 생각했지만. 그들은 교회에 다니면서도 미신에 너무 집착하고 있는 거야. 그러니까 신에게 기도하는 것이 아니라 구걸하고 있는 거지. 기복신앙처럼. 그래서 그들의 믿음은 상황에 따라 얼마든지 변할 수 있는 일시적인 거야.

그런데 군목을 만난 일이 있었어. 성경에 적혀 있는 사후 세계가 궁금했거든. 만약 사후 세계가 있다면 말이야 죽는 게 무슨 대수야.

그쪽으로 넘어가면 그만인데.

그 자식의 번지르르한 말을 들으니까 정나미가 떨어졌다고. 나에게 하느님을 들먹이며 무슨 훈계를 하길래 박차고 나와버렸지. 그자는 성경 구절을 앵무새처럼 읊을 뿐이고, 실제 그 의미를 제대로 이해하지 못하고 있더군.

그가 말한 하느님은 진짜가 아니라는 강한 의심이 들었단 말이지. 그러니까 신은 존재하지 않고 대리인을 자처하는 인간들만 있는 거라고."

"나는 더 이상 비밀을 지키고 싶지는 않지. 너에게는 말이야. 우리 부모님은 소록도에 살고 계셔. 여름이면 집 뒤편으로 담쟁이들이 마구 늘어지고 휘감기며 타고 올라가지. 좀 작은 초가집에 살고 있지만 아주 행복하게 잘 살고 있지. 국가에서 다 지원해주니까.

아버지는 오래전에 왼쪽 다리 절단 수술을 받았지. 다리가 썩기 시작했으니까 수술은 불가피했어. 목발을 짚고 다니시지. 그래도 그 불편한 몸으로 오히려 날 걱정한다고.

나는 부모님이 평생 겪은 모진 고통과 나 자신의 고통에서 벗어나 보려고 의식적으로든 무의식적으로든 노력을 많이 했지만……소록도 시절을 떠올리면 그때 내가 행복했었는지 불행했었는지 도대체 기억이 떠오르지 않는다. 소록도에서 자라면서 겪은 모진 환경을 생각해 보면 나는 어린이로서 살 수 있었던 때가 한 번도 없었다고 해야 할 것이다.

나는 그때, 여길 떠나면 다시는 돌아오지 않으리라는 것을, 부모님과도 마지막이라는 걸 알고 있었다. 나는 선창에서 어머니의 오그라든 손을 꼭 잡고 오랫동안 서 있었지만 그때 마지막으로 무슨 말을 했었는지, 아버지나 어머니가 무슨 말을 했었는지 전혀 기억나지 않는다. 아마 아버지는 '소록도에는…… 다시는 돌아오지 마라'고 말했을 것이다."

"4월이면 소록도에는 온통 벚꽃이 피는 거야. 나는 꿈에도 나타나는 남쪽 바다를 잊을 수가 없겠지. 소록도에 가려면 녹동항에서 나룻배를 타야만 해. 너는 모를 거야. 소록도와는 헤엄쳐서 건너갈 수 있을 만큼 지척이야. 아주 작은 어항이라니까.

나에게는 많은 추억이 남아있어. 일찍부터 거기서 술을 마셨거든. 처음으로 여자도 만나고."

소록도 이야기는 우리가 헤어져야 할 무렵이 되어 거의 마지막 단계에서 들었다. 나는 그때 무슨 말을 하고 싶어서 입이 근질근질거렸지만 간신히 입술을 깨물며 목구멍을 빠져나오려는 소리를 참아야 했다.

그러나 그리운 남쪽 풍남항의 바다가, 녹동항과 소록도의 풍경들이 계속 눈앞에 어른거렸다.

그는 아편에 대해서 사용하기에 따라서는 그게 마약이 아니라 특효약이라는 확고한 생각을 가지고 있었다. 그리고 그 여자의 정체에 대해서 말했다.

"아편은 특효약이야. 머릿속이 몽롱하면서 모든 걸 잊게 해주거든. 상쾌해, 아주 상쾌하다고.

사실을 말하자면 그 귀머거리 여인은 내 애인이었어. 그래도 매우 민감하고 눈치가 빠르니까 말이 필요가 없는 거야.

술도 잘 마시고 가끔 아편도 하고 곤란할 때마다 잘 웃지. 아주 진하디 진하고 아주 나긋나긋하다니까.

그 여자는 자기 목욕탕에 향긋한 냄새가 나는 입욕제를 채우고 그 유혹적인 향기에 몸을 담그지. 방의 탁자에는 그녀가 만든 독특한 방향초를 켜서 방안에 온갖 꽃향기가 은은하게 나는 거야. 향기의 달인이지. 그러면 없던 욕정이라도 불같이 일어날 수밖에 없어.

그렇게 해서 그 여자를 자주 만났다고."

"그런데 신비한 약방문으로 무슨 흰 가루를 섞어서 진짜 영험한 약을 만드는 거야. 내가 장담할 수 있지. 그걸 먹어야 된다고……"

"나도 의학적인 지식이 있다고. 의사들은 엉터리야, 엉터리라구. 현대의학이 만능은 아니라니까. 엄연히 한계가 있는 거야."

"그래도 기적이 일어났네. 네가 회복되었으니. 다시 생각해 보면 죽을 운명은 아니었던 거야. 저승사자가 너를 데려가기에는 너무 미안했던 거지."

"미군들과 거래를 했다고. 주로 항생제를 빼내서 여자에게 갖다 주면 그걸 베트콩에게 넘겼어. 그건 그들에게 절대적으로 필요한 치료약이니까 아주 인도적인 행위였다고 할 수 있지. 그렇지 않은

가. 돈과는 상관없는 일이었어."

"나는 아주 막가는 인생을 사는 그런 사람은 아니지. 미군들은 아편이나 마리화나라고 하면 사족을 못 쓰는데 현지 제대를 하고 나서 그런 미군들을 상대로 나트랑이나 깜란에서 얼마든지 장사를 할 수 있단 말이지. 그걸 공급해주는 확실한 공급처도 있으니까.

더욱이 그걸 귀국 박스에 숨겨서 국내로 반입하면 얼마든지 거액의 돈을 벌 수 있지. 하지만 그런 짓은 하고 싶지 않구나."

"나트랑을 떠나고 싶지 않아! 동서남북 골목길을 손바닥 보듯이 샅샅이 알고 있으니까 마치 고향 같다니까. 그러니까 저기 머나먼 곳은 아득한 거야. 3년이 지났어도 향수병은 없어.

내가 돌아간다 해도 막막한 건 마찬가지야. 아마 내년쯤이면 나도 귀국할 수밖에 없어. 제대를 할 수 있을까? 제대를 한다고 가정해도 나 같은 사람에게 무슨 뾰족한 수가 있겠어. 내가 바라는 대로 되는 일은 없으니까."

열대 몬순 기후의 우기도 끝났다. 1969년이 저물고 있었다.

"우리는 이게 마지막이야. 넌 내일 부대로 복귀할 거 아냐. 고향으로 돌아가는 기분일걸. 곧 귀국할 거니까. 나는 내 운명을 정확하게 예감하고 있거든. 나 역시 슬픈 유령이 되어 그 숲속을 밤마다 배회하겠지."

그날 초저녁 무렵 그가 한 마지막 말이었다. 나는 그때 막 솟아오르는 눈물을 떨구면서 땅바닥만 바라보았다. 나는 혀가 돌덩이처럼 완전히 굳어서 아무 말도 할 수 없었다.

사랑은 부질없는 것!

삶이란 얼마나 가벼운지!

죽음도 역시나!

그는 평생 고독했고 만나는 사람 모두가 타인에 불과했으리라. 나 역시 낯선 사람이라고 여겼고 그래서 여전히 혼자라고 느꼈을 것이다. 그러므로 그의 이야기는 자신에게 들려주는 독백이었다.

내가 102병원에 입원한 지 40일이 되었다. 마지막 밤이었다. 그날 밤 나는 좀체 잠을 이루지 못하고 가수면 상태에서 여러 차례 잠에서 깨어났다. 무수히 많은 꿈들을 꾼 것 같지만 그날 밤 내가 무슨 꿈을 꾸었고 모호한 꿈속에서 또 다른 꿈을 꾸었는지는 기억나지 않는다.

10. 나는 가슴에 승선 번호를 달고 나서 더블백을 메고 미 해군 수송선의 우현 비상구에서 부두 바닥으로 비스듬히 걸쳐있는 철제 부교를 걸어서 갑판으로 올랐다. 파도가 뱃전을 때리며 철썩거렸고 귀국 박스를 달아 올리는 기중기 소리가 들렸고, GMC와 Sea-Land 컨테이너를 실은 트레일러가 분주히 오가는 모습이 보였다.

바다는 현기증을 불러일으킬 만큼 파랗다 못해 짙푸르다. 바람은 불지 않는다. 파도는 그 힘을 상실했다. 파도는 낮잠을 자고 있는

듯하다. 군악대가 연주하는 군가와 환송곡을 뒤로 하고 수송선은
예인선에 이끌려 아주 천천히 호수처럼 고요한 깜란 만을 빠져나오
고 있었다. 우리를 태운 배를 부두의 암벽에서 끌어내기 위해 예인
선이 선수와 선미에 계선 (mooring line)을 걸고 바다 가운데로 끌어
당기기 시작했다. 함장은 수병들에게 'all line let go'라고 지시한다.
육지와 연결되어 있는 모든 밧줄을 떼어내라는 명령이다.

　이제 배는 자유의 몸이 되었다. 엔진이 힘차게 돌아가자 높은 굴
뚝에서 검은 연기가 뿜어져 나오면서 하늘로 흩어졌다. 배는 꿈틀
거리는 생명체가 되어 기지개를 켜고 나서 짐승의 울부짖음처럼 기
적 소리를 길게 울린다. 만의 좁은 수로를 빠져나가자 곧장 대양을
향해 선수를 돌린다. 배가 전진하면서 배의 꽁무니에서 어지러운
와류의 흐름이 만들어졌다가 흩어지며 뒤로 물러났다.
　나는 수송선 앞머리 갑판에 서서 멀리 수진 마을 뒤편 풍경을 바

라보았다. 이제서야 평화스럽게만 보이는 이국의 낯선 풍경이 눈에 들어왔다. 지난 일들이 엊그제 일처럼 생생하게 느껴졌다. 하지만 기나긴 지루한 전쟁을 숙명처럼 체념한 채 살아가고 있는 베트남 사람들에 대해서는 나쁜 기억이 하나도 생각나지 않았다.

나는 그때 월남에 관광을 하기 위해서 여행을 간 여행자가 아니었다. 국가의 준엄한 명령에 의해 전쟁터에 나간 참전 군인이었다. 내 발로 대지를 밟고 걸었으며 내 눈으로 직접 보았고 코와 입으로 공기를 들이마시며 냄새를 맡았고 온갖 벌레들의 소리를 귀로 들었다. 풍경은 다르다. 계절도 다르고 식물의 종류도 다르다. 사람이 살아가는 모습 역시 전혀 다른 양상이다.

그들에게 시간은 흐물거리면서 느리게 느리게 영원 속으로 흘러간다. 그래서 그들의 삶에는 전쟁의 공포와 혼란 속에서도 소박함과 고요함이 깃들어 있다. 불현듯 고향의 농촌 풍경이 떠오르면서 감상에 젖는다. 이게 얼마만인가. 이제서야 고향이 떠오르다니.

하지만 베트남 사람들은 따이한은 정말 잔인한 사람들이라고 기

억할지 모르겠다. 베트콩이 포로로 잡히면 산 채로 손가락과 발가락을 하나씩 잘라내고 면도칼로 피부의 껍질을 벗긴 다음 다시 칼로 손목과 발목을 잘라내고 한껏 고통을 느끼게 하고 결국 총을 쏘아 모조리 죽인다고 소문났기 때문이다.

안녕! 안녕! 곧 하늘이 어둑해지더니 비가 내리기 시작했는데 성난 폭우로 변해서 무섭게 쏟아져 내렸다.

우리가 탄 수송선은 깜란 항을 출발해서 남중국해를 빠져나와 필리핀의 루손 섬과 타이완 사이의 바시 해협을 통과해서 동중국해를 지나갈 즈음 늦가을의 태풍을 만났다.

하늘이 저주라도 퍼붓듯이 무섭게 비를 뿌렸고 파도는 인정사정없이 갑판을 휩쓸고 맨 꼭대기 조타실까지 덮쳤다. 집채만한 파도들이 연이어 배의 옆구리를 때린다. 배는 피칭과 롤링을 거듭하며 미친 듯이 요동쳤다. 하늘은 바다와 닿을 듯이 낮게 내려와 있다. 배는 앞으로 나아가지 못하고 줄곧 같은 자리를 맴돌기만 하는 것 같았다. 함께 배를 탔던 장병들은 너나 할 것 없이 모두 멀미를 하고 여기저기 심하게 토했다. 눈꺼풀이 반쯤 감긴 채 병사들은 기진맥진해서 선실 침대에 하루 종일 드러누워 있거나 철제 바닥에 쪼그려 앉아 있는 사람도 있었고 몇 시간 동안이나 벽에 기대어 서 있는 사람도 있었고 실성한 사람처럼 복도에서 마냥 서성이는 사람도 있었다. 나와 같은 선실을 썼던 사단 사령부 행정병이었던 병장은 끊임없이 불평을 해댔고 거친 욕설을 서슴없이 내뱉었다. 그는 처음에는 두통과 피로를 호소하면서 피곤한 목소리로 "목이 말라! 물 좀 갖다줘!"라고 말했지만 이내 반쯤 미쳐버렸다.

나는 타올을 말아서 쥐고 있다가 토사물이 치밀어 오를 때마다 그것을 입에 물고 악착같이 참아야 했다.

이 모든 것이 비현실적이었으며 하루하루가 아주 길게 느껴졌다. 배를 탄 지 며칠밖에 되지 않았지만 벌써 오래 전 일로 몇 주일이 흘러간 것 같았다. 모든 것이 몹시 아득하다. 수평선을 바라보는 일이 더 이상 흥미롭지 않았다. 나는 그때의 악몽을 10여 년이 훨씬 지나서까지 잊을 수가 없었다.

배가 동중국해를 빠져나와 대한해협 남쪽 제주도와 일본의 규수 사이를 지날 때는 그보다 더 아름다운 군청색 바다는 본 적이 없었다. 청명한 가을 하늘의 태양이 바다에 금빛으로 반짝인다. 날씨는 감미롭고 푸른 하늘 군데군데 흰 구름이 낮게 깔려 있다. 바다는 한가하게 안개 같은 물보라를 하늘을 향해 뿜어올리고 있다.

깊이를 잴 수 없는 바다의 고요.

고요한 항해. 폭풍 뒤에 오는 평화.

배는 전속력으로 북쪽을 향해 항해했다. 가까운 거리에서 대형 화물선들이 미끄러지듯 목적지 항구를 향해 전진한다. 하얀 거품이 일며 항적이 소용돌이치다가 사라졌다. 마침내 부산항에 도착했다. 먼 바다에서부터 밀려온 파도가 부두에 찰싹거리며 부딪쳤고 부드러운 가을 바람이 불어왔다.

갈매기들이 날아다니며 요란하게 울었다. 그것들은 부둣가를 맴돌면서 꽥꽥 소리를 지르고 낮게 급강하했다가 높이 솟구쳐 올랐다. 날갯짓 소리. 거칠게 희번덕거리는 두 눈. 목구멍에서 토해내는 울음소리. 그것들이 우리의 귀환을 환영하고 있는 걸까?

새벽의 여명이다. 우리는 날이 환하게 밝기를 기다린다. 마침내 육지에 내릴 시간이 왔다. 우리는 너무 지쳐 있었기 때문에 고국 땅을 다시 밟는다는 기쁨도 느낄 수 없었다.

나는 눈에 눈물이 가득 고였고 그 눈물이 뺨을 타고 흘러내렸다.

귀국하는 파월장병들을 싣고 깜란 항을 출발한 미 해군 수송선 바렛호가 통상 1주일이 걸리는 항해를 태풍 때문에 열흘이 걸려서 고된 항해를 마치고 부산항 제3부대에 정박했다. 곧 부두에서 간단한 귀국 환영식이 거행되었다. 우리들은 환영식이 거행될 때 먼저 전우에 대해 묵념을 올리고 높은 분들의 지루한 환영사를 듣고 군가를 부르고 만세삼창을 한 후 귀국 보충대로 갔다. 거기서 방역주사를 맞고 남은 복무기간을 채우기 위해 부대배치를 받았으며 20일 간의 휴가를 얻었다.

나는 홀가분한 기분으로 혼자서 부산 거리를 이리저리 배회하다가 다방이며 술집, 상점, 양장점, 전파사가 늘어선 번화가로 들어섰다. 초저녁인데 벌써 네온 불빛이 휘황찬란하다. 행인들이 그저 흘깃 쳐다보고 지나친다. 군인들이 무리를 지어 어슬렁거린다. 멀리 바다 쪽에서 뱃고동 소리가 들렸다. 영도 다리 방파제 너머 어둠이 내리기 시작한 바다에서 작은 어선들의 가스등 불빛이 반짝였다.

부둣가 술집은 퇴근길의 민간인들로 초만원이었다. 후덥지근한 열기와 고기 굽는 냄새, 사람들의 살 냄새가 뒤섞여서 짙게 풍겨온다. 담배 연기가 자욱하다. 사람들은 심지가 달린 구식 라이터로 연신 담배에 불을 붙인다. 군복을 입은 사람은 나 혼자여서 마치 불청객이라도 된 기분이었다. 나는 그들을 쳐다보지 않는다. 나는 두부 김치에 막걸리 한 주전자를 시켜 마셨다. 하지만 얼마간 미진해서 술집을 두 번이나 옮겨 만취하도록 소주 네 병을 마셨다.

내일 오후 일몰 무렵에 연안 부두에서 작은 여객선을 타고 가서 여수에 아침에 도착하면 거기서 고흥 가는 버스를 탈 것이다.

1969년 2월 말경은 여전히 추운 겨울 날씨였다. 우리가 한 달 동안 파병 훈련을 받았던 파월장병 교육 부대가 주둔하는 오음리에는 며칠 동안 내린 눈으로 눈밭 천지였다. 우리들을 태운 군용열차는 그날 저녁 일찍 춘천역을 출발하여 다음 날 오전 부산항 제3부두에 우리들을 내려놓았다.

남쪽 항구는 벌써 봄기운이 돌았고 부두의 콘크리트 벽 작은 틈새에는 생명력이 질긴 잡초들이 지상으로 밀고 올라오고 있었다.

계절 가운데 가장 잔인하고 가장 아름다운 봄이 올 것이다. 그리

고 땅에 묻힌 나그네들은 꽃과 잎사귀들 속에 스며든 채 다시 돌아올 것이다.

그리고 출정식이 있었다. 그 의례적인 출정식은 해를 거듭할수록 점점 형식적이 되면서 맥이 빠졌지만 말이다.

그때 떠날 때 들었던 동원된 교복을 입은 학생들의 그 무성의하고 맥 빠진 함성소리가 내 가슴 속에서 되살아났다. "백마부대 용사들아…… 백마부대 용사들아……" 그 함성소리에 분명히 김규현의 우울한 목소리도 들릴 듯 말듯 섞여 있었으리라. (그는 그 무렵이면 부산에서 공업고등학교에 다닐 때였으니까.)

군악대가 군가를 연주했고 여기에 맞춰 여학생들로 구성된 합창대가 '달려라 백마'를 불렀다.

아느냐 그 이름 무적의 사나이
세운 공도 찬란한 백마고지 용사들

우리를 태운 미군 수송선이 예인선에 이끌려 부두를 떠날 때 나는 난간에 서서 구름이 낮게 드리운 회색 도시를 바라보며 감상적이 되었고 슬픔과 불안을 느꼈다. 먼 바다로부터 바람이 불어왔고 항구를 떠나는 증기선들이 울려 대는 저음의 경적 소리가 들려왔다. 갈매기 한 마리가 하늘에서 떨어지듯 날아오더니 바다를 스치면서 다시 솟구쳤다.

우리는 월남이, 어떤 가수가 부른 '월남의 달밤'에 나오는 대로 남쪽의 섬나라인 줄만 알았다. 우리에게 월남은 너무나 멀고 낯선 땅이었다. 나는 월남에서 죽을지도 모르고 이게 마지막일지도 모른다는 생각이 계속 나를 짓누르고 있었다. 나는 불안했고 약간의 홍분 상태에 빠져서 밤에 거의 잠을 이룰 수 없었다. 그 당시 군대 분위기는 월남 파병 초기였으므로 빽 없고 힘없는 사람만 강제 차출되고 배경이 좋은 사람은 빠진다는 것이었다. 그러므로 육군에서 가장 하층민인 우리 소총수들은 파월을 죽으러 가는 것으로 받아들였다. 삶과 죽음의 의미도 몰랐으면서 말이다.

그때는 어린 철부지였으니 「햄릿」 3막 1장에 나오는 무수히 회자되는 닳고 닳은 진부한 대사를 알 턱이 없었다.

사느냐 죽느냐 그것이 문제로다. 죽음은 잠드는 것일 뿐, 잠들면 마음의 괴로움과 육신에 끊임없이 따라붙는 숱한 고통이 사라지니 죽음이야말로 우리가 열렬히 바라는 결말이 아닌가. 죽음은 잠드는 것, 잠이 든다면! 어쩌면 꿈을 꾸겠지.

지금 돌이켜보면 그때 나는 현실적인 것과 비현실적인 것을 명확히 구분할 수 없는 어린 나이였으니까 그런 상황에서 어쩔 수 없이 죽음을 두려워했겠지만 그렇다고 그렇게 절대적으로 죽음을 확신까지 한 것은 아니었다.

나는 죽지 않고 무사히 돌아왔다.

나는 퇴원하던 날 후련한 마음으로 환자복을 벗고 상병 계급장이 달린 군복으로 갈아입었다. 정글화를 신고 철모를 썼다. 그리고 김현수 대위에게 거수경례를 하였다. "충성!"

김 대위가 말했다.

"유 상병은 오랫동안 혼수상태에서 깨어나지 못했어. 그래서 그대로 죽는 줄만 알았지. 솔직히 말하면 병의 정체를 알 수 없으니까 어쩔 수 없이 포기하려고 했던 거야. 증상이 워낙 특이해서 의학적으로 도저히 설명이 불가능했어. 어떤 병명을 붙이기에는 너무나 비전형적인 증상이었단 말이지.

그때는 절망적이었다니까. 일시적인 정신적 착란이니까 정신병이라고 할 수도 없었지. 다시 말하면 의학 교과서에도 나오지 않는 병이야. 그냥 열대지방의 지랄병이라고 할까, 염병이라고 할까. 전투과정에서 너무 심한 압박과 충격을 받았을 수도 있었겠지.

완쾌될 가능성은 거의 없었다고 할 수 있었어.

그래서 말이야, 필사적으로 약을 이것저것 처방하였는데 역시 섬망증에는 새로 나온 강력한 진정제 주사가 효과가 있었던 거야. 그 약의 효과와 부작용에 대해서는 끊임없이 의심했지만 어쩔 수 없었지. 그때마다 정신이 아주 몽롱했을 거야. 그 약이 어떻게 작용하는지 그 경로를 알 수는 없었지만 약효가 확실했지. 네가 차츰 반응을 보였으니까. 나는 그 약이 올더스 헉슬리의 '멋진 신세계'에 나오는 '소마'라는 알약, 그러니까 진정제 역할을 하면서 행복감을 높여주고, 환각 상태에 빠뜨리는 그런 종류의 신비한 약이길 바랐던 거야.

유 상병이 살아난 게 도저히 믿을 수가 없는 거지. 기적 같은 것이 일어났다고 생각하면 어떨까. 어쨌거나 하늘에 계신 하나님이 도왔을 거야. 군목 장교가 두 번씩이나 병자성사를 했었거든.

네가 살아나서 내가 기쁘다구.

지난달에는 중환자실에서 많이 죽어 나갔어. 얼마나 우울하던지…… 그럴 때마다 의사는 무력감에 빠지고 자괴감을 느끼지. 네가 절망적이었을 때도 의사로서 한계를 절감하고 자포자기했어. 양심의 가책을 느꼈지. 네가 한없이 불쌍했으니까……. 그래서인지 내가 의사로서 계속 일을 할 수 있을런지 의구심까지 들었단 말이지.

의사와 환자의 상호 관계는 중요한 거야. 긍정적일 수도 있고 부정적일 수도 있고. 의사는 환자에게서 미묘한 느낌을 받을 수도 있고 짜증이 날 수도 있단 말이지. 그래서 의사가 환자를 이해하지 못하고 공감할 수 없다면 제대로 치료를 할 수 없게 되는 거지.

네 병은 틀림없이 억눌린 분노, 숨겨진 트라우마, 스트레스, 우울증이나 불안 탓으로 돌릴 수밖에 없었어. 모든 상황이 그렇거든. 오직 스트레스 때문이라면 독한 술을 처방할 수도 있었겠지만.

의사도 인간이니까 가끔 실수를 한다니까…… 내가 아무런 고민 없이 그렇게 멋대로 판단했다고 믿지는 말라고.

지금이니까 말할 수 있는 거야. 김 중위의 아이디어였던 거야. 정신과에서 간호사를 했으니까 뭘 알고 있었던 거지. 여기 야전병원에는 정신과가 없기 때문에 내과에서 대충 보게 되지만.

그녀가 무언가 곰곰이 생각하고 있을 때 엉뚱하게, 화장실 변기 위에 있을 때, 거울을 보며 화장을 하는 동안에, 혼자서 몰래 술을 홀짝거리다가 떠올랐을 수도 있어. 술을 좋아했으니까. 아이디어는 그렇게 떠오르거든.

솔직히 말해서…… 이것도 저것도 아니었으니까. 네가 죽었어도 문제 될 것은 하나도 없었지. 여긴 군대니까. 그리고 전쟁터이지. 병사들은 파리 목숨이거든. 아무도 신경 안 써. 전사 보고서만 쓰면 그만이란 말이야."

내가 말했다.

"그랬었군요. 정말, 감사합니다. 전 죽어도 상관없는데…… 자신의 존재 자체가 여분이라고…… 잉여라고…… 느끼고 있었거든요. 전 그럴만한 이유가 없는데 살아남은 거죠. 전 그 유일무이한 신을 믿지 않으니까요. 지금 생각으로는 제가 죽을 때까지도 인정하지 않을 것 같습니다. 그러니까 순전히 우연 때문이겠지요. 도저히 알 수 없는 이유 때문에…… 하여튼 다시 살아나서 원대복귀하게 되어 감사합니다."

"그러니까 네가 잉여적 인간이라고 고백하는 거야. 벌써…… 사르트르를 읽은 거군. 어리석은…… 정말 어리석은 녀석이야. 아직 머리에 피도 안 마른 녀석이. 그걸 알아야 해. 모든 인간은 언제나 잉여인 거야. 그런데 신의 존재에 대해서는 너무 일찍 결론을 내릴 필요는 없을 거야. 평생 동안 고민해야 할 숙제란 말이지. 인간은 나이가 먹을수록 정체성이 변하니까. 네가 나이가 들어갈수록 철이 들면 그땐 생각이 변할 수 있단 말이지.

하지만 오랫동안 후유증이, 정신적 후유증이 남을 수도 있겠지. 어두운 불안감 때문에 평생을 시달릴지도 모르겠어? 그때는 정신과 적 치료가 필요하겠지. 하지만 그런 건 의사의 처방이나 약물의 작용으로 어떻게 할 수 있는 건 아니니까. 스스로…… 의지의 힘으로 해결할 수밖에 없을 거야. 그게 내 생각이야. 정신과 의사는 자신이 치료하고자 하는 환자보다 훨씬 더 미친 사람일 수도 있어."

내가 말했다.

"목사님은 그때 병자성사를 한 게 아니고 예수가 한 소년의 몸에서 마귀를 쫓아낸 것처럼, 제 몸에 깃든 악령을 쫓아내기 위해 퇴마 의식을 치렀던 게 아닐까요?

이제 보니 제 병은 정신적인 거였다는 생각이 드는군요. 어쨌거나 제가 어느 순간 그만 미쳐버렸다고 하면 설명이 가능하겠군요. 그래서 김 중위님이 정신과 약을 생각해 냈을 겁니다.

제게 귀신이 들려서 또다시 미쳐버릴지 모르겠습니다."

"그 진단은 모호할 수밖에 없었어. 때때로 의사보다 환자가 자신의 상태를 더 잘 알 수도 있어. 전투의 트라우마 때문에 나타난 심신의 반응일 수도 있었겠지. 결국 전쟁 때문이야. 그거 말고는 설명이 안 돼. 너무 가혹한 시련이었을 거야.

병명 미상의 정신병 후유증으로 인한 전투 부적격자로 해서 조기 귀국시킬 수도 있었지만…… 그러면 너에게 정신병자라는 낙인이 찍혀서 평생 따라다닐 테니까 그렇게 할 수는 없었지."

"제가 의사 선생님 앞에서 건방지게 아는 체하며 뭘 지껄였지만……. 정말 죄송해요."

"그 나이면 감수성이 예민한 문학청년이라고 가정하자고. ……그럴 수도 있으니까. 그래도 사춘기를 지나면서 겪는 통과의례라고 하기에는 너무나 가혹했어. 죽음의 문턱에까지 갔으니까. 삶과 죽음은 인간이라면 누구나 태어나면서부터 죽을 때까지 반드시 거치는 의례라고 할 수 있지만.

아니면…… 청소년들이 성장기에 어김없이 겪게 되는 기성세대와 낡은 제도, 고루한 관습과의 싸움에서…… 전쟁은 어른들이 하는 관습적인 행위니까…… 영혼의 투쟁이었다고 할 수도 있겠네. 그런데 살아남았으니까 어쨌거나 승리했단 말이지. 축하해야 할까?"

내가 말했다.

"이겨냈다고요……? 논리가 너무 비약한 게 아닐까요?"

"사랑을 해 본 적이 있었던가? 사랑은 변덕스럽지만 위대한 거야. 사랑은 당신을 치유할 수 있어. 간호사가 당신을 사랑했을까? 그러니까 그렇게 안타까워했겠지. 그리고 그 치료약을 찾아낸 거지."

나는 그날 밤을, 그녀가 눈물을 흘렸던 깊고 푸른 밤을 돌이켜서 생각해 본다. 우리가 함께 있었을 때 그녀가 감정이 고조되어 뺨이 붉게 타올랐던 그 순간을, 그녀의 얼굴에서 풍기는 옅은 향수 냄새가 코를 간질이던 그 순간을 기억한다. 그때 내가 그녀에게 키스를 하려고 시도했다면 그녀도 열렬히 응했을까.

그런데 나는 어땠는가. 아주 무책임하게도 귀국한 후에는 세 살인가 네 살인가 연상녀였던 그녀를 까마득하게 잊어버렸다. 물론 그녀도 나에게 연락하지 않았다. 피장파장이다. 우리는 인생의 어느 순간 우연히 그저 스쳐 지나가는 사이에 불과했던 것일까.

오직 빛바랜 흑백사진 한 장만 남아 있다. 그 사진 속에 나는 없다. 그 병동의 출입문 기둥에 기댄 채 중위 계급장 군복을 입은 그녀가 팔짱을 낀 채 희미하게 웃고 있다. 나는 그 사진의 입수 경위를 자세히 기억할 수 없다. 아마 그녀가 나에게 선물했던, 아니면 그냥 주었던, 여태 읽지도 않은 채 가지고 있는 그 책의 책갈피 속에 끼어 있었던 것으로 보인다.

나는 도대체 귀국했다는 실감이 나지 않았다. 그러므로 귀국의 순간은 기쁘지도 않았고, 홀가분하지도 않았다. 낡고 무거운 국방색 따블 백을 어깨에 메고 패잔병의 모습으로 송정리 고향집으로 돌아온 것이다. 집이란 아무리 초라한 초가집이라고 하더라도 우리 가족을 품에 안고 있다. 집은 온전한 평화를 상징하고 한 개인의 삶을 둘러싼 총체적 추억이 담겨져 있는 곳이 아니겠는가.

어둡고 긴 여행으로부터 쓸쓸한 귀환.

나는 편안히 쉴 수 있는 도피처가 필요했던가. 난 지금부터 어떻게 될 것인가. 새로운 삶을 살 수 있을까? 그게 가능한 일일까?

그 전쟁은 허무맹랑했다. 물거품 같은 거였다. 어쨌거나 국가의 준엄한 명령에 의해 코미디 같은 전쟁에 단지 어릿광대의 단역으로 출연한 거였다. 순진무구한 젊은이가 전쟁에 대한 낭만적 환상 때문에 모험심에 이끌려서 자원한 것이 아니었다.

내가 참전했을 때는 스물두 살의 아주 순진한 젊은이였다. 그때는 그 전쟁이 민족해방전쟁이었는지, 공산주의와 자유민주주의가 대결한 이념전쟁이었는지, 베트남인들의 내전이었는지, 부당한 전쟁이었는지, 우리가 왜 참전했는지 그 이유가 무엇인지도 몰랐고, 호치민이 베트남 민족주의의 선구자인지, 공산주의의 앞잡이인지도 몰랐고, 도미노 이론이 무엇인지도 몰랐다.

그러므로 그 전쟁은 나와는 무관한 것이어서, 눈곱 티끌만큼도 전혀 중요하지도 않았고, 무의미했고, 그래서 심각하게 생각할 필요가 없었던 것이다.

그들은 그 전쟁을 '항미 구국 전쟁' 또는 '조국 해방 투쟁'이라고 했고, 우리더러 '미군의 지휘를 받는 남조선 군대'라거나 '박정희 용병' 또는 '아! 몸서리쳐지는 한국군'이라고 했지만, 한국군 사령부는 '반공 성전'이고 '자유의 십자군'이라고 계속 강조했다.

북쪽 월맹은 그 당시 도저히 승리할 수 없는 절망적인 싸움에서 극단적인 인내심으로 싸웠다. 그들의 화력과 병력은 미군과 한국군과 도대체 비교할 수 없었다. 그들이 어떻게 미군의 무자비한 폭격을 견뎌낼 수 있단 말인가? 이 전쟁은 이미 끝난 것이 아닐까? 그들은 왜 포기하지 않고 버티는 걸까? 하지만 그들은 무기의 열세를 뼛속 깊이 잘 알고 있었다. 그래서 미군이 기나긴 전쟁에서 스스로 지치고 맥이 풀려 저절로 물러나기만을 기다렸다. 그들은 기다리고 또 기다리며 미군이 지칠 때까지 끝없이 지루하게 싸웠다.

그 전쟁은 낭만적인 불꽃놀이 같은 거였을까? 연대본부가 주둔해 있는 수진에서는 전쟁의 긴장감은 전혀 느껴지지 않았다. 현실은 지루하고 권태롭고 무기력했다. 태양이 지글지글 타오르는 월남에서 전방도 후방도 없는, 전쟁은 언제 끝날지 기약이 없는 특수한 형태였기 때문이다.

나는 무사히 귀국했으니까 새삼스럽게 그 전쟁의 의미를 다시 되새길 필요는 없었을 것이다. 어차피 역사 속으로 사라지면서 빨리 잊혀질 건데 말이다.

수진 마을의 1번 국도에 면한 거리에는 월남 술집, 한국식 중국집, 터키탕, 인도 상회, 사진관, 여자들의 집, 오토바이 수리점, 노점상 등이 늘어서 있고, 뒷골목에 다닥다닥 붙어 있는 집들의 어설프게 대나무로 엮은 담장에는 성조기가 아로새겨진 티셔츠와 브래지어와 삼각 팬티와 얼룩진 시트를 걸쳐서 널어 놓았다. 주인 없는 똥

개들이 꼬리를 말아올린 채 한가롭게 사창가 골목을 어슬렁거렸다.

그 전쟁에 무슨 동기가 있었던가? 선과 악의 대결이었다고 할 수 있었을까. 아니면 저주받은 어리석은 전쟁이었을까. 최소한 아주 조금이라도 어떤 의미가 있어야 될 것 아닌가. 전쟁의 최종 목표는 무엇이었던가? 우리들 졸병들은 그런 것에 대해서는 완전히 무감각했고 어떻게 해서든지 무사히 귀국하는 것에만 관심이 있었다. (그렇지만 그때는 세계 최강국인 미국이 패배한다고 상상이나 할 수 있었던가.)

참전자들은 자유의 십자군이고 평화의 사도였을까? 월남 사람들도 그렇게 생각했단 말인가. 우리가 월남에 도착했을 때 우리를 열렬히 환영하는 사람은 월남 사람들이 아니고 미군 병사들이었다. 월남인들은 오히려 외면했고 우리를 보자마자 놀란 토끼처럼 줄행랑을 쳐서 숨어버렸다.

그렇지만 우리는 미군에 대해서는 심한 열등감을 느꼈고 월남인에 대해서는 우월의식을 느꼈다. 미군은 자신들 역시 정부 보급품이라는 의미의 GI인 주제에 인종적 우월감에 젖어 우리를 황인종으로 비하하면서 열등한 종족으로 취급했다.

어쨌거나 군인은 오로지 국가의 명령만 따르면 되니까. 어찌 우리가 국가의 명령을 거역할 수 있었겠는가. 그 전쟁이 옳았는지 어땠는지 전혀 신경을 쓸 필요가 없었는지 모른다. 그러면 우리들은 모두 육체적 정신적 상처 없이 멀쩡하게 살아서 귀환했을까?

내가 참전의 혼란에서 끝내 벗어나지 못하고 나의 삶 자체를 총체적으로 당혹스러워했던가? 자랑스러운 일도 아니지만 부끄러워할 일도 아니잖은가. 삶이 맹목적이듯 전쟁이 맹목적이면 어떤가. 하지만 전쟁터에서 제대로 치러진 작전에서 용감하게 싸우다가 명예롭게 적의 총탄을 맞은 것도 아니고 그저 열대병에 걸려서 죽음 직전에까지 이른 것은 참전용사로서 자랑할 만한 일은 아니었다. 그랬다. 멋쩍은 일이었던 것이다.

내 마음속에 그 충격적인 순간들의 이미지가 혼란스럽게 뒤엉키면서 아른거렸다. 자살을 한 김 하사나 탈영을 감행한 김 병장과 비교한다면, 나는 자기중심적이고 가식적인 어쩌면 비굴한 위선자일지도 모른다고 깨닫자 내 입가에 악의적인 비웃음이 떠올랐다. 스스로에게 실망한 것이다.

김 병장은 죽었는가 살았는가. 하지만 그의 고향집을 찾아가는 일은 너무 두려웠기 때문에 그렇게 할 수 없었다. 그를 끝내 막지 못한 것은 나에게도 일정 부분 책임이 있다는 생각을 한동안 지울 수 없었다. 나는 미안함과 함께 죄의식을 느꼈다.

그렇지만…… 어차피 지나가는데…… 그걸 젊은 날의 통과의례로 가볍게 치부하고 넘어갈 수는 없었을까?

내가 귀국할 무렵에는 베트남 전쟁이 갈수록 격렬해지면서 반전 시위도 격렬해져서 제국주의 미국은 둘로 분열되어 갔다. 그랬으니 미군이 월남에서 귀국했을 때 미국에서는 어떤 기념 행사도 열어주지 않았다. 베트남 참전병들은 소집 통보서를 받고 국가의 지시에 따라 참전했지만 무슨 죄를 지은 사람처럼 조용히 귀국해서 남의 눈에 띄지 않으려고 슬그머니 자취를 감췄다. 미국은 결국 패배한 전쟁을 역사에서 지워버리려고 침묵을 지켰다.

그러나 대한민국은 권위주의 정권 하에서 (그 전쟁에 의해 삶이 철저히 파괴되고 파멸된 사람들의 이야기는 은폐한 채) 일사불란했고 국론 분열은 없었다. 우리는 언제든지 용감한 파월 용사였다. 매스컴마다 베트남 통신란에는 한국군이 어떤 작전에서 베트콩을 무수히 사살하는 전과를 올렸지만 한국군은 단 한 명도 죽지 않은 것처럼 보도했다. 한국군은 가는 곳마다 승리하면서 승승장구했다.

그때는, 제3공화국 박정희 대통령의 원대한 꿈이 마침내 영글어서 그 밑그림이 거의 완성될 무렵이었다. 그 얼마 후 우리 시대의 저주이자 악몽, 망령인 유신헌법이 엄숙하게 선포되었다.

11. 1970년대 육군의 의무 복무 기간은 36개월이었다.

우리는 귀국하면 남은 복무 기간을 채우기 위해 전방 부대나 예비사단에 재배치되었다. 그런 후 제대하면 나의 경우 뒤늦게 겨우 대학에 들어갔지만 다른 사람들은 생활전선에 뛰어들어 직장을 잡고 자리가 잡히면 결혼을 했다.

그런데 그때부터 어느 날 갑자기 간헐적으로 불쑥불쑥 악몽이 되살아났다. 월남에서 살아서 무사히 돌아왔다는 안도감이 사라졌다. 그 대신 전쟁에 대한 기억들이, 악몽들이 무섭도록 생생하게 되살아나기 시작하였다. 이건 나만의 기억이 아니다. 그 전쟁에 참전했던 우리들 참전 군인 모두의 집단기억이기도 하다. 집단기억에도 오류가 많다고 널리 알려져 있지만 말이다.

아침이면 짙은 안개가 들판을 뒤덮었다. 태양이 솟아오르면 안개는 슬그머니 사라졌다. 마을의 초가집에서 지푸라기 냄새를 풍기면서 연기가 뿌옇게 피어올라 잔물결이 되어 퍼져갔다. 폐허가 된 마을을 지나간다. 마을과 들판을 연결하는 관개 수로 바닥에서 검은 반바지에 샌들을 신은 어린 베트콩 시체를 발견했다. 얼굴은 불에 타서 형체를 알아볼 수 없었지만 썩어가기 시작한 몸에는 파리와 각다귀들이 시커멓게 달라붙어 있었다.

우리는 매일 눈에 보이지 않는 유령 같은 적을 찾아서 낮이건 밤이건 행군을 하고 매복을 하고 작전에 투입되었다. 지독한 더위 속에서 일렬 종대로 터벅터벅 묵묵히 걸었다. 공기는 무겁고 눅눅했다. 무성한 숲으로 우거진 산을 오르고 논둑 길을 걷고 악취가 풍기는 더러운 강을 건넜다.

무전병은 무거운 PRC-25 무전기를 등에 메고, 기관총수는 총알이 장전된 M-60 기관총을 어깨에 메고, 위생병은 압박붕대와 모르핀, 혈장, 외과용 테이프, 각종 약품이 들어있는 캔버스 가방을 들고, 유탄수는 25발의 유탄을 장전한 M-79 유탄발사기를 들고, 우리들 소총수들은 탄띠에 20발까지 꽉 채운 탄창을 끼운 M-16 자동소총을 들거나 어깨에 메고 다녔다.

우리는 가끔 소대장 모르게 거추장스러운 철모나 방탄조끼를 벗었다. 그것은 매우 위험한 행동이었지만 말할 수 없는 해방감을 느꼈다. 그렇게 시원할 수가 없었다.

우리들은 해가 지기 직전까지 행군하고 나서 매복 장소인 얕은 덤불 숲에서 각자 매복할 참호를 팠다. 해가 질 무렵 참호 속에서 하늘이 붉은색에서 분홍빛으로 물들어가며 해가 서산으로 지는 모습을 보면서 경이감을 느꼈다. 하지만 밤은 춥고 눅눅했다. 모기들이 맹렬히 달려든다. 귀뚜라미들의 울음소리가 무슨 리듬처럼 규칙적으로 들린다. 그리고 유령들의 음험한 웃음소리도 들을 수 있다. 밤의 암흑 속에서 가끔 온몸의 감각을 잃어버렸다. 그러면 방향 감각을 상실한다.

그 순간 미군 헬리콥터에서 베트콩 진지를 향해 억수처럼 줄줄이 쏟아지는 붉은 섬광의 조명탄과 예광탄, 로켓탄을 바라보면 감탄을 하게 된다. 언제나 아침이 오는 소리는 상쾌하다. 모든 게 살아서 기지개를 켠다. 내가 살아있음을 깨닫고 전율을 한다. 비로소 담배에 불을 붙이고 목을 가다듬고 침을 내뱉는다.

지금 돌이켜보면 지나간 아주 옛날 일이니까 가끔은 기나긴 행군과 긴장으로 숨이 막힐 듯했던 매복의 순간이 생생하게 떠오르면서 그리워진다.

그 옛날 백마부대라는 별칭이 붙은 9보병사단 30연대 (독수리부대)의 1대대는 중대본부와 3개의 보병 소총 중대로 구성되어 있었다. 우리는 3중대 3소대 1분대 소속이었다. 그 비극적 밤에 달랏시 랑비앙산 매복 작전에 출동했었다.

지금은 시간이 너무 많이 흘렀다. 우리는 이제 50대 중후반이니까 중년을 지나서 인생의 황혼기에 접어들었다.

분대 유탄수였던 김창수 상병은 지금은 안산에서 화공 약품을 제조하는 중소기업의 경비원으로 있고, 소총수였던 박충근 상병은 대림동에서 조그마한 중국집을 하고 있고, 역시 소총수였던 음장선 상병은 홍대 앞에서 한동안 문신사를 하였다. 그 당시 월남 고참이었고 부분대장이었던 송창영 병장은 워낙 술을 좋아했고 그래서 술을 많이 마셨는데 간암 말기로 중앙보훈병원에 입원했다가 작년에 죽었다. 분대장이었던 김진홍 하사는 우리 중에서 최연장자였다. 그 당시 장기 복무 하사였고 나중에 상사까지 올라갔다. 제대하고 나서 충주에서 개인택시를 하고 있다.

그리고 염주선 일병은 딱 한 번 얼굴을 비췄지만 그 후 완전히 연락이 두절되었다. 아마 꼭꼭 숨어버렸는지 아니면 이미 죽었는지도 모르겠다. 그와 친했던 김창수가 언젠가 고향인 태안 안면도까지 찾아갔지만 그의 흔적은 찾을 수 없었다.

고향 사람들은 그가 제대한 후 한동안 결혼도 하지 않은 채 홀어머니와 함께 살았다고 했다. 어머니는 그가 제대하자 시체를 너무 많이 봐서 틀림없이 못된 귀신에 씌었을 것이라고 하면서 망자들의 원혼을 풀어주기 위해 한바탕 씻김굿을 하였다. 하지만 어머니가 돌아가시자 그때부터 심각한 우울증 증세를 보였다는 것이다. 그는 사람 만나기를 극도로 꺼려했다. 몇 달 동안이나 몸을 씻지 않고 옷도 갈아입지 않아서 역겨운 냄새가 풍겼다. 맨날 눈물을 흘렸다. 그리고 어느 날 홀연히 어디론가 사라져 버렸다.

그는 전투가 벌어지면 끝날 때까지 배가 아프다면서 아예 호 속에 양쪽 귀를 뭉친 솜으로 틀어막고 쭈그리고 앉아 있었다. 그리고 위장병이 있다는 것을 증명하기 위해서 위생병한테서 받아온 약을 늘 복용했다. 그는 초등학교 4학년 때쯤 중퇴했는데 난독증 때문에 한글조차 거의 읽지 못했다.

우리는 지금 매월 쥐꼬리만 한 참전 수당을 받고 있고 보훈병원에 가면 반값으로 치료를 받을 수 있다. 그게 혜택의 전부다.

군대에서는 한가하기만 하면 어디에서건 끼리끼리 모여 노가리를 푸는 것이 가장 큰 낙이었다. 국방부 시간은 더디게 흘러가니까 앞뒤가 꽉 막혀 막막한 현실을 잠시 잊고 도피하기 위해서였다. 거기다 술을 마시게 되면 술잔이 왕복하면서 잡다한 이야기들이 쏟아져 나오니까 금상첨화였다.

우리는 기껏해야 1년에 한 번 정도 만났다. 하지만 만나기만 하면 지치지 않고 재탕 삼탕 노가리를 풀었다. 전쟁 얘기는 그만하기로 했지만. 그 전쟁은 우리와는 상관없는 것이었고 이제는 까마득한 옛날 얘기였기에 완전히 잊어버릴 수도 있었다. 그래도 군대 생활 3년 하고 나면 그 후 30년 동안 군대 얘기를 반복한다는 말이 있듯이 술을 진탕 마시면 끝내 아련한 추억인 것처럼 아직도 잊지 못하는 옛날 일을 상기했다. 그리고 이야기하면서 허탈하게 웃거나 그날 밤을 기억하며 가끔 눈물을 훔쳤다.

우리들은 부질없이 원망 아닌 원망을 하기도 했다.

군대에는 엄연히 장교와 사병이라는 두 계급이 있다. 그 중간에 부사관이 끼어 있다. (부사관은 계급이 낮은 사병들과 허물없이 지낼 수도 없고 장교들과는 엄연히 계급 차이가 있으니까 친하게 지낼 수도 없다.) 장교는 명령을 내리고 사병은 거기에 복종해야 한다. 철저한 상명하복 구조이다. 소대장은 직업군인이었고 장교였다.

그 작전에서 성공했더라면 큰 전공을 세웠으니까 무공훈장을 타게 되고 진급에 절대적으로 도움이 되었을 것이다. 장교는 진급에

목을 매고 있으니까.

"그래도 살아서 무사히 돌아왔으니 하는 말이지만…… 강원도 전방에서 썩은 군발이들보단 출세한 거야. 어떻든 처음 외국 구경한 거니까. 지금이야 그렇지만 그 옛날은 외국이란 달나라처럼 까마득하게 먼 곳이었지. 거기다 양담배 피우고 미제 캔맥주 마시고 달러로 월급을 받았으니까. 우리가 화랑담배를 피운 건 수송선에서 마지막이었지. 난 월급을 받은 대로 전부 고국으로 송금해서 우리 집 빚을 대충 해결한 거야."

"지금 같으면 못 먹을 텐데…… 고국에서 보낸 캔 김치 말이야. 시큼시큼했으니까. 그래도 전투 식량에 진저리를 치고 있었는데 진짜 김치맛을 보니까 모두들 환장했지."

"월남도 별수 없었어. 군화건 군복이건 사이즈가 잘 맞는 게 없었어. 그런 거야. 군대는 사이즈가 두 개밖에 없지. 하나는 너무 작고 다른 하나는 너무 큰 거야. 우리 몸으로 거기다 맞추는 거지."

"나는 중대장 당번병이 제일 부럽더라고. 작업도 하지 않고…… 중대장 옷이나 빨고 다림질하고 구두 닦는 게 임무니까. 거저 먹기지. 정찰 수색 임무에 나가는 일도 없고 진지 작업에 동원되지도 않는단 말이야."

"무슨 소리야. 그건 사내자식들이 할 일이 아니야. 당번병은 꼭 내시 같은 놈들이야."

"그 당번병 말이야…… 여자처럼 예쁘장하게 생긴 게 혹시 중대장의 애인 아니었을까?"

"만약 그랬다면 그 좁은 바닥에서 진즉 소문이 났을 거야. 그건 잘못 짚은 거야."

"우리가 얼마나 고생했는지도 모르고 말이야…… 누가 월남 갔다 왔다고 하면 대뜸 '얼마나 벌었느냐'고 묻거든. 세상 인심 더럽더라고. 얼마나 죽을 고생을 했냐고는 아무도 물어보지 않는 거야."

"분대장이 그렇게 다들 콘돔 챙기라고 강조했지만 우린 그걸 무시했어. 그러다가 된통 당한 애가 있었지. 요도가 따끔거리고 누런 액체가 사타구니에 엉겨있었다니까. 그걸 독하기로 소문난 미제 항생제로 치료하느라고 고생깨나 했지."

"분대장이 호박씨 까는 거야. 자기는 낙타 눈깔을 두 개씩이나 지갑에 넣고 다녔거든. 아주 신주단지처럼 모셨어."

"나는 그거 본 적이 없는데……"

"고리 모양으로 생겼는데…… 가느다란 가죽 테에 빙 둘러서 잔털이 달려 있지. 원래는 그 털이 빳빳하게 서 있는데 말이지 거길 들어가면 부드러워지면서 흐물흐물해진다는 거야."

"그게 미제였어?"

"낙타 눈깔이라면 낙타의 눈 주위를 도려내야 되는데 미국에 낙타가 있을까?"

"모르지 뭐. 아마 개털이나 염소 수염으로 만들었을 수도 있어."

"그래도 수진 여자들이 최고였어. 나트랑이나 판랑 쪽은 아니었어. 내가 알기로는 우리 분대는 호모가 없었어. 다른 분대의 경우에는 그걸로 소문난 애들이 있었지."

"우리가 분대장은 잘 만난 거야. 분대는 분대장이 병력을 장악하고 있거든. 그러니까 분대장 자리가 만만치 않지. 분대장이 꼴통이면 분대원들이 보통 괴로운 게 아니거든. 사사건건 간섭하면서 괴롭히니까. 그런데 우리 분대장은 사람이 좋았어. 가급적 우리를 편하게 해주려고 신경을 많이 써주었거든. 그러면서도 앞장을 서는 거야. 뒤에서 꾸물거리는 법이 없었어. 지금 충주에서 개인택시 하면서 잘살고 있지. 자식들도 다 좋은 대학 나오고 좋은 직장에 자리를 잡았지. 복 받은 거라니까."

"분대장은 자기는 절대로 결혼하지 않을 거라고 했어. 인간들에게 회의적이었지. 그런데 제대하자마자 바로 결혼하더라고. 노처녀였는데 초등학교 동창생이라고하더군⋯⋯"

"4분대장은 우리 분대장과는 하사관 학교 동기생이었어. 그리고 함께 월남에 온 거야. 둘이 엄청 친하게 지냈는데 그날 밤 죽은 거지. 분대장이 그의 시체를 안고 엄청 눈물을 흘리더라고."

"음장선이는 그때부터 그림 솜씨가 있었어. 맨날 종이에다가 무언가를 그렸으니까. 네가 분대장 팔목에다가 그려준 용 문신은 아주 그럴듯했거든. 그런데 분대장은 귀국하고 나서 그 문신을 지워버렸더라고."

박충근이 말했다.

"그런데 너희들 그거 알고 있어. 매일 아침마다 식사가 끝나고 나서 꼭 다섯 알의 진정제를 삼켰어. 그걸 의무대에 가서 억지로 타 가지고 온 거야. 그걸 먹어야만 마음이 진정되고 전투에 나갈 수 있었다니까.

유 상병이 야전병원으로 후송되었을 때 우리는 이미 죽은 줄로만 알았지. 중대 내에서 이상한 소문이 돈 거야. 멀쩡했던 사람이 완전히 돌아버렸다고 했으니까 우린 모두 깜짝 놀랐다니까. 아무리 전쟁터라고 하지만 갑자기 그런 일이 있을 수 있었겠어.

정신병으로 단단히 미쳤는데 치료약이 없어서 도저히 살아날 가망이 없다는 거지. 그건 연대 의무병이 퍼뜨린 말이었을 거야.

그래서 퇴원하여 귀대했을 때는 귀신이 나타난 줄 알았지. 그런데 얼마 안 있다가 대대본부로 전출됐고 바로 병장으로 진급했어. 그리고 연장 근무까지 하고. 갑자기 무슨 빽이 생긴 거지? 군대는 빽이야. 빽이 없으면 불가능한 일이지. 안 그래?"

내가 말했다.

"거의 죽을 뻔했었지만 그렇다고 미친 것은 아니었어. 정말 미쳤다면 그렇게 빨리 퇴원해서 귀대까지 할 수 있었겠어.

나도 말단 소총수였는데 빽은 무슨…… 빽이 있었다면 당초에 말단 소대까지 내려갔겠어. 그냥 운이 좋았던 거지.

그때 우리가 위험한 전투에 투입되면서 수색 정찰을 하려고 장거리 행군을 하게 되면 그때마다 '죽음의 계곡'에 간다고 했지 않았어.

행정병이 되니까 죽음의 계곡에 갈 일이 없으니까 정말 좋았지.

하지만 소총 소대를 떠나면서 기분이 좋은 것만은 아니었어. 혼자서 안전한 후방으로 가는 거니까. 너무 미안했었지.

군대에서는 특과병과 소총병 간에 너무 차이가 나는 거야. 특과병은 너무 편하고 보병은 너무 고되면서 전투에 나가 목숨을 걸어야 하니까. 완전 좆뱅이야. 내가 행정반에 가니까 알겠더라고.

군대는 보직이라니까. 그리고 대대본부에 가니까 50불만 주면 인사계 선임하사가 그냥 1년 연장해 주는 거야. 다 그렇게 했어. 나만 그런 게 아니었어."

"오죽했으면 미군들은 보병을 땅개라고 했을까."

"박승춘 일병은 경북 상주 출신인데 말이지 월남에 와서 첫 번째 전투에서 재수 없이 당한 거야. 돌이켜보면 우리 분대를 대표해서 혼자 죽은 셈이지. 그날 밤 제일 재수가 없었던 분대는 4분대였어. 다섯 명인가 여섯 명이 죽었으니까 그러면 반이 죽은 거라고."

"4분대 추 병장 말이야. 그때 내게 말했었거든. 한두 달만 무사히 버티면 귀국한다는 거지. 귀국선을 타고 한국에 돌아가는 날 부산항에 식구들이 전부 나올 거라고 했어. 그는 김해 출신이었거든. 그런데 그날 밤 죽고 말았지. 시체를 보니까 잠을 자고 있는 것처럼 얌전하게 죽었더라고."

"그때 박 일병에게 물을 주지 못한 게 두고두고 후회가 되지. '물 좀 줘, 목이 말라, 한 모금만 주라구.' 간신히 말했는데 내가 수통을 꺼내자 모두 말렸어. 위생병이 나를 쏘아보면서 '그건 안돼! 부상병에게 물은 위험하단 말이야! 정신 차려!'라고 외쳤거든. 어차피 죽는데 물 한 모금 마시면…… 어쩐다구."

내가 말했다.

"그거 기억나지. 우리 소대는 내무반이 두 개로 나눠있었어. 1분대와 3분대가 한 내무반을 썼고 2분대와 4분대가 바로 옆 다른 내무반을 썼지. 죽은 박 일병은 내 옆 매트리스였어. 밤에 잘 때는 약간 가볍게 코를 좀 골았지. 걔가 죽었을 때 정말 많이 울었지. 눈물이 쉴 새 없이 흐르는 거야. 인생이란 게 정말 허망했지.

걔가 하모니카를 참 기가 막히게 잘 불었어. 내무반 벙커에서 심심하면 시도 때도 없이 그걸 불게 한 거야. 우리가 몇 번이고 박수를 치면 그제서야 마지못해 일어난 거처럼 일어났어.

반드시 일어나서 서서 불었거든. 그래야만 뱃속에서부터 힘이 솟아오른다는 거야. 연거푸 두 곡 세 곡 불러제꼈어. 18번이 '베사메무쵸'였고 뽕짝이나 팝송을 자기 나름 편곡해서 변주도 하고 자유자재로 즉흥연주도 했었지.

월남에 올 때 그 트레몰로 하모니카를 따블백 속에 넣어가지고 온 거야. 박 일병 설명에 의하면 그게 연주음이 크고 풍성하다고 하더라고. 그날 매복 작전을 나갔을 때도 분명히 배낭 속에 그 하모니카가 들어있었어. 언제나 몸에 지니고 다니는 보물이니까."

"우리는 연대작전에는 동원된 일이 없었어. 그렇지 않은가? 대규

102
인간의 초상

모 작전에 출동해서 베트콩들과 전투할 때는 베트콩들이 옛날 6·25 전쟁 때 중공군들처럼 신들려서 덩실덩실 춤추며 징과 꽹과리를 울리면서 공격해 온다는 거야. 그러면 소름이 끼친다는 거지."

"그건 말도 안 되는 소리야. 생각해보라고. 6·25 때와 월남전은 15년밖에 차이가 나지 않지만 전투 양상이 완전히 다르니까. 월남전은 완전히 게릴라전이었어."

"우리가 늪지대를 지날 때 말이야 정말 겁이 나더라고. 나는 뱀이 물속에서 기어 나와 내 목을 칭칭 감을 거라고 생각하니까 눈앞이 캄캄하더라고."

"그날 밤 나는 영락없이 죽을 거라고 생각했지. 그 새끼늘이 감쪽같이 나타났으니까. 내가 어떻게 부상도 입지 않고 살아남았는지 지금도 믿어지지가 않지."

음장선이 말했다.

"그날 밤 나는 총상을 입었어. 오른쪽 허벅지에 맞은 거야. 처음에는 피가 흐르고 심한 통증이 오니까 충격과 당혹감 때문에 죽는 줄 알고 까무러치기 직전이었지. 위생병이 지혈 압박붕대로 감아주고 나서 102병원으로 후송되었어.

나는 큰 수술을 받아야 되는 걸로 알고 있었는데 총알이 박히지도 않고 뚫고 지나가면서 심한 상처가 난 거였어. 그러니까 한 보름쯤 지나자 군의관이 회진을 돌면서 일주일만 지나면 퇴원해야 된다고 하더라고.

병원은 천국이었는데, 식사 잘 나오지, 낮에는 진지 작업도 하지 않고 빈둥거리지, 밤마다 보초 안 서고 잠 잘 자지, 거기다 천사처럼 아름다운 간호 장교들이 엉덩이에 주사를 놔 주거든. 어떻게 해서든지 병원에 오래 눌러앉을 방법을 궁리했지만 그게 그렇더라고. 병원에는 전쟁 신경증에 걸린 나이롱 환자들도 있었단 말이야.

그날 밤 다른 분대에서는 중상자도 많이 나왔어. 102병원에서 한쪽 팔이 어깨에서부터 완전히 나간 사람, 다리가 무릎까지 잘린 사람을 만났거든. 차마 쳐다볼 수가 없어서 외면하고 모른 척했어. 눈물이 쏟아져 내리더라고. 걔들은 치료가 끝나고 무슨 훈장을 받고 나서 조기 귀국했어."

"평생 완전히 병신이 되었는데 그깟 훈장이 무슨 소용이 있겠어."

"행군할 때 배낭이 얼마나 무겁던지. 소대장 몰래 배낭의 짐을 줄이려고 버릴 것은 버려야겠다고 마음먹었지만 버릴 게 없었지."

"개새끼들이 얼마나 빠르게 기습을 했던지 수류탄 던질 시간도 없었다니까. 수류탄을 들었는데 엄청나게 무겁게 느껴지는 거야. 그때 안전핀을 뺐으면 멀리 던지지도 못하고 그 자리에서 폭발했을 거야."

"그거 있지 왜? 그 통에도 빌어먹을 방귀가 나오는 거야."

"우리 소대는 정말이지 운이 없었어. 왜 하필 우리 소대가 뽑힌 거야."

"그건 소대장이 자원했을 수도 있어. 원래 매복 작전은 소대가 순서대로 돌아가면서 했거든. 귀국을 앞두고 있으면서 목에 걸 번듯한 훈장이 없어서 초조해했으니까."

"그 소대장 육사 출신이라고 자부심이 대단했지. 중위 진급을 앞두고 있었는데 장교로서 별다른 흠은 없는 사람이었어. 너무 고지식했을 뿐이야."

"그때 진지 위치가 영 아니었어. 너무 아래쪽이었다니까. 몸을 숨기기가 적당치 않았지. 그때 더 넓게 분산 배치해야 되는데 밀집 대형이었으니까 피해가 크게 발생한 거야. 그런데다 매복지가 그놈들에게 노출되어 버린 거지."

"왜? 소대장한테 말하지 않았었지? 그걸 지적했어야지."

"소대장 성질을 몰라서 그래. 틀림없이 불같이 화를 냈을 거라고. 맨날 하는 소리가 명령 불복종 아니었어."

"소대장만 탓할 수는 없어."

"그럼 누가 잘못한 거야. 그가 지휘관 아니었어……?"

"누구도 탓할 수는 없다고. 다 지난 일이야."

"나는 그때 월남 고참병이었어. 전투 경험이 많았다니까."

"그놈들은 내내 우리가 이동하는 걸 지켜보고 있었는데 기습할 순간을 기다리고 있었던 거지. 그놈들이 수류탄 투척 거리까지 접근했으니까 완전히 당한 거야. 걔들도 머리를 쓴 거야.

안개가 짙게 낀 밤중이거나 아직 어둠이 가시지 않은 어슴푸레한 새벽 중에서 새벽을 선택한 거지. 자기들도 퇴각할 때 도피로를 확보해야 했으니까."

"불길한 밤이었어. 유령이 나온 거야."

"장교는 두 가지 타입이 있어. 가급적 소대원들에게 잘해주려고 노력하는 스타일이 있는데 그러나 마음과는 달리 잘해줄 수 없지. 소대장은 중대장의 참모에 불과하니까 행정적으로 아무런 힘이 없는 거야.

두 번째 타입은 처음부터 군기 잡으려고 마구 덤비는 경우이지. 속내를 들여다보면 소대원들 개개인에게는 전혀 관심이 없고 소대를 일사불란하게 지휘 통솔하는 데만 신경을 쓰는 거지. 그러면 소대원과 소대장은 물과 기름처럼 되고 말아."

"우리 중대장은 중대원들 이름과 계급을 모두 외워서 이름표를 보지 않고서도 중대원을 이름으로 불렀지. 부를 때는 이름 뒤에 꼬박꼬박 계급을 붙였어."

"장교들은 모두 특과병이야. 수송선에서도 걔들은 갑판 위 창문이 있는 특실에서 잠을 잤고 우리는 배 밑창 화물칸을 개조한 밀실 같은 방에서 쥐새끼들처럼 오글거리며 잤으니까.

그러니까 장교는 싫은 거야. 아무것도 아닌 것들이 인격을 무시하고 얼마나 거들먹거리는지. 졸병들을 깔고 뭉갠다니까."

"나는 지금 많이 좋아졌지만 귀국하고 나서 오랫동안 전쟁의 후유증 때문에 죽을 고생을 했지. 너희들은 괜찮았어?"

"먹고 살기 바쁠 때는 몰랐는데…… 나이가 들수록 그때 일이 엊그제 일처럼 생각나는 거 있지. 항상 마음이 편치 못하고…… 뒤늦게 우울증에 걸려 있지. 나이 탓인지도 모르겠어."

송창영 형이 말했다.

"그날 밤 실제로 무슨 일이 벌어지긴 한 거야? 진짜 꿈같은 일이 아니었을까? 과연 실제로 벌어진 일인지 확신이 서지를 않다니까. 우리가 그날 밤 상황에 맞춰서 이리저리 말하다 보니까 상상을 하거나 꿈을 꾸고 있는 것처럼 보인다니까."

"소대장은 그때 갈가리 찢겨서 죽었어. 지금 국립묘지에 누워있겠지. 그러니까 더 이상 이야기하지 말자고. 불쌍하지, 뭐."

지금 돌이켜보면, 그때 누구도 예상을 못 했으니까, 그저 늘 있는 매복 작전으로 생각했으니까, 그 엄청난 사건이 끝나고 난 다음 한참 지나고 나서야 비로소 이런 일이 어떻게 우리에게 일어났지, 하는 생각이 들었다.

그들은 내내 숨어서 우리들을 지켜보고 있었고 우리가 새벽녘이 되어 방심할 때까지 끈질기게 기다렸다. 우리는 순식간에 대혼란에 빠졌고 지리멸렬했다. 그들은 재빠르게 치고 빠졌으니까 돌격과 백병전은 일어나지 않았다.

　칠흑 같은 밤. 청음초에서 보초 근무. 마름모꼴 남십자성. 모기떼
와 거머리들, 군복 속을 스멀스멀 기어 다니며 지랄같이 엉겨 붙는
불개미들이 득실거리는 늪지. 전갈은 소리없이 정글화에 숨어들어
생명을 위협했다. 갈대밭. 가시덤불. 강의 지류. 메콩강. 비 오듯 쏟
아지는 땀. 사타구니의 습진. 상처투성이. 연대 의무대에서 5불을
주고 받은 포경수술. 베트콩. 월맹 정규군. 그들의 출현을 기다리는
고통스럽고 지루한 매복의 시간. 참을 수 없는 갈증. 불안. 공포. 팬
텀기 편대. 105밀리 곡사포의 포탄. 조명탄. 시누크 헬기의 굉음. 드
륵드륵 연속 발사되는 M16 소총. AK-47 소총. LMG의 속사음. 클
레이 모어, 부비트랩이 터지며 나는 귀를 찢는 듯한 폭발음. 로켓포
소리. 수류탄 터지는 소리. 화염병사기의 무차별 난사.

　부산! 부산! 여기는 대구!
　작전 종료! 철수하라. 반복한다.
　수고했다. 중대 진지로 철수한다.
　엎드려라! 움직이지 마라!
　엄호 사격!
　수류탄이다!
　시체라도 찾아야 한다.

소대장님! 미안합니다.
한 달밖에 안 남았심더.
살아서 귀국해야지.
진짜로 고맙심더.
우리 자주 편지 쓰자.

호찌민 루트. 혼바산과 죽음의 계곡.

화약 냄새. 시체 타는 냄새. 화장터. 야전병원. 연기. 공동묘지. 실루엣. 피 묻은 파편. 피로와 배고픔. 수면 부족. 두려움. 죄책감과 공포. 혐오감. 증오. 눈물. 고함. 욕설. 비명. 신음. 절규. 아우성. 광기. 잔혹한 학살. 피. 시체. 죽음의 냄새. 허무. 망상. 환영. 고통을 잊기 위한 또는 황홀경을 위한 마리화나. 혼돈. 역겨움. 파괴. 완전한 무의미. 수진 마을. 꽁까이. 성병 (곤지름, 임질, 매독). 갈등. 자살. 범죄적 불법행위. 귀국, 귀국 박스.

월남에서 돌아온 김 상사

늘 안개가 자욱했던 안케 언덕과 안케패스 전투.

잘 싸운 전우들은 모두 전사하고 말이 없다. 구경꾼들이 오히려
수많은 이론과 원칙을 내세워 비판하고 작전을 폄하하고 있다.

숲과 평야에 가랑비처럼 뿌려지던 에이전트 오렌지. 아직도 끝
나지 않은 전쟁의 상처인 심장을 향해 느리게 날아오는 총알과 같
은 고엽제 후유증.

빈딘 성의 민간인 대학살과 빈호하 마을의 학살.

이곳에서 1966년 12월 6일 남조선 군인들이 무고한 민간인 131
명을 학살하였다.

밀라이 대학살.

그때 이후, 모호한 시간에
죽음의 고통은 되돌아온다.
그리고 나의 섬뜩한 이야기가 말해질 때까지
내 가슴은 불타리라.

12. 중대본부 (또는 중대 전술기지)

우리 중대 진지는 대대의 전술 책임 구역 내에 자리 잡고 있었다.

마을에서 멀리 떨어져서 풀과 나무들이 우거진 밀림을 배경으로 하여 얕은 언덕에 위치하고 있었다. 주위에는 야생 바나나와 야자수 나무들, 대나무 숲이 군락을 이루어 서 있었고, 밀림에서는 원숭이가 이 나무 저 나무로 건너다니면서 울부짖는 울음소리가 들렸다.

중대 전술기지는 소대와 소대, 소대와 분대, 분대와 분대, 소대와 CP (중대지휘소) 그리고 각 초소가 일명 토끼굴이라고 하는 교통호로 거미줄처럼 연결되어 있다. 교통호에는 자주 독사와 지네, 도마뱀이 기어 다녔다. 동서남북 사방을 경계할 수 있는 부대 내 제일 높은 둔덕 관망대에는 야간 투시경인 SRS망원경과 M2중기관총이 설치되어 있다. 진지 밖에는 이중 삼중으로 겹겹이 철조망이 처져

있고 철조망과 주변 나뭇가지에는 조명지뢰가 과일나무 열매처럼 달려 있다. 또한 철조망 앞 20미터 간격의 전방에는 수없이 많은 지뢰와 부비트랩이 매설되어 있으므로 아무리 베트콩이라 하더라도 지뢰밭을 뚫고 들어오기는 불가능했다.

온종일 태양은 쉬지 않고 머리 위에서 뜨겁게 이글거린다. 숨 막히는 더위를 견디지 못하고 천장이 무너질 듯 몇 겹으로 샌드백을 쌓은 반지하 벙커에서는 모두 상의를 벗고 빤스만 입고 지낸다.

우리는 매일 진지 보강 작업을 하고 관물함을 정리하고 빨래를 하고 청소를 했다. 밤낮으로 하루도 빠지지 않고 방탄 조끼를 입고 완전 무장을 하고 베트콩의 예상 접근로에 매복과 수색 정찰을 나갔다. 매일 누가 시키지 않아도 자기 스스로 알아서 각종 화기를 분해 결합하고, 손질하고 기름칠을 하였다. 언제든지 실탄만 장전하면 사격할 수 있도록 완벽하게 손질했다. 손질되어 있지 않은 총은 아무리 방아쇠를 당겨도 총알이 나가지 않는다.

그러나 몸을 씻을 물이 너무 귀했다. 목욕을 못 해서 온통 몸이 끈적끈적하고 손등이나 손목, 발등에는 땟국이 흐르고 얼굴과 목덜미에는 늘상 뽀얀 먼지가 앉아 있었다. 수염을 못 깎아서 턱 밑이 근질근질했다. 사타구니에서는 시금털털한 냄새와 함께 지린내가 풍겨 나왔다. 행군 도중 시냇물이나 우물을 만나면 세수를 하고 목욕을 했다.

보급품은 모두 미군 헬리콥터가 운반한다. 헬리콥터가 도착하면 헬기장 일대가 푸른 연막탄으로 뒤덮였다. 보급품을 가득 실은 거대한 괴물인 시누크 헬리콥터는 으레 중대 진지를 한 바퀴 돌고는 착륙하는데 가장 반가운 것은 C레이션과 먹는 물이다. 그리고 서무병이 가방 가득 넣어서 가져오는 고국에서 오는 편지 뭉치였다.

군용 차량으로 보급품을 중대 진지까지 나를 수 있으면 좋겠지만 중대 진지와 대대본부와는 거리가 멀었고 지형도 언덕과 늪으로 연결되어 있어서 험난했다. 정기적으로 차량이 지나다니게 되면 베트

콩들은 틀림없이 지뢰를 매설할 것이고 또는 그때마다 기습 공격을
할 가능성이 농후했다. 그렇기 때문에 헬리콥터에 의한 수송은 불
가피한 것이었다.

우리는 가끔 남중국해를 바라보며 북쪽에서 남쪽으로 쭉 내려오
는 1번 국도를 따라 들어선 도시인 나트랑이나 판랑, 깜란으로 외
출을 나갈 수 있었다. 특히 미군의 대규모 군수 보급창이 있는 깜란
베이 입구에 있는 수진 마을에는 깜란베이에서 군수품의 하역이나
운송, 미군 부대의 시설공사를 하는 미국 민간 회사에 고용된 한국
근로자나 한국군 병사를 고객으로 하는 한국인이 경영하는 음식점,
중국식당, 목욕탕, 월남인들의 카페, 술집, 기념품 가게, 사진관, 여
관 그리고 꽁까이 (처녀)집이 널려 있었다.

우리는 술집에 가면 베트남 생선소스인 느억맘으로 살짝 버무린
채소와 과일을 안주로 해서 버드와이저 맥주를 마셨다. 고참병들은
어느 틈엔가 5불이 정가인 꽁까이 집으로 갔다.

우리는 자주 분대 정찰이나 소대 정찰을 나갔다. 우리는 베트콩을 VC라고 불렀고 미군들은 찰리 (Charlie)라고 했다. 그들에게는 탱크도 없고 소련제 전투 장갑차인 BMP도 없고 군복도 없다. 그들은 그저 구식 소총을 들고 전통 복장인 검은색 파자마에 샌들, 밀짚모자 차림으로 뛰어다니고 땅굴 깊숙이 숨어있다.

우리의 주된 임무는 베트콩이 숨어있는 지하 땅굴을 찾아서 베트콩을 생포하거나 사살하고 땅굴에 저장되어있는 군수품을 수거해 오는 것이다.

거친 풀로 위장된 땅굴 입구는 언뜻 보아서는 구별하기 어렵다. 그렇지만 자세히 살펴보면 위장된 땅굴 입구임을 알 수 있다. 조심스럽게 땅굴 입구로 접근하여 덮개를 들어 올리면 땅굴 속에서 더운 바람이 뛰쳐나와 얼굴에 확 끼친다. 그때는 베트콩의 저항과 지뢰와 부비트랩 장애물이 있는지 조심 조심하면서 한 발 두 발 굴속으로 들어간다.

굴속의 높이는 대개 바닥에서 천장까지 70~100센티미터 정도, 너비는 60~200센티미터 정도이지만 이보다 훨씬 큰 굴도 많다. 굴속은 무덥고 습기로 가득 차 있다. 역겨운 냄새가 코를 찔렀다. 굴속은 깊었고 질기고 긴 나무뿌리와 풀뿌리를 엮어서 나름대로 땅굴 속에 천장을 만들었기 때문에 폭격을 맞아도 땅이 잠깐 흔들리기는 하지만 절대로 무너지지 않는다. 그리고 아무리 깊고 길게 굴을 파 놓았지만 군데군데 공기가 통하여 그들이 숨을 쉴 수 있도록 지상과 연결된 구멍을 뚫어 놓았다. 그리고 중간 중간에 지상으로 나가는 비상구까지 설치해 놓았다.

하지만 동굴을 수색해도 허탕 치는 경우도 많았다. 어느새 낌새를 알아채고 쥐도 새도 모르게 철수해버린 것이다. 그들은 후퇴하면서 함께 갈 수 없는 부상자들 가슴에 총을 쏴서 사살해버렸다.

그게 정신적이건 육체적이건 고통을 줄여주는 효과적인 방법이었을 것이다. 부상병이 고통을 참지 못하고 어서 빨리 총을 쏘고 가라고 했을 것이다. 가슴의 상처에서 느리게 꾸물거리는 구더기가 들끓었고 얼굴에는 파리 몇 마리가 엉겨 붙어 있다. 이목구비가 뚜렷한 누런 얼굴은 모든 것을 초월한 듯 편안해 보였다. 이 남자에게도 어린 시절의 추억이 있었고 젊은 날의 꿈과 희망이 가슴 속에 가득했을 것이다.

시체에서 나는 악취도 언젠가는 공기 중으로 흩어지거나 땅속으로 스며들어 사라지리라.

그날, 소대장의 지시를 받고 분대장인 김진홍 하사와 송창영 병장과 나는 땅굴을 탐색하기 위해서 준비를 했다. 랜턴, 대검, 권총, 수류탄, 수통 등이 탐색하는 데는 필수적이었다.

송 병장이 앞을 향해 플래시 불빛을 비추면 분대장이 선두에서 포복 자세로 전진하며 굴속 이곳저곳을 대검으로 찔러본다. 굴속을 전진할수록 비스듬히 밑으로 기울어지면서 조금 패어져 있었고 땅굴의 중앙은 크기와 규모는 입구와는 달리 아이들이 서서 뛰어다닐 수 있을 만큼 높고 넓었다. 하지만 굴은 계속 구불구불 안으로 연결되어 있다.

군복은 땀으로 흠뻑 젖었고 다리가 아프고 고개가 뻣뻣하다. 행여 인기척이라도 들리는지 귀를 곤두세운다.

이따금 플래시 불빛에 보이는 것은 허리에 동여맬 수 있는 쌀자루, 호지맹산타루라고 부르는 신발, 옷가지, 비상용 약품들이 어지럽게 흩어져 있다.

그때였다. 앞쪽에서 분명히 인기척 소리가 들려왔다. 한두 사람이 아니라 좀 더 많은 숫자인 것 같았다. 이제 인기척 소리는 끊이지 않고 계속 들려왔다. 나는 수류탄의 안전핀을 뺐다. 송 병장은 계속 플래시를 들고 굴 앞쪽으로 불빛을 비쳤다. 몸 구석구석에서 경련이 일어났다. 숨이 막힐 듯한 긴장의 순간이 흘렀다. 분대장이 앞을 향해 소리친다. "라이 라이 (나오라)" 아무 반응이 없자 다시 소리친다. "라이 라이" 그러고 나서 분대장이 권총 두 발을 쏘았다. 요란한 총소리는 메아리가 되어 굴속을 맴돌았다. 다시 분대장이 소리친다. "노 라이 라이 쾌꼴락 (안 나오면 죽인다)" 분대장은 몇 번을 반복하여 소리를 질렀다. 온몸에는 땀이 줄줄 흐르고 군복은 더더욱 몸에 찰싹 달라붙었다.

그때 저쪽에서 쏜 총알이 왼쪽 벽에 박혔다. 분대장은 내가 건네준 수류탄을 안쪽으로 던지고 나서 땅바닥에 엎드리라고 소리쳤다.

수류탄이 폭발하면서 동시에 포연이 자욱하여 땅굴은 그야말로 깜깜했다. 그때 분대장이 소리쳤다. "이상 없나" "이상 없습니다"

우리는 베트콩이 칼을 들고 튀어나올 것 같은 예감 때문에 동시에 앞을 향해 권총을 난사했다. 완전히 침묵이 찾아왔다. 불빛 속에서 아직도 피가 줄줄 흘러내리는 다섯 구의 베트콩 시체를 찾아냈다. 그 굴의 끝에는 신발, 식량 주머니, 의약품, 쇠똥을 바른 까치발, 방망이 수류탄 20발, AK소총 10정, 미제 칼빈 2정, 권총 2정, 여자 베트콩에게 지급되는 속옷과 브래지어, 피임약, 베트콩의 가족사진 등이 여기저기 흩어져 있었다.

그리고 한국군 작전 지역에 뿌릴 한글 전단도 발견되었다. 손글씨로 쓴 전단에는 '한국 군인이 우리 공화국에 귀순한다면 생명과 안전을 보장한다. 개인 소유물은 압수하지 않는다. 고향에 편지를 쓰도록 허락한다. 전선에서 저지른 모든 죄상도 묻지 않는다.'라고 또박또박 써있다.

죽은 베트콩 한 명은 몸이 완전히 너덜너덜 찢어졌고 다른 한 명은 얼굴이 완전히 일그러진 채 눈을 부릅뜨고 있었다. 우리는 죽은 시체를 고개를 돌려 외면한 채 수통에 반쯤 남아 있는 물을 다 들이켰다. 땀이 미친 듯이 흘러내린다. 심장이 거칠게 고동치면서 알수 없는 불안감이 온몸을 감싸는 것 같았다.

나는 몇 번이고 깊숙이 숨을 들이마셨다. 나는 마침내 살인을 한 공범자가 되었다. 그렇지만 죽음은 무서운 것도 신비한 것도 아니고 그저 허무한 것에 불과하다는 생각이 들었다. 인간은 누구나 죽게 되어있다는 체념이 들었다.

분대장이 송 병장에게 지시했다. "야…… 죽은 베트콩의 오른쪽 귀를 전부 자르라고. 적을 사살했다는 걸 증명하려면 시체를 제시해야 하는데…… 어떻게 다섯 놈이나 끌고 나갈 수 있겠어. 귀를 가져가면 충분하지. 훈장을 타야 하는데 영수증이 필요할 거 아냐."

그러고 나서 중대 CP에 무전 보고가 있었다.

"두더지 끝났다.

쥐새끼 다섯 마리 잡았다.

담뱃대 14정, 철조망 파괴통 5개 노획했다.

우리는 철수한다."

중대장이 달랏 지역 외곽 깊은 정글에 항공 정찰 결과 적의 보급기지가 숨겨져 있는 것으로 의심되고 수 미상의 베트콩인지 월남 정규군인지 정기적으로 출몰한다는 정보를 대대본부로부터 받고 나서 우리 소대에 정찰 수색을 긴급 지시했다.

그쪽은 미로처럼 엉켜있는 호찌민 루트와 연결된 중부 해안 지대로 내려오는 대량 보급품의 주요 이동 통로였다. 정글처럼 위장된 거점 캠프에는 50명 정도 또는 경우에 따라서는 그 이상의 많은 병력이 활동했고 북베트남에서 내려오는 다량의 식량과 의약품, 탄약과 화기를 보관했다.

처음에는 그 흔해빠진 공격 작전이나 매복 작전으로 생각했다. 그런 작전은 반복적으로 이루어져서 너무 익숙했다. 이번 작전이 무사히 끝난다고 해도 전투를 위한 출정은 끊이지 않을 것이다. 하지만 이번 작전은 지금까지 소대작전 중 가장 먼 곳이었고 더욱이 일주일 남짓 고립되어 단독으로 작전을 수행해야 한다.

그러므로 만약의 경우 중대본부의 81미리 박격포와 4.2인치 로켓포와 C포대의 105미리 곡사포와 지상 20미터 정도 상공에서 폭발하는 폭탄인 CVT탄의 지원 사격을 기대할 수 없었다.

소대는 최소의 전투 단위였다. 우리 소대는 4개 분대로 나눠져 있었고 소대장을 포함해서 46명이었다. 하지만 우리는 분대 단위가 아니라 소대 단위로 활동했고 훈련도 소대 단위로 했다.

우리는 중대 기지를 떠나 정찰과 수색을 해야 한다. 행군과 정찰, 집중 수색과 매복. 다만 적을 발견하면 즉시 사살하고 포로로 생포할 필요는 없다는 지시를 받았다. 긴박한 상황에서 포로를 잡으면 그것처럼 처치 곤란한 일은 없다. 그들을 믿을 수는 없다. 무슨 일이 일어날지 알 수 없다. 포로들 때문에 작전에 지장을 초래하고 시간이 심각하게 지체된다. 차라리 처치하는 게 낫다. 그것이 소대원들의 한결같은 믿음이었다.

우리는 절대로 살인을 해서는 안 된다고 알고 있지만 전쟁터에서는 그건 도저히 지킬 수 없는 공염불에 불과하다.

헬리콥터는 뜨지 않는다. 그걸로 이동하면 정찰 수색 지점이 완전히 노출될 수 있을 뿐만 아니라 헬기로 투입되는 과정에서 헬기에서 내리자마자 집중공격을 당해서 전멸까지 당할 수 있기 때문이란 것이다. 작전을 종료하고 철수할 때만 지원을 받게 된다. 그러므로 우리는 무거운 배낭을 지고 행군을 해서 머나먼 목표 지점인 Z 지점까지 가야 한다.

그 지역은 고원 도시인 달랏의 외곽에 병풍처럼 서 있는 랑비앙산 뒤쪽 저 너머에 있는 죽음의 계곡이었다. 가는 길목에 논과 풀숲, 늪과 호수가 누빈 천 조각처럼 모여 있고 밀림 내부는 오밀조밀해서 특별히 위험한 곳으로 알려져 있었다. 믿을 수도 없고 확인할 수도 없는 이야기지만 프랑스와 베트남 전쟁 중에 베트남군의 매복에 걸려 프랑스 보병 2개 대대가 전멸한 곳이라는 것이다.

우리는 그날 밤 뜬금없이 고국에 돌아가서 제대하면 무엇을 할 것인지를 놓고 얘기를 나눴다. 말단 소총수들은 밑바닥 인생이었다. 그들 중에는 고졸 이상의 학력 소지자는 거의 없었다. 대부분 국졸이었다. 그들은 제대하면 농촌으로 돌아가거나 도시로 나가 공장 노동자 또는 공사판의 건설 노동자로 일할 수밖에 없다. 나는 입 밖으로 말할 수는 없었지만, 그것도 선임하사에게 잘 보여야 가능한 일인데 몇 달 있으면 병장으로 진급할 것이고 절약하고 절약하면 전투 수당을 모아서 대학 입학금을 마련할 수 있을 터였다.

우리는 언제 벌어질지도 모르는 전투에 대해 걱정하는 내색을 하지 않으려고 애를 썼다. 모두들 정체를 알 수 없는 두려움을 느끼고 있었다. 이따금 가벼운 대화가 분위기를 녹여주기도 했지만 그날 밤은 아니었다.

보병 중대는 누가 전사하거나 심한 부상을 당하면 달마다 들어오는 전입병에 의해 신속하게 자동 보충된다. 풋내기 신병들은 잔뜩 겁을 집어먹고 두리번거리면서 전투기지에 도착하면 먼저 전입 신고식을 하고 나서 중대본부에 자른 머리카락과 손톱과 발톱을 제출한다. 월남에서 죽으면 그것들은 영현부대의 화장터에서 보낸 하얀 잿가루와 함께 고국의 집으로 보내진다. 그리고 개인용 담요, 배낭, 벨트, 정글화, 수통, 철모, 개인 화기 등 관물을 지급받았다. 우리는 한국에서 미군이 2차 세계대전에서 사용했던 카빈 아니면 M1을 지급받았지만 월남에서는 신형 M16 소총을 지급받았는데 성능도 탁월하고 우선 훨씬 가벼워서 좋았다.

우리는 언제든지 대체 가능하다. 우리들이 어떤 개성을 가진 인물이고 어떤 종류의 삶을 살았든 간에 관계없이 초록색 군복을 입는 그 순간부터 군대라는 거대한 조직의 '군인'이라는 하찮은 부품으로 취급될 뿐이다.

내가 월남으로 파병되기 전 소속 부대는 5군단 산하 8사단의 보병연대였고 중대본부는 포천군 일동면 연곡리에 있었다. 나는 아직 일등병이었다. 한 해가 저물어 가고 있었다. 중대 인사계 담당 김 상사가 나를 호출했다.

김 상사가 걱정스럽게 말했다.

"유 일병이 월남 파병으로 차출되었다. 내가 차출한 것이 아니라 위에서 내려왔어. 우리 중대에서는 너 혼자야. 돈 많고 빽 좋은 사람은 다 빠졌으니까. 특과병은 모르겠지만 보병 소총수는 서로 안 가려고 뒤로 빠지거든. 그런데 넌 어쩔 셈이야? 아직 늦지는 않았는데…… 군대는 벼라별 수가 다 있으니까."

"전 별수가 없어요. 그대로 가겠습니다."

"그렇다면 할 수 없지. 일주일 내로 춘천 오음리 7보충단으로 가서 월남 파병 훈련을 받아야 한다."

나는 더블백을 메고 처음 보는 다른 중대의 전출병 2명과 함께 대대 연병장에서 대기 중이던 사단본부행 쓰리쿼터에 올라탔다. 거기서 모인 다음에 춘천의 오음리로 가게 된다. 그것은 월남전에 참전하기 위한 강제 전출이었다. 그때는 백마부대로 간다는 것만 알고 있었고 구체적으로 어느 연대로 갈지는 아직 정해지지 않았다.

고향처럼 낯익은 부대의 겨울 풍경을 바라보며 아련한 느낌이 들었다. 군홧발과 조인트, 가슴과 배를 마구 찌르는 번쩍이는 지휘봉이 생각났다. 내가 다시 여기로 돌아오는 일은 없을 것이다. 몸도 마음도 다 떠나는 거지.

새벽 일찍 출동해야 하므로 밤에 미리 준비해야 한다. 나를 지켜주는 수호신인 M16 소총을 삼등분으로 분해해서 정성스레 닦고 기름칠을 했다. 젊은 소대장이 우리들의 준비 상황을 점검하면서 왔다 갔다 했다. 그 즉석에서 군장검사를 했다.

소대장이 지시했다. "배낭끈을 잘 조절해야 한다. 장거리 행군을 해야 하니까."

우선 수통에 물을 가득 채우고 전투 식량과 소금을 챙겼다. 내 배낭에 들어간 것은 고이 접은 판초, 양말 두 켤레, C레이션, 소금, 물 소독약, 모기약, 말라리아약, 아메바성 이질약, 무좀약, 칫솔, 치약 튜브 작은 것, 수류탄, 그리고 정글에 갈 때면 절대적인 필수품인 독사에 물리면 3분 내로 먹어야 하는 주사위처럼 생긴 정육면체 모양의 해독제, 배낭 밖에는 캔버스로 싼 야전삽을 매달았다. 또한 벨트에는 응급처치 때 사용할 압박붕대를 넣은 파우치, 양쪽으로 수통 두 개, 칼집, 수류탄도 두 발이나 걸었다. 20발이 들어있는 탄창 여섯 개를 넣은 탄입대를 어깨에 걸쳤다. 그리고 얼굴에는 군데군데 검정색 위장 초콜리트를 발랐다.

야전 식량은 C레이션 일부와 일주일 동안 먹을 수 있는 미군이 개발한 특수 비상 식량이 처음으로 배급되었다. 은박지로 단단하게 포장한 냉동 건조 식량이기 때문에 부피가 작고 매우 가벼웠다. 은박지 봉투를 뜯으면 여러 가지 색깔의 가루가 들어있고 여기에 물을 붓기만 하면 음식으로 변했다.

우리는 행군을 하거나 매복을 하거나 간에 어디서 날아올지 모르는 총알이나 부비트랩과 지뢰를 밟아 하늘로 튕겨 날아오르면서 온몸이 갈기갈기 찢겨져 죽을지도 모른다는 공포에 끊임없이 시달렸다. 어느 순간 죽을지도 모른다는 전장의 군인들이 느껴야 하는 무형의 감정들, 죽음의 공포, 슬픔, 작은 희망, 본능적인 갈망의 감정을 배낭에 넣어 가지고 다녔다.

내일 아침 기상 시간은 4시이고 출발 시간은 5시가 될 것이다. 그러므로 내일의 고된 행군을 생각하면 일찍 취침해야 한다. 잠은 매우 중요하다. 그렇지만 잠을 이루기가 무척 힘들었다. 가슴이 마구 뛰었다. 그러다가 식은땀까지 흘렸다. 나는 고향을 생각했다. 부모님을 생각하고 동생들을 생각했다. 혹시 다치거나 불구가 되지 않을까, 혹은 목숨을 잃게 되지나 않을까 하는 걱정을 했다.

밤하늘에 총총히 빛나는 별들을 바라보면서 살아 돌아와서 저 별들을 다시 볼 수 있을까. 끔찍한 정적이 흐른다. 왠지 초라하고 버림받은 기분이 들었다.

새벽 여명이 막 비치기 시작했다. 아침 식사를 하고 나서 소대원들은 나지막한 목소리로 대화를 나누거나 담배를 피웠다. 다들 애써 태연한 척했지만 초조해하고 긴장하고 겁을 먹고 있었다. 이른 아침에 부대가 부산을 떠는 것은 틀림없이 전투에 참가하기 위해서였다. 벌써 소대 전체에 우울한 분위기가 감돌았다.

나는 거머리가 들러붙지 못하도록 바지 끝을 강철 스프링을 이용하여 군화 위에 접어 처리했고 방탄 조끼를 입었다. 초록색 위장 철모 둘레에 폭이 넓은 고무 띠를 감아, 그 속에 반창고와 지혈면을 꽂아 넣었다.

우리는 아침 5시에 정확히 출발했다. 소대장이 재촉을 하면서 불호령을 내렸다. 출발한다! 출발!! 출발!!! 그도 그럴 것이 먼 거리를 행군하여 목표 지점에 일찍 도착해서 수색을 해야 하고 그다음에는 방어하기에 적당한 지형을 골라서 임시 진지와 엄폐물을 만들어야 하기 때문이다.

우리는 분대별로 나눠서 개인 거리를 확보하며 일렬 종대로 출발했다. 각 분대는 분대장이 제일 앞장을 섰고 부분대장이 후미를 담당하면서 순서대로 출발했지만 가는 도중 순서를 교대했다.

그때는 인간의 능력으로는 그날 밤 맞이하게 될 그 비극적 운명을 누구도 예상할 수 없었다.

13. 달랏시, 랑비앙산 지역의 깊은 정글

숲속에서 회색 안개가 소리없이 피어 올라왔지만 태양은 이미 빨간 진홍색이 되어서 떠올랐다. 태양의 열기는 점점 더욱 기승을 부렸다. 찍어 누르듯 내리쪼이는 태양은 오늘 하루가 얼마나 길고 지루할 것인지를 예고하고 있었다.

우리 소대는 도시를 멀리 우회해서 하늘에서 내려온 고엽제 때문에 누렇게 말라버

린 황폐한 개활지를 지나왔다. 나무들이 모두 타죽어 헐벗은 땅이 그대로 노출되었다. 생명체라고는 찾아보기 힘든 황무지였다. 개활 지에서는 모든 게 다 보였다. 침묵뿐인 풍경들이. 건너편 수면이 청 록색 얼룩들로 덮인 호수가 보이고, 호수로 흘러 들어가는 강의 지 류가 보이고, 우리가 건너야 할 늪지대, 울창한 숲이 우거진 산등성 이, 아주 먼 곳에 있는 안개에 거의 가려진 달랏 지역의 회청색 산봉 우리들까지.

우리는 이제 방향을 서북쪽으로 바꿔 탱크의 캐터필러 자국이 상 체기처럼 선명한 도로를 건너서 개활지와 숲 사이에서 경계선 역할 을 하는 정강이까지 빠지는 음침한 늪지대 수렁을 헤치고 땀을 뻘 뻘 흘리면서 겨우겨우 전진했다. 습지에서는 도마뱀들의 음험한 울 음소리가 들렸고 지독한 모기 떼들이 악착같이 얼굴로 날아들었다. 물고기들이 갑자기 움직이면서 첨벙거리는 소리에 깜짝 놀란다.

소대장이 계속 외쳤다. 전진한다! 전진!! 전진!!!

우리는 이름도 모르는 지류인 강을 따라 전진했다. 가슴 중간까 지 차오른 흙탕물은 미적지근하면서도 따뜻했다. 아주 작은 수생곤 충들이 수면을 춤을 추듯 날아다니고 물매미가 떼를 지어 새까맣게 모여들었다. 나는 풀섶 사이에 지어진 거미줄이 햇빛에 반짝이는 모습을 무심코 쳐다보다가 약간 깊은 구덩이에 빠질 뻔했지만 곧 균형을 잡았다. 그 순간 깊은 수렁에 발을 디뎌 꼼짝할 수 없이 빠 져버린다면, 그래서 아무리 애를 써도 빠져나올 수 없고 물이 입과 코를 막아버린다면, 그걸로 끝장이 날 거라는 공포감이 밀려왔다.

작은 새 한 마리가 공기를 가르며 우리들 머리 위로 낮게 날고 있었다. 검은 꼬리를 섬세하게 흔들 때마다 하얀색 가슴에 줄지어 있는 검은 반점이 보였다.

우리는 정오쯤 프랑스 식민지 시대에 만들어진 고무나무 밭을 지나서 폐허가 된 마을이 연이어 늘어선 지역을 이미 통과했다. 멀리서 개들이 짖는 소리가 아득하게 들려왔다. 우리는 C레이션으로 간단하게 점심을 먹었다. 기관총과 M134 미니건으로 무장한 미군 헬리콥터들이 요란한 굉음을 내며 마을 위로 날아서 사라졌다.

며칠 전에 작전지역에 미군 팬텀 폭격기의 네이팜탄 폭격이 있었고 네 대씩 편대를 지어 날아가는 헬리콥터들의 무자비한 기관총 공격도 있었지만 아무리 엄청나게 쏟아부어도 그건 말짱 헛일이다. 그놈들은 그때 깊은 갱도에 편안하게 쉬고 있었을 테니까. 덥고 습한 울창한 숲의 터줏대감인 반달가슴곰과 노란뺨 긴팔원숭이들만 혼비백산하여 울부짖다 사라졌을 뿐이다.

우리는 항상 지나가기 편한 지름길인 오솔길을 우회하였다. 베트콩은 틀림없이 부패한 월남군으로부터 입수한 진짜 미제 지뢰 또는 불발탄 곡사포탄으로 직접 조립한 지뢰를 설치한다.

우리는 총격전에서는 언제든지 반격할 기회가 있었다. 더욱이 우리의 화기가 압도적으로 우세하니까. 그러므로 매복 공격을 받았을 때 첫 번째 집중사격에 당하지 않는다면 얼마든지 반격할 기회를 갖게 된다. 그러나 지뢰에 걸리면 쾅 터지는 폭발과 함께 끝난다.

파월 장병은 원칙적으로 복무기간이 1년이었다. 그러나 전사자는 대부분 월남에 온 지 석 달 만에 전투 중 사망한다. 풋내기 시절에. 나는 이 기간을 무사히 넘겨야 할 것이다. 그렇다고 전면적인 충돌이 일어나서 몇백 명씩 죽는 일은 없었다. 우리는 그때그때 한 번에 한 명씩 죽어나갔다. 우리는 죽으면 집으로 돌아간다.

태양의 뜨거운 열기 속에서 무거운 배낭을 메고 소총을 걸머진 채로 벌써 8시간을 걸었다. 소총을 오른쪽 어깨와 왼쪽 어깨에 교대로 메고 걸었지만 소총은 계속 철모와 배낭의 버클에 부딪혔다.

끝없이 펼쳐진 초원은 야생화로 덮여서 울긋불긋했고 너무나 조용하고 평화로워서 전쟁의 흔적을 찾아볼 수 없었다. 하지만 평탄한 길은 끝났다. 대나무 숲과 가시가 돋친 덤불과 칡넝쿨과 갖가지 식물들의 줄기와 잎과 덩굴들이 마구 뒤엉켜있는 밀림 속 길은 점점 더 험해지고 있었다. 밀림은 어두침침했고 바람 한 점 불어오지 않았다. 오직 열기와 습기로 가득 차 있었다.

우리들은 긴장할 대로 긴장했다. 숲속을 이동하면서 나뭇가지나 잎사귀 하나라도 몸에 닿지 않도록 조심하고 또 조심했다. 베트콩이 덤불에 설치해 놓은 '말레이시아 문짝'을 잘못 건드리면 올가미에 걸려서 나무에 쌀자루처럼 매달리게 되고 그때 밧줄을 건드리기 때문에 죽창이 화살처럼 무더기로 날아올라 온몸에 박히게 된다. 그리고 함정이나 까치발이 없는지 땅바닥도 자세히 살펴야 한다.

베트콩 저격병은 자신의 위치를 숨기려고 총을 딱 한 번만 쏘고 사라지므로 우리들은 그 총성이 어느 방향에서 났는지조차 알 수가 없었다. 그러므로 베트콩 저격병은 숲속 어디에서도 찾을 수 없다.

우리는 한 줄로 늘어선 채로 폭격으로 생긴 깊은 분화구를 우회하고 턱 높이까지 차오르는 거칠고 뻣뻣한 갈대는 감촉이 칼날처럼 날카로웠으므로 그런 갈대를 피해서 비교적 널 빽빽한 곳을 찾아서 움직였다. 정찰병의 신호에 따라 가다 서다 반복했으니까 전진 속도는 점점 느려졌다. 정찰병은 날이 넓고 묵직한 정글용 칼인 마체태로 풀섶을 헤치며 앞서갔다. 걸음을 내디딜 때마다 온몸에 땀이 비 오듯 흘렀고 허벅지 근육이 경련을 일으켰고 숨을 들이쉴 때마다 가슴에 통증이 느껴지며 욕지기가 일었다. 너무 지쳐서 머릿속이 하얘졌다.

잠깐 휴식을 취하면 그대로 바닥에 드러누워 있고 싶은 마음이 간절했다. 행군을 포기하면 안 될까. 병사들은 너무 지친 나머지 땅바닥에 누워서 파리 떼들이 얼굴에 달라붙었지만 그것들을 쫓을 생각도 하지 않은 채 연거푸 담배를 피웠다. 우리들은 거의 말을 주고받지 않았다. 그때마다 소대장이 외쳤다. "누우면 안 된다. 그러면 일어날 수 없어. 똑바로 앉으라고······"

누군가 가래를 한두 번 뱉은 다음 불평을 늘어놓았다. "빌어먹을 군대야. 서둘러서 뭘 하겠다는 거야. 서두르라고 했다가 기다리라 하고 어느 장단에 춤을 추라는 거지."

"졸병은 그저 시키는 대로 하는 거야. 가라면 가고 서라면 서는 거지. 그리고 쏘라면 쏘고 죽이라면 죽이고 죽으라면 죽어야 한다 이거 아닌가. 뭘 그렇게 불평이 많은 거야?"

소대장이 허용하는 휴식시간은 단 15분이었다. 그 이상은 안 되었다. 그러면 결국 몸이 늘어져 쳐지게 된다는 것이다. 행군을 다시 시작할 때마다 소대장은 작전지도를 펼쳐서 좌표 지점을 점검했고 쌍안경으로 주위를 세밀하게 살폈으며, 그때마다 PRC-10 무전기로 교신을 해서 중대 CP에 현 위치를 보고했다.

작전 지도의 좌표에선 고작 눈금 하나에 불과한데 실제는 10 내지 40킬로미터 거리였다. 그러므로 지도상에 나타나는 마을이나 공동묘지, 고무 밭 등은 실제 지형과는 완전히 다른 경우가 있었다. 어떤 곳은 촌락이 아니라 검은 숲으로 이루어진 언덕이거나 개활지이거나 늪이거나 그런 경우가 다반사였다. 그래서 목표 지점을 향해 행진을 하는 데 많은 시간이 걸렸다.

최종 목표 지점은 Z 지점이었고 좌표는 BS 553,778이었다.

소대장이 외쳤다. "사주경계를 철저히 하라! 개인 거리는 5보! 5보!! 5보!!!"

밀림 속으로 깊이 들어갈수록 전진하기 힘들었다. 우리는 분대별로 산개하여 조심스럽게 접근해서 하루 종일 정밀 수색을 하였지만 적이나 적의 흔적, 보급기지, 동굴을 발견하지 못했다. 그들은 낮 동안에는 혹시 있을지 모르는 폭격을 피하기 위해 우리가 아직 찾지 못한 동굴 속에 깊숙이 숨어있을 것이다.

소대장의 말에 의하면 적의 보급기지가 소규모이고 병력도 몇십 명 정도라면 소대가 직접 공격하여 박살을 낼 것이고 대규모이면 적을 유인한 후 무선으로 공격 좌표를 정확히 알려주고 미군 헬기들이 날아와 정밀 폭격을 할 것이다.

그런 후 우리는 철수하게 된다.

무사히 철수할 것이라고 생각하니 그렇게 기분 좋을 수가 없었다. 우리는 헬리콥터를 타고 콧노래를 부르며 열대의 창공을 날게 될 것이다.

우리는 숲속의 안전한 장소에서 바위 틈이나 나무 밑동에 개인호를 파서 몸을 숨기고 야영을 하면서 이틀 동안 작전지점을 향해 계속 나아갔다. 중간에 가끔 휴식을 취하고 작은 개울이 나타나면 수통에 물을 채우고 알소금과 정수제를 넣었다.

우리는 그날 밤 어둠이 깔리기 시작하자 소대장의 지시에 따라 매복 작전을 위해서 임시 진지를 구축하는 작업에 착수했다.

소대장이 지시했다. "너무 흩어지면 안 되지. 그러면 화력 집중이 안 된단 말이야. 알겠나!"

그때부터 베트콩의 예상 침투를 공격 방어하기 위해 관목과 덤불이 우거진 숲속에 진흙과 나뭇가지로 참호를 만들어서 몸을 웅크리고 있었다. 밤의 어두움은 겹겹의 음영으로 더욱 짙어진 암흑으로 변했다. 암흑 속에서는 모든 색깔이 똑같다. 나는 M16 소총의 조종간을 연발에 맞춰놓고 수류탄을 일렬로 가지런히 놓아두었다. 등줄기에서는 벌써 식은땀이 빗줄기처럼 줄줄 흐른다.

우리는 잔뜩 긴장한 채로 하염없이 기다린다. 아무런 교전 없이 그저 무사히 스쳐 지나가기를 간절히 소망하면서. 밤새 긴 기다림의 시간. 우리는 지금 매복한 사냥꾼이다. 제물이 사정거리 안에 들어오는 순간을 기다린다. 나는 갑자기 코가 근질거려서 콧구멍을 후벼팠다.

고참 병장이 수통에 챙겨온 술을 돌려가며 나눠 마셨다. 한 모금의 독한 술이 찌르르하게 목구멍을 타고 내려갔다.

그 병장이 어둠 속에서 신경질적으로 손가락 관절을 꺾어서 소리를 냈다. 그리고 나서 속삭이는 어조로 나지막하게 말했다.

"높게 쏘지 말란 말이야. 초짜들은 하늘을 향해 쏜다니까. 마구 쏘지 말고. 소총 가늠자를 많이 내려야 된다고. 몸도 낮추고.

소대장은 어린애야. 원래 촌놈이었어. 그가 시키는 대로 하면 안 돼. 쉿! 오늘 밤은 어쩐지 불길해. 진지 위치가 영 아니거든. 위쪽에서 공격하기 좋게 너무 낮은 곳에 있다니까. 그냥 무사히 지나갈 수도 있겠지만……

교회 다녀? 하느님께 미리 기도하라고."

그때 소위는 저 멀리서 권총 혁대 위에 양손을 걸친 채 무전병과 무언가를 이야기하고 있다. 어젯밤 나는 소대장의 지시로 미제 M1911A1 권총을 분해해서 몸통과 탄창, 방아쇠, 안전장치, 나사 등을 기름칠한 헝겊으로 정성스레 닦은 다음 다시 조립했고 탄창에 8발의 탄환을 장전했었다.

잠시 몬순의 지독한 비가 한동안 쏟아지며 숲속에서 소란이 일어났지만 비가 그치자 곧 쥐죽은 듯이 조용해졌다. 새들과 벌들, 나비들은 날갯짓을 멈췄고, 붉은 개미, 곤충들도 몸짓을 멈췄다. 바람에 살랑거리는 나뭇잎 소리만 들린다. 하늘에서 별들이 눈부시게 반짝였다. 그러나 황량한 그날 밤은 섬뜩하리만치 적막했다.

숨막히는 정적이 흐른다. 갑자기 어둠 속에서 유령들이 배회하는 소리가, 수류탄이 참호로 굴러들어와 터지는 소리가 들리는 것 같았다. 나는 갑자기 허벅지가 뜨겁고 축축해지는 것을 느꼈다. 나도 모르게 오줌을 지렸다.

나는 그때 짧은 턱수염을 기르고 눈이 충혈된 그가 검은 파자마를 입고 이마에는 검은 띠를 동여맨 채 나를 정조준하며 달려드는 환상에 시달렸다. 제발 오지 마. 왜, 나를 향해 달려드는 거야? 나를 죽이려고? 너와는 아무런 상관도 없는 나를. 나는 무사히 돌아가야만 해. 나를 기다리는 사람들이 많거든. 그러니 오늘 밤은 그냥 넘어가자고. 나는 무사히 귀국할 거야.

별들이 이울어지기 시작했다.

우리는 교대로 경계를 서고 선잠을 자다 깨어나곤 했다. 그러나 한시름 놓았다. 모두들 긴장이 풀어지면서 몸을 비틀고 하품을 했다. 목덜미가 뻐근했다. 우리들은 저린 팔다리를 펴면서 앉은 자리의 위치를 바꿨다. 나는 시계를 보았다. 시간은 새벽 네 시였고 공기는 시원해졌다.

어느 순간 팽팽한 긴장감이 공기 중에 감돌고 우리의 심장이 고동치기 시작했다. 등골이 서늘해지며 몸속의 모든 신경이 곤두선다. 손과 발은 땅에 딱 달라붙어서 떨어지지 않는다. 무슨 불가사의한 전조가 있었던 것일까. 곧바로 진지 위로 베트콩의 61미리 박격포탄이 먼저 터지고 AK47 소총의 근접 사격이 쏟아졌고, 불발이 된 방망이 수류탄이 날아왔다. 파편 몇 조각이 머리 위로 튀어 올랐다.

우리는 함정에 빠져 속수무책으로 기습을 당했다.

뒤늦게 예광탄이 날아오르고 분대장이 숲속으로 조명탄을 발사했다. 그칠 줄 모르고 줄지어 날아오르는 예광탄과 조명탄 때문에 주위가 환하게 밝았다. LMG의 속사음과 기관총의 폭음 소리가 귀청을 찢었다. 유탄수가 M79 유탄발사기를 발사했다.

젊은 소위가 외쳤다. 사격하라! 사격! 집중 사격!

나는 심장이 마구 뛰었고 그 순간 아무것도 분명하게 볼 수가 없었지만 엉겁결에 소총의 방아쇠를 당겼다. 내가 발사한 총성의 메아리가 숲속에서 되돌아 나오는 거 같았다. 나는 계속 탄창을 갈아

끼우며 주저하지 않고 쏘고 또 쏘았다. 잠시 사격을 멈췄을 때 철모가 덜그덕거렸고 온몸이 사시나무 떨듯 떨리기 시작했다. 지금 생각해 보면 조준 사격을 한 것이 아니라 그냥 숲을 향해 무조건 총을 갈긴 것이다.

뜨거운 피가 튀었다. 비명. 아우성. 씨발, 씹새끼들. 시체들.

죽음의 냄새가 가득히 퍼졌다.

누구인지 계속 절박하게 외쳤다. "위생병! 위생병!! 위생병!!!"

그때, 무전기가 울렸다. 부산! 부산! 빨리 나와라! 여기는 대구! 작전 종료! 종료! 철수하라. 반복한다. 철수……! 반복……!

박격포탄이 연속해서 터지고 최초의 요란한 일제 사격이 끝나자 검은 파자마를 입은 베트콩들은 '따이한 라이 라이', '따이한 라이 라이'라고 외치며 재빨리 어두운 숲속으로 사라졌다. 그리고 숲은 다시 쥐 죽은 듯 고요해졌다. 망연자실하였다. 정지된 화면 같고 시간이 얼어붙어 버린 것 같기도 하였다.

아침이 오고 날이 밝았다.

여전히 매캐한 화약 냄새가 매복지 여기저기를 날아다녔다.

소대원 중에서 많은 병사들이 부상당하고 죽었다.

신참 박 일병은 오른쪽 으깨진 정강이가 무릎에 덜렁거리며 간신히 붙어 있었고 검붉은 피가 쉴 새 없이 흘러내렸다. 그가 겨우 입을 열었다. "난…… 죽겠지……" 그는 몸을 일으켜 자세를 바로잡으려 안간힘을 썼다. 위생병이 달려왔다. "그대로 누워있어. 가만있으라니까." 위생병은 임시방편으로 정강이를 무릎에 고정시키고 지혈을 하기 위해 붕대를 몇 겹 감았다. 그래도 계속 피가 흘렀다. 모르핀을 투여하고 혈장을 수혈했다.

철모 하나가 버려진 조개껍질처럼 바닥에 떨어져 있다. 그 곁에 귀국을 보름 남겨둔 소위가 한 손으로 피와 내장이 쏟아져 내리는 자기 배를 틀어쥐고 있었다. 그는 지금 손쓸 틈도 없이 죽어가고 있다. 위생병이 몸을 뒤집어 놓았다. 그의 고통으로 일그러지고 땀으로 뒤범벅이 된 얼굴이 비로소 보였다. 누구인지, 바들바들 떨리는 손으로 간신히 수통을 열어 마지막 남은 한 모금의 물을 소대장의 입술에 부어준다. 그러나 살아남은 자들은 누구나 할 것 없이 망연자실했고 울었다.

밀림 속에서 새벽은 아주 더디게 찾아왔다. 동쪽에서 태양이 힘겹게 솟아오르면서 아침 안개가 슬며시 물러나고 어스름 속에서 산맥의 정상이 보이기 시작했다. 하지만 숲속으로 스며드는 햇빛은 아직 희미했다. 비로소 늦잠에서 깬 원숭이들이 날카로운 비명을 질러대고 이름 모를 새들이 서로 부르며 소란스럽게 울기 시작했다.

분대장은 불을 붙이지 않은 담배를 입에 물고 넋이 나간 채 우두커니 서 있다.

몇 사람이나 죽었는지.

누군가는 전사했고 누군가는 중상을 입었다. 나트랑의 102야전병원으로 후송할 헬리콥터들이 날아왔다. 시체는 녹색 합성수지 판초에 눕힌 다음 덮었다. 그게 마지막 이별이었다. 우리는 다른 헬리콥터를 타고 중대본부 전투기지로 돌아왔다.

나는 계속 중얼거렸다. 제발, 죽지만 마라…… 죽지 말라고.

하지만 박 일병은 죽었다. 나는 그의 죽음을 도저히 실감할 수 없었다. 도저히 어찌할 수 없는 좌절감과 허탈감 때문에 모든 게 비현실적으로 보였다.

언제든지 다음번 작전에서는 나 또한 목숨을 잃을 수 있었다. 그때마다 처음 교육 훈련을 받을 때 교관인 중사가 "절대로 죽지 마라. 그건 개죽음이다. 무사히 귀국해야 한다."고 외치던 목소리가 기억났지만. 이제는 자신이 성숙해진 것 같은 기분이 들었다.

우리는 그날 헬리콥터를 타고 부대로 귀환한 후 우리들의 안방인 벙커에 들어가 혼수상태에 빠진 것처럼 깊은 잠에 빠져들었다.

이 세상에는 직접 몸으로 겪어봐야 알 수 있는 것들이 있다. 전쟁이 바로 그렇다. 전쟁이란 직접 겪어보지 않은 사람은 감히 상상도, 예측도 할 수 없는 몸부림이고 죽음의 고통인 것이다.

낯선 장면 혹은 낯선 풍경.

이건 전쟁의 에피소드가 아니다. 아무리 세월이 많이 흘러서 새삼 돌이켜본다고 하더라도 그걸 어떻게 경험이니 체험이니 하는 상투어로 말할 수 있겠는가.

나는 전우의 죽음을 막기 위해 아무것도 할 수 없었다. 죽은 자들은 누워있고 나는 그들 가운데 서 있었다. 나는 살아남았다. 솔직히 말한다면…… 내가 아니라 다른 사람이어서 다행이라는 생각도 들었는데 그 때문에 심한 죄의식을 느꼈다.

나는 그 전쟁의 참여자였나 아니면 목격자에 불과했을까. 증언자로서 자격이 있을까. 그들의 육성을 생생하게 전할 수 있을까.

그런데 사람이란 날이 갈수록 더욱 잊어버리고 사는 것이다. 우리가 늙고 죽는다는 것이 자연스러운 것이듯 잊어버리는 것도 자연스러운 것이다.

나는 오랫동안 그의 무덤을 찾아보아야 한다는 의무감 같은 걸 느끼고 있었다. 그는 꽃들이 심어져 있고 묘석이 서 있는 잔디가 푸릇푸릇한 풀밭 아래 한 줌 재가 되어 누워있다. 그게 별로 어렵지 않은 일임에도 불구하고 나는 소대장이 묻혀 있는 동작동 국립묘지를 단 한 번도 찾아가지 않았다. 도저히 갈 수 없었다. 나는 완전히 잊어버리기 위해서, 그날 밤 기억이 생생하게 되살아나는 것이 두려워서, 눈물이 나오지 않으면 어쩌나 걱정이 되었기 때문이다.

나는 그때를 여전히 잊어버리지 못하고 있었다. 그랬으니 그 후 오랫동안 정서적 과잉 긴장감, 불안과 두려움, 무력감, 과도한 민감성, 공포, 편집 성향 같은 증세 때문에 격심한 신체적, 정신적 고통에 시달렸다. 너무 과민해서 쉽게 잠들 수 없었고 심한 불면증 때문에 고통을 겪었다.

(전쟁의 참상을 겪고 나서 그 후유증으로 정신적으로 망가지는

게 부끄러운 일이라고 할 수는 없다. 그런데 무슨 이유에선지 모르지만 그런 증상은 귀국한 후 상당한 시일이 지나서 나타났다. 하지만 내가 심각한 정신질환의 일종인 외상 후 스트레스 장애의 전형적인 증상에 대해 알게 된 것은 아주 오래된 후의 일이다.)

14. 김정현 **병장**

실종자 (혹은 탈영병).

월남어 교육대 출신. 그는 파병 초기 보병 중대에서 몇 개월간 복무한 후 뒤늦게 대학에서 불문과를 다녔다는 학력 때문에 민사병으로 선발되었다. 그는 6개월간 월남어 교육을 마친 후 연대 민사과에 배속되어 대민 지원 활동에 동원되었다.

나와는 월남 파병 동기였고 나이는 겨우 한 살 위였다.

우리는 보충 교대 병력으로 도착해서 사단 보충대에서 연대로, 대대로, 중대로 계속 내려갔고, 대대 훈련장에서 보병 부대에서 필요한 교육훈련을 함께 받았다. 먼저 M16 소총의 분해, 결합과 사격법을 실제 사격을 하면서 교육받았고, M79 유탄발사기, 신형 RKT 사격법, (푸른 스모그라 불렸던) 신호탄, 수류탄, 크레모아 등 각종 화기들의 사용법을, 베트콩의 전술과 특징, 베트콩의 요란 사격에 속지 않는 법, 지뢰와 부비트랩이 설치되어 있는 장소의 탐지와 조치, 매복 정찰 요령 등등을 배웠다.

교관인 귀국 말년 중사가 말했다.

"이 전쟁은 이유가 없어. 이유가 있다고 해도 이유가 옳든 그르든 상관할 것 없어. 우리는 소모품이 아니다. 1년만 견디면 되니까. 다시 강조한다. 1년만 견뎌라! 하루가 여삼추 같지만 지나고 보면 빨리 가지. 조기 귀국하는 길은 큰 부상을 입고 본국으로 후송되거나 죽어서 검은 재가 되어 돌아가는 것뿐이다.

왜 우리가 머나먼 땅에서 죽어야 하나. 전쟁은 장난이 아니다. 스포츠 게임도 아냐. 다른 놈이 나를 죽이기 전에 내가 먼저 죽여야 되는 거야. 이게 전쟁의 철칙이다.

미군은 황색 인종을 멸시하니까 베트남을 인디언 땅이라고 하지. 백인이나 흑인이나 황인종이나 할 것 없이 우리 몸속에는 똑같이 붉은 피가 흐르는데. 그러니까 우리는 황색 인종끼리 싸우는 거야.

미국이 왜 우리를 끌어들였겠어. 월남전이 백인과 황인종의 전쟁으로 인식되는 것을 피하기 위해서 황인종인 한국군이 필요했던 거지. 그걸 알고 있으라고.

여기는 고정된 전선이 없어. 군인과 민간인을 구분할 수 없다고. 군복도 입지 않고 검정색 파자마 차림으로 돌아다닌다.

언제나 다니던 길을 다시 가면 안 된다. 통행이 잦은 곳에는 반드시 부비트랩을 설치하지. 길가에 문이 열린 폐가가 있으면 절대로 가까이 가지 마라. 거기에도 부비트랩이 설치되어 있지. 다시 강조한다. 열린 문을 조심하라.

그놈들은 별거 아냐. 적은 그들이 아니야. 여긴 소련제 탱크도 없고 미그기도 없어. 지뢰와 부비트랩만이 사방에 널려 있다. 부비트랩이라는 말만 들어도 피 냄새가 난다. 몸서리쳐지지.

매복할 때건 정찰할 때건 밤중에 담배 피우지 말고 모기약 바르면 안 된다. 저격병이 쥐도 새도 모르게 지켜보고 있다.

마지막이다.

거머리를 조심해야 한다. 거머리 때문에 죽을 수도 있다. 매복을 나갈 때는 거머리가 들러붙지 못하게 바지 끝을 단단히 붙잡아 매고 그 위에 정글화를 다시 단단히 조여야 한다.

절대로 죽지 마라. 그건 개죽음이다. 무사히 귀국해야 한다."

우리는 저녁이 되면 자주 PX에서 만났다. 내가 대대본부에서 근무하면서부터 같은 영내에 있었기 때문에 그렇게 만날 수 있었던 것이다.

그는 언제나 어김없이 형님, 그것도 큰형님 행세를 하였고 나는 어느새 이를 받아들이고 완전히 긍정하였다. 나는 흉내조차 낼 수 없게 멋있게, 휘파람으로 악기를 자유자재로 연주하는 것처럼 긴 선율들을 아주 짜임새 있게 연달아 불어댈 수 있고, 이중 인격적이면서 성숙한 인간이었으니까. 그러므로 그의 내면에는 양립이 불가능해 보이는 감정들이 뒤섞어서 공존하고 있다.

그새 몰라보게 어른이 되어 있었다.

어쨌거나 우린 친했고 서로 모든 걸 솔직하게 털어놓을 수 있는 사이였던 것이다. 나는 중고등학교를 졸업하고 재수 삼수를 하는 동안에도 정말로 가까운 친구가 하나도 없었다. 그랬기 때문에 내가 적극적으로 접근해서 정말 진정한 친구가 하나 생긴 것이다. 나는 너무 외로웠기 때문에 친구가 반드시 필요했었다.

그가 맨날 내 귀에 못이 박히도록 심문 (또는 고문)하는 고정 메뉴가 있었다. 그는 대단한 고참인 것처럼 한껏 거들먹거리며 과장해서 위악적으로 말했다.

"넌 순진하긴 한데 쪼다라고 할 수 있어. 아직도 완전한 쪼다. 순진한 게 좋은 게 아니야. 그건 병신 머저리라는 말의 완곡어법에 불과한 거지. 넌 담배도 못 피우지…… 술도 못 마시지……

내가 말하는 술은 인사불성이 될 때까지 마시는 말술을 말하는 거야. 붕붕도 못하지. 노름도 못하지.

도대체 할 수 있는 게 뭐가 있느냐 말이야? 그것들이야말로 인간 성체의 징표인데 말이지.

저승 문앞까지 갔다 왔으면서…… 인생은 아무것도 아냐.

케 세라 세라!

너 혹시 독실한 예수쟁이 아니야? 증조할아버지 때부터 대대로 내려오는 목사 아니면 전도사 집안인 거지? 황금 십자가와 묵주는 어디에 숨겨놓은 거야? 네놈이 월남까지 왔으면 기념으로 붕붕쯤은 해야 될 거 아냐. 딱지를 떼란 말이야.

너 같은 놈만 있다면 말이야, 수진 마을에서 젊고 예쁜 여자 2,000명이 날이면 날마다 목을 빼고 남잘 기다리고 있는데……

그러면 걔들은 도대체 뭘 먹고 살겠어. 물만 마시고 사느냐 말이야. 너는 도대체 말이야, 인간의 본성인 연민의식이 없는 거야. 난 전투 수당을 몽땅 수진에 갖다 바쳤어."

"수진에 너무 들락날락하니까 과다한 거 아니야. 조심해야 할걸. 여자 베트콩들이 첩보 임무를 띠고 창녀로 가장해서 수진으로 왔다는 이야기가 있어. 그래서 씨클로 운전수들과 짜고 찾아온 군인들을 독침으로 찌른 다음에 기절하면 스카치테이프로 입을 막은 다음 납치한다는 거지. 그리고 필요한 정보를 캐낸 다음에 이튿날 아침이면 그 군인은 뒷골목에서 성기가 잘린 시체로 발견된다고 했어."

"넌 정말…… 왜 그렇게 한심한 소리만 하지. 수진이야말로 지구상에서 제일 안전한 곳이야. 옛날 우리 해병대가 완전히 평정한 다음 다낭으로 올라갔으니까. 그러니까 쓸데없는 걱정은 도대체 하지 말란 말이지.

수진에는 없는 게 없어. 미군 PX에서 구입할 수 없는 것도 거기서는 가능하지. 마리화나는 물론이고 순도 99퍼센트인 헤로인도 아주 값싸게 구할 수 있지. 미군들이 환장하는 거야. 뉴욕보다 10분의 1 가격이니까."

"어떻게 그런 일이……?"

"순진하기는. 정말 그렇게 순진한 거야?

미군 PX가 문제인 거지. 너무 많은 물품이 넘쳐나면서 흥청거리니까 거기서 전부 흘러나와. 그게 모든 부패의 근원이 되어버렸어. 베트남은 온통 썩었어. 한국 군대도 썩었다고 하지만 우리하고는 비교할 수 없어.

어쨌거나 우리하고는 상관없는 일이니까 신경끄자고. 모른 척해야겠지. 곧 떠나니까 우리 걱정이나 하자고."

"그렇긴 하네. 우리하고는…… 나도 듣는 게 있고 보는 게 있으니까 알 만큼 알고 있지. 날 너무 무시하지 말라고. 나라고…… 어쩌겠어. 나는 더 이상 순수하지 않다니까."

"뭐라고? 대대 행정병이 되었으면…… 너도 지금쯤 월남 고참이야. 곧 병장으로 진급할 거고. 신입들에게 할 얘기가 있어야 할 거 아닌가. 수진의 꽁까이 얘기는 빼놓을 수 없지. 그들이 제일 먼저 듣고 싶어 하는 게 그거라니까."

"귀대하기 전날 나트랑 시내에 갔었다니까. 허탈감만 느꼈지."

"뭘 어쨌다고? 딱 한 번 갔다는 거 아니야. 평생 처음이었는데 그게 제대로 됐겠어? 뻔하지? 그까짓 거 가지고? 네가 애송이인 것은 틀림없어. 또 뭐가 있는데? 말해 보라고……?"

"나도 전투에 여러 번 참가했다니까. 지하 땅굴에도 들어갔고 정찰과 매복 작전에도 나갔고. 죽을 고비도 몇 번 있었지. 내가 살아 있는 게 기적 같다니까.

베트콩이 총을 내게 겨눈 채 오랫동안 바라보더니 발사하지 않고 숲속으로 그대로 사라지더라고. 나는 그때 머리가 하얘지면서 정신을 놓아버렸지. 내가 그렇게 불쌍하게 보였던 거지."

"여자와 사랑 문제는 전투하고는 완전히 다른 거야. 그건 물리적인 것과 정신적인 섯의 차이이니까 차원이 다르다고.

전혀…… 진짜 사랑 말이야. 그러니까 너는 아직…….

내가 좋아하는 아폴리네르의 시를 다시 들려주어야만 하겠지. 이게 마지막일 거야. 시인은 화가 마리 로랑생을 '더 이상 사랑할 수 없다'고 할 정도로 사랑했거든.

미라보 다리 아래 센 강이 흐른다
우리 사랑을 나는 다시 되새겨야만 하는가
기쁨은 언제나 슬픔 뒤에 왔었지
…… 사랑은 가버린다 흐르는 이 물처럼
사랑은 가버린다
이처럼 삶은 느린 것이며

이처럼 희망은 난폭한 것인가

밤이 와도 종이 울려도
세월은 가고 나는 남는다"

"왜? 이번이 마지막이어야 하는 거야?"

"나도 모르겠어. 그런 생각이 든다고.

그러니까…… 내 말은…… 섹스를 하려면 제대로 하란 말이야. 장난치지 말고. 로마인들은 '동물은 교미 후에 슬프다'고 했어. 그 의미를 깨달아야 한다고."

"여기서 왜 귀신 씻나락 까먹는 소리가 나오는 거야. 불문과 다녔다고 티 내는 거겠지."

"늘 그렇게 느꼈으니까…… 약간 허무하다니까."

"제대로 해보긴 한 거야? 잘난 체 그만 하라고."

"너 같은 진짜 숙맥이 알기나 해? 명기 말이야. 그건 여자의 신체적 구조 문제가 아니야. 내 경험에 의하면 그런 거지. 여자가 상대방을 진정으로 사랑해서 몸과 마음을 다 바치면서 불태울 때 누구나 명기인 거지."

"형은 아는 것도 많아. 그래서 단골이 된 거야."

"내가 공짜로 시켜줄게. 제발 좀 따라만 와주라. 진짜배기 아라비아산 낙타 눈깔도 줄게. 그게 말이야, 신비한 요물이거든. 여자가 환장을 하는 거지. 남자도 덩달아 환장을 하고 말이지. 그쯤 해야 섹스가 얼마나 즐거운 일인지 알게 되겠지.

이 형님의 당면한 소원이 뭐겠어. 네놈 물건이 퉁퉁 부어 가지고 농이 질질 흐르는 꼴을 보는 게 나의 소원이지. 가끔 대가가 따른단 말이야. 인생의 단맛 쓴맛을 비로소 맛보게 되는 거지.

알겠어? 입에서 아직도 젖비린내 나는 놈아, 그걸 고상하게 말하면 구상유취라고 하는 거야.

그런데 말이지, 그래야만, 네가 비로소 인간이, 사내가 되는 거야. 너에겐 지금 하나의 과정이 필요한 거야. 인간 성체가 되기 위한 통과의례……. 넌 알에서 하루빨리 부화해야 하는 거야.”

나는 자신이 아직도 너무 순진하고 어리숙하다는 느낌이, 너무 어리석다는 느낌이 자꾸 들었기 때문에 스스로 창피하였지만 늘 똑같이 반응했다.

“말 한번 잘했네. 그래서 진짜 임질이나 매독에 걸려 질질 흐르면…… 누가 책임질 거야. 월남 여자들이 보유한 병균은 옛날 프랑스 군인으로부터 대대로 내려온 악질 잡균이라고 하더라고. 그래서 월남에서 성병 완치는 전혀 가망 없다니까.

보들레르도 매독 때문에 죽었고, 슈베르트도 성병으로 서른의 나이에 일찍 죽었다고 했는데……”

“매독이나 임질은 군인과 선원들의 직업병이라고 했어. 그만큼 흔해빠진 거야. 그건 1943년 페니실린이 발명되기 전 옛날 옛날 일이야. 안심하라니까. 콘돔을 낄 수도 있지만 그건 재미가 없어. 피부끼리 마찰을 해야 제맛이 나니까.

내가 대책을 이미 세워 놓았거든. 성능 좋은 미제 항생제가 있으니까 도대체 걱정하지 마. 그리고 수진에 있는 꽁까이들은 깨끗한 것으로 소문이 났어. 그러니까…… 제발 쓸데없는 걱정하지 말고 제대로 부화를 하라고. 재탕, 삼탕 몇 번이나 같은 말을 해야겠어."

"나도 지겹거든. 맨날 그 소리…… 쓸데없는 소릴……. 나는 이미 부화했다니까. 멍청이가 아니야. 알 건 안다니까.

그게 뭐 어렵다고. 5불만 있으면 되는 거 아니야. 그리고 꽁까이, 붕붕, 오케이 하면 될 거 아냐."

"그래, 그렇게 하라니까. 넌 보나마나 조루일 거야. 그걸 완화시키는 약은 아직 없으니까……. 그래도 방법은 있지. 내 경험에 의하면 술을 진탕 마시면 알코올 성분이 어느 정도는 진정제 역할을 한다고 보지. 술을 마시고 얼큰할 때 들어가라고."

그날 저녁, 어스름 빛 속에서 나무들을 말끔하게 베어낸 개활지와 늪지대를 지나 조림된 고무나무 밭과 검고 칙칙한 열대의 숲이 멀리 보였다. 그러나 바다에서부터 기어오른 짙은 회색 물안개가 주위를 감싸기 시작했다.

그의 입에서 여전히 술 냄새가 풀풀 풍겼다. 김 병장이 마리화나를 피워 물며 말했다.

"이건 정신적 고통을 완화시켜주는 진통제이거든. 새로 나온 건데 독한 대마초라고 할 수 있을 거야. 너한테 권하고 싶지만 샌님께 서는 질겁을 할 테니까…… 담배도 못 피우는데 말이야. 그런데 이 걸 피우면 처음에는 온몸이 노곤해지다가 나중에는 황홀해지지. 하 늘을 나는 기분이고 그러면서 묘한 환상을 보게 되거든.

며칠 전 수진에 갔다 왔지. 근 한 달 동안이나 못 만났거든."

"뻔할 뻔자지, 보고 싶었던 거지. 그게 아니고 하고 싶었던 거지. 그래, 그렇게 좋아? 그 여자 이제 지겹지도 않아?"

"그 앤 그런 여자가 아닌 거야. 단순한 배설구는 아니었지. 내 여 자이지. 영혼만은 순결하지. 난 랑린의 순수하고 달콤한 냄새를 맡 고 들이마시지. 그 앨 보면 오히려 내가 살아있다는 느낌이 드는 거 야. 작은 물고기가 내 혈관 여기저기를, 심장에서 모세혈관까지 헤 엄치고 다니는 기분이 들지.

하지만 그 앤 가끔 눈물을 보일 때가 있는 거야. 메콩강을 그리 워하는 거지. 자신은 그 강의 일부라고……. 그 앤 내가 사준 은팔 찌를 항상 차고 다녔던 거야. 그 앤 내 아이를 갖고 싶어 했지."

"얼씨구, 열녀 춘향이가 따로 없네. 아예 결혼해서 한국으로 모시 고 가지 그래."

"야, 임마…… 그럴 수만 있다면 얼마나 좋을까…… 난 이래 봬 도 뼈대 있는 종갓집의 장손이야. 그 낡고 고루한 집안에서 용납하 겠어. 야단법석, 난리가 나겠지."

깜란베이는 사막이나 다름없다. 온통 모래 천지였다. 나무는 없고 끝없이 펼쳐진 모래 언덕에 간혹 잡풀만 자라는 척박한 땅이었다. 그 황무지를 미군은 100년 동안 임대차해서 '깜란특별시'를 만들었고 거기에 해군기지와 군수기지를 건설했다. 그러므로 미국에서 들어오는 모든 군수 물품과 보급품은 깜란의 부두에서 하역된 후 수십 동의 거대한 크기의 군수 창고로 들어갔다가 미군과 한국군의 각급 부대로 배송되었다.

깜란베이 전경

나는 랑린을 딱 한 번 만난 일이 있었다.

그날은 오전 한때 바다로부터 세찬 바람이 불어왔고 하늘에 먹구름이 뭉게뭉게 피어나 태양을 가리면서 열대의 소나기인 스콜이 한바탕 요란하게 쏟아졌다. 하지만 스콜은 잠깐 동안 내렸다. 스콜이 지나가면서 태양은 다시 환히 빛났고 주위의 모든 것도 신선하게 빛났다. 바다는 햇살 때문에 짙푸른 색깔로 빛나고 있었다.

그날, 김 병장이 운전하는 민사과 짚차를 타고 수진에서 랑린을 픽업한 다음에 깜란베이 하역 부두에 있는 시멘스 (sea mans) 클럽으로 갔다. 스피커에서 바이올린과 첼로의 신비한 선율이 반복적으로 어우러지는 클래식 음악이 흘러나왔다.

박학다식한 김정현이 잘난 체하며 설명했다.

"너 처음 들어보지? 저게 프랑스 인상주의 작곡가인 조셉 모리스 라벨의 '현악 4중주곡'이야. 이 집 바텐더인지 매니저인지 모르겠지만 맨날 라벨의 음악만 틀어주는 거야. 가령 '세헤라자데' '밤의 가스파르' '어릿광대의 아침 노래' 그리고 '볼레로'를 반복적으로 틀어주는 거야. 그런데 반복적으로 들어도 지겹진 않단 말이야."

우리는 커피 대신 캔맥주를 마셨다. 김 병장은 지포라이터로 담뱃불을 댕겨 연거푸 담배를 피우면서 담배 연기로 공중에 도넛 같은 원을 만들었고 그녀는 그걸 바라보면서 환하게 웃었다.

그녀는 검은 머리가 치렁치렁했고 비록 얼굴은 어린아이처럼 작았지만 갸름한 얼굴에 도톰하고 육감적인 입술이 돋보였다. 그녀의 목소리는 아주 나지막했지만 아름다운 얼굴과 어울리는 목소리였다. 푸른 꽃잎이 수 놓인 전통적인 흰색 아오자이를 입었고 아오자이 겉으로 희미하게 핑크색 브래지어 끈이 비쳤다.

김 병장에 의하면 그녀는 사이공에서 대학을 중퇴했다. 그들은 내가 시기 질투할 만큼 유창하게 불어로 이야기를 했다.

내가 말했다. "그날, 무슨 일이 있었던 거야?"

"내가 다급하게 랑린을 찾자 마담이 뚱했어.

그 마담은 이름이 '마돈나'이지. 상당히 세련되었으니까 그 때문에 연대 행정병들에게는 유명하잖아. 마치 '지상에서 영원으로'에 나오는 노련한 포주 '키퍼 부인'처럼 느껴지지. 나트랑 출신이고 프랑스 식민지 시대에 여고를 나왔으니까 불어는 아주 능통하고 한국어도 제법 잘 하지.

고객 관리를 위해서 미군이나 한국군만 받고 월남 군인이나 민간인은 절대 사절이야. 그게 영업 방침이지.

마담이 그랬어. 랑린은 여기에 없다는 거야. 처음에는 눈치 없이 아주 통 사정을 했어. 어디로 갔는지…… 그래도 히죽히죽 웃으면서…… 내가 신경질 부리고 눈을 부라려도 그 여자는 묘한 표정으로 계속 웃기만 했지. 그리고 나서 자기는 모른다고 딱 잡아떼는 거야. 그러면서 그 앤 결코 돌아오지 않을 거라구, 죽은 셈 치라는 거야. 그 애한테 연연할 필요가 없다는 거지.

다른 애들이, 새로 온 여자애들이 있으니 마음대로 고르라는 거였어. 마담 밑에는 모두 열 명의 아가씨가 있다는 거지. 그 여자는 철저히 장삿속인 거야. 다른 집에 단골을 빼앗겨서는 안 된다는 생각뿐이었지. 포주들은 어디서나 돈밖에 모른다니까.

내가 6개월 동안이나 다른 애들은 쳐다보지도 않고 일편단심 그 애만 만난 것을 뻔히 알면서도 말이야. 그래서 눈이 뒤집혀 가지고 단도를 빼 들어서 마담의 목을 겨누었지. 그때는 정말 목을 따 버릴 작정이었어.

그제서야 마담이 털어놨어. 누구 애인지 모르지만 임신을 했다는 거지. 낙태를 권했지만 완강히 거절했다는 거야. 그래서 집으로 간 거라고…… 고향으로 이미 떠났다는 거야. 몬순 계절이 되면 메콩 강 델타는 엄청나게 범람한다는 거지. 그 전에 서둘러서 메콩강 하류에 있는 빈롱으로 출발하였다는 거야.

마담이 그랬어. '그 애는 내가 그렇게 피임을 강조했는데. 여기서 는 임신하면 절대로 안되는 거야. 장사를 망친다니까. 내 말을 듣지 않고…… 그 애 때문에 손해가 이만저만이 아니야. 우리 집의 퀸이 었는데……'"

"솔직히 말해 보라고…… 가령 임신했다고 치자고. 그게 누구 자식인지 어떻게 장담할 수 있지."

"네 말이 맞거든. 누구 자식인지 알 수 없겠지. 그래도……."

"무슨 예감이라도…… 아니면 육감인가."

"쓸데없는 소릴 하지 마. 그런 건 없어. 그냥 혼자 놔둘 수는 없 는 거야."

"고향에는 누가 있는데?"

"사이공에서 대학까지 다녔는데…… 빈롱에서 사이공을 거쳐서 여기까지 왔다면 구구한 사정이 있겠지. 1968년 1월 베트콩의 구정 공세 당시 사이공을 탈출했다고 그랬어.

고향에는 늙은 홀어머니가 계시지. 랑린이 보내주는 돈으로 어머니는 살아가고 있어. 랑린이 자세하게 이야기하길 꺼려하지만……

아버지는 빈롱에서 프랑스 회사의 고무농장에서 관리인으로 일했었는데 그게 빌미가 돼서 아버지도, 두 오빠도 베트콩에게 죽었다는 거야…… 미 제국주의 첩자로 몰린 거지."

그가 너무나 낯설게 보였다. 나도 모르게 짜증이 나서 퉁명스럽게 말했다. "단도를 빼들고 목을 겨누었다는 말은 빼라고. 믿지 않을 테니까. 왜 나한테까지 뻥을 치는 거야? 형은 그럴 수 있는 잔인한 인간이 아니야. 파리 한 마리도 못 잡으면서."

"넌…… 날 오해하고 있는 거야. 날 잘 안다고 생각하겠지만 그게 아니야. 절대로 아니지."

그의 목소리는 뒤틀려있었다. 얼굴은 우는 것 같기도 하고 웃는 것 같기도 하고 분간하기 어려웠다. 그는 엄지와 검지 사이에 든 담배를 바닥에 던지면서 발로 세게 비볐다.

나는 어떤 아득한 느낌이 들기 시작했다.

"이제, 어쩔 셈인데?"

"내가 잘하는 건지 모르겠다만 지금 상황에서는 어쩔 수가 없지."

"지금 상황은 명백한 거야. 눈 감고 잊어버리고 귀국하면 그만인 거지."

"네놈이 그렇게 무자비한 인간인 줄은 몰랐네. 남의 일이라고……"

"그럴 수밖에 없잖아."

"뭐가……? 사랑하는 여인을 배신하는 것은 정당하지 않아. 그렇게 연약하고 불쌍한 여인을 버린다면 하느님도 용서하지 않을걸."

"이름이 랑린이지만 어쩐지 이상해. 마담이 지어준 별명이거나 가명 아니겠어?"

"그럴지도 모르지만 나는 구태여 본명을 알 필요성을 못 느끼지. 그게 그거지. 이름 때문에 그녀의 본질이 바뀌는 것은 아니니까."

"그게 궁금하더라고. 어떻게 처음 랑린을 만났는지? 그 후 이 지경이 되도록…… 어떻게 진행된 거야?"

"그냥 우연히 그 집에 들른 거야. 그때 나는 상당히 취해있었고 그래서 방에 들어가자마자 키스하려고 잡아끌었지. 그랬더니 완강하게 키스를 거절했어. 키스만은 하지 않는 게 국제적으로 화류계의 불문율이라는 거야. 그들은 그걸 좋아하지 않고 절대로 허락하지 않는 거야. 내가 싫어서 그런 게 아니란 거지.

그녀가 애매하게 웃으면서 옷을 완전히 홀라당 벗었지만. 그러나 갑자기 어색하고 갑갑해지더군. 자신이 바보가 되어버렸다는 그런 비참한 생각이 들기도 하고. 자존심이 상하면서 마음의 빗장이 걸리니까 전혀 발동이 걸리지 않았지.

그래서 각자 따로 떨어져 누웠는데 그녀 발톱에 칠해진 분홍색 매니큐어만 눈에 들어오는 거야. 서로 만지지도 않고 이야기하지도 않았어. 그 여자가 도저히 이해할 수 없는 기이한 존재라는 생각이 들었기 때문에 나는 견딜 수가 없어서 그냥 나와버렸지.

그게 처음 만났을 때 일어난 일이야."

"본전 생각이 났을 텐데? 어떻게?"

"그런데 잊어버리려고 해도 계속 머릿속에서 떠나지를 않는 거야. 내가 그녀를 처음 본 순간부터 사랑했는지 모르겠다는 생각이 들기 시작했지. 섹스와는 관계없이 말이야.

그날 방 밖에서 들려온 발자국 소리, 남녀가 가볍게 속삭이는 소리, 술 취한 걸걸한 목소리, 문이 열리는 소리, 옆방에서 삐걱거리는 소리, 복도에 가득했던 담배 연기와 그 냄새 때문에 내가 쓸데없이 신경과민이었다는 생각도 들었지.

잊어버리려고 참았지만 일주일쯤 지나니까 찾아갈 수밖에 없었어. 이번에는 위스키를 스트레이트로 마시고 잔뜩 취해서 찾아갔지. 랑린이 나를 보더니 허물어지듯이 내 가슴에 쓰러지더라고.

그렇게 된 거야."

나는 맨날 잘난 체하는 김정현에게 시비를 걸고 싶었다.

"언제는 그렇게 섹스 타령을 하더니만. 섹스와는 관계없이 사랑할 수 있단 말이지? 그게 정말 가능한 이야기야? 이건 그저 남녀 간에 흔히 있는 불장난에 불과해. 시간이 조금만 지나면 얼마든지 끝날 일이야."

"그래서 너는 사랑을 모른다는 거지. 남녀 간에 러브 스토리는 반드시 섹스를 바탕으로 하는 게 아니야. 네 떨떠름한 표정을 보니까 내가 마치 변태라도 되는 것처럼 보이는 모양이지?"

"사랑은 증오라는 말이 맞는가 보지. 자유이건 무엇이건 다 빼앗기고 사랑하는 대상에게 꼭꼭 묶이게 되니까 말이야."

"제발 아는 척 좀 그만해. 나에겐 랑린밖에 없는 거야. 나도 떠날거야. 무슨 말인지 알겠어? 멀리 떠난다는 거지. 그 앨 찾아서. 이게 사랑인지, 뭔지 알 수는 없지만……

람브레터를 타는 거지. 아니면 지붕에 승객을 태우는 장거리 버스를 교대로 타고서 무작정 1번 국도를 따라 남쪽으로 내려가는 거야. 월남 지도를 구했거든. 빈롱까지 가는 거지.

월남 사람처럼 옷을 입고…… 하얀 파자마 차림에 밀짚모자를 눌러쓰고 샌들을 신는 거지. 그들처럼 똑같이 행세를 할 거야. 내 월남어가 어느 정도는 통하겠지.

메콩강이 꿈결처럼 흘러 흘러들어서 마침내 태평양 바다와 만나는 곳이지. 여기서부터 천릿길이 될 거야. 나는 원래 방랑자적 기질이 있으니까……. 이런 여행쯤이야. 돈이 좀 필요하지. 네가 가지고 있는 걸 전부 내놔야 할 거야."

"거길 가는 기차도 없고 시외버스도 없단 말이지. 돌고 돌아서 가야 할 거 아니야. 그리고 통행증은 어떻게 할 거야?"

"음…… 통행증 같은 건 돈만 주면 얼마든지……"

"지금, 제정신이냐! 제정신이냐구? 대관절 사랑이 뭔데! 그렇게도 사랑 때문에 단맛, 쓴맛을 봤다면서……. 지금 자신을 속이고 있는 거야. 무척 똑똑한 것처럼 행세하더니 왜 그래? 무슨 덫에 빠진 거야? 도대체 이해할 수 없다고."

잠시 침묵이 흘렀다. 나는 그 상황을 정리해 보려고 애를 썼다.

그의 얼굴에 숨겨진 고통을 느낄 수 있었다. 여윈 얼굴에 피로한 눈빛과 냉소적인 미소가 어려 있다. 그가 다시 마리화나를 꺼내서 피워 물었다.

내가 말했다.

"귀국해서 학교를 마치고 나면 시인이 되고 학교 교사가 된다는 꿈은 어떻게 되는 거야. 곧 귀국이고…… 귀국하면 바로 제대하는데 말이야……. 얼마나 순탄한 미래가 기다리고 있는데…….

콤플렉스 때문에 여태 이야기하지 못했지만 나는 4수 중에 입대 통지를 받았다고. 제대하면 말이야, 대학을 포기하든가 아니면 다시 4수를 해야 한다고."

"그랬던가? 삼수인지 사수인지…… 그건 처음 들어보는데."

"그게 무슨 자랑이라고 떠벌릴 수 있겠어.

다시 말하지만 형은 지금 제정신이 아니야. 비이성적인 감정에 휘둘리고 있는 거라니까. 이건 한 인간의 운명이 걸린 중대한 문제야. 실수하고 있다고. 나중에 크게 후회하게 될 거야. 무얼 어떻게 하겠다는 거야. 정신 차리라니까. 정신을…….

이건 생사가 걸린 문제……. 빈롱은 고사하고……. 천릿길이라며. 가는 도중 붙잡혀서 총살을 당할 거라고. 포로가 되어 혹독한 고문을 당하거나. 자살 행위라니까. 월남 사람들 베트콩과 한통속인 거 알고 있잖아. 그들을 끝까지 속여넘길 수는 없어. 한국군을 보기만 해도 몸서리치니까 즉시 신고할걸. 그걸 알라고. 민사과에 있었으니까 잘 알 거 아냐."

나는 평소에 쓰지 않았던 거칠고 상스러운 욕설들이 마구 튀어나오려는 순간 심호흡을 하였다. 나도 모르게 걷잡을 수 없이 화가 치솟고 아무리 짜증 나는 순간이라고 해도 말할 수 없는 고통을 겪고 있는 친구한테 욕설까지 퍼부어서는 안 된다는 생각이 퍼뜩 들었던 것이다.

"그만 해둬. 충분히 알고 있다고. 상관없어. 이 단계에서 내 결심은 절대로 바뀔 수가 없어. 부대는 잠시 난리가 날 거야. 그러나 걱정하지 마라. 그건 잠깐뿐일 거야. 작전 중 행방불명이나 사고사로 처리하겠지. 전쟁터에서 병사가 탈영하면 부대장의 경력에 엄청 흠이 되는 거지. 진급에도 악영향을 끼칠 거고.

그러니까 헌병대나 보안대에 신고는 못 할 거야. 쉬쉬할 거라구. 수배령도 내리지 않을 거구. 그렇게 하면 탄로 나니까. 월남에서 허위 보고는 식은 죽 떠먹기지."

"형, 알고 있기나 해. 내가 연장 근무를 신청했어. 인사계 선임하사는 불가능하지는 않다고 했어. 조용히 기다리라고 하더구먼. 공정가격이 있는 모양이야. 난 상관없어.

형도 그렇게…… 연장이나 해보라구. 내가 선임하사를 소개해줄 테니까. 그리고 나서 다시 생각해봐……."

"그렇겠지. 여기는 썩을 대로 썩었으니까……. 돈으로 안 되는 게 어디 있겠니. 너나 나나 빨리 귀국하고 싶지 않은 거야.

네 마음은 내가 잘 알지. 그렇게 하라구. 이건 너하고는 상관없는 일이야. 순전히……. 내가 이대로 귀국할 수는 없다는 걸 넌 이해해야 한다. 어쩔 수가 없다니까."

나는 몹시 당황하였다. 뭔가 일이 꼬여서 잘못되어 가고 있었다. 안타깝지만 상황이 분명해지고 있었으므로 그 심각성을 인정할 수밖에 없었다. 나는 무력감을 느꼈다. 헤아릴 수 없는 짧은 침묵이 그 순간을 짓눌렀다. 갑자기 뱃속이 울렁거린다. 연민과 분노와 당혹감 때문에 가슴이 먹먹해지고 터질 듯했다. 나는 냉정해야 한다고 생각했지만 그만 나도 모르는 새 울음을 터뜨렸다.

그리고 절망적으로 말했다.

"형은 그럴 수 없어! 형은 그래서는 안 되는 거야!"

그의 얼굴 표정에 비장한 것이 서려 있다. 어떤 헤아릴 길 없는 깊은 생각에 사로잡혀 있는 것처럼 보였다. 그리고 나를 뚫어져라 쏘아보았다. 나는 온몸에 땀이 흐르기 시작했다.

"잘 들어라. 어느 날 내가 감쪽같이 사라지면 그렇게 알라구. 넌, 날 말릴 수 없어. 너마저 그러면 M16으로 내 머리통을 갈겨 버릴 거니까. 악랄한 내 주인에게 총을 쏴버리는 거지.

나는 전투만 시작되면 얼어붙어 버려서 총을 한 방도 쏠 수 없었지. 방아쇠를 당기는 팔에 마비 증세가 오는 거야. 그때마다 내 얼굴은 땀과 흙으로 뒤범벅이 되었고, 오줌을 지렸고, 몽땅 토해버렸어. 그러나 날 겨냥하고 쏠 수는 있어. 그건 가능한 일이지.

우린 오늘 밤이 마지막이야. 우리 서로 쿨하자고. 울지 마라. 넌 아직도 눈물이 남아 있니. 넌 알고 있을 거야. 내가 한국을 얼마나 싫어하는지. 정말 싫지. 쓰라린 과거를 생각나게 하는 곳이지. 입대하기 전 일은 지겹고, 역겹지. 그건 악몽이었어.

전쟁터에서 그 분노를 폭발해버리면 치유가 되는 줄로 알았지만…… 그때 일들은 기억상실증에 걸렸어야 하는데…….”

“이제는 잊어버릴 때가 된 것 아니야. 휘파람 소리에 날려서……. 그게 아무리 과장되게 말해도 결국 풋사랑인 거지. 형은 날 쪼다 취급하고 도사처럼 굴면서 왜 그래?”

“남의 일이라고 과소평가할 필요는 없겠지.”

“형이 가버리면 그 멋진 휘파람 소리라든가…… 이제는 너무 들어서 질리기는 하지만 그 시들 말이야, 어떻게 되는 거야? 어디서 들을 수 있겠어. 형은 모르겠지만 그게 나에게는 커다란 위안이었거든.”

그가 창백하게 굳었던 얼굴이 풀어지면서 느닷없이 웃음소리를 냈다. 그리고 천천히 음미하듯이 말했다.

“다시 말하지만…… 나는 도망가는 게 아닌 거야. 내 길을 찾아가는 거지. 자기 자리를……. 여기에 처박혀 넉맘 냄새를 실컷 맡으며 살고 싶은 거야. 이 난리 통에 가능할지 모르지만……

내가 마지막으로 이별의 시를 들려주어야 하겠구나. 그동안 네가 유일한 청중이었어. 나는 단 한 사람만 필요했거든.

그 시인은 평생 동안 콤플렉스를 안고서 불우한 삶을 살았는데 젊은 나이에 짧은 생을 마감했지.

내 언젠가 히스나무 이 가녀린 가지를 꺾어 두었지
가을도 가버렸으나 잊지는 말아라
우리는 이 땅에서 다시 보지 못할 거야
시간의 이 향기 히스나무의 이 가녀린 가지
그래 내 너를 기다리니 잊지는 말아라"

그가 천천히 속삭인다. 그 억양이 가볍고 나긋나긋한 목소리가 그녀를 감싸 안아서 부드럽게 어루만진다.

대학 불문과를 3년간 다녔고 기욤 아폴리네르의 시들은 거의 전부 완벽하게 암송할 수 있는 남자. 젊은 날의 통과의례에 불과한 첫사랑의 상처 때문에 죽고 싶도록 고통을 느꼈고 그래서 일찍 군에 입대했고 또다시 월남전에 자원했던 남자. 시인이 되고 시골 벽지에서 학교 교사가 되고 싶었던 남자. 문학적 재능이 있는지는 몰라도 자기 자신에게는 너무나 융통성이 없었던 남자. 아무리 자신이 타락한 인간처럼 위악적으로 과장되게 이야기해도 그걸 믿을 필요는 없는 남자. 그러나 인간을 향해 총을 쏠 수는 없었으나 자신의 머리에는 감히 총을 쏠 수 있다고 자신했던 휴머니스트.

메콩강의 강폭이 한없이 넓어지고 강물이 유장하게 흐르는 메콩강 삼각주의 빈롱에서 천리길을 거슬러 올라가, 거대한 미군 군수기지가 있던 깜란 만 입구의 집창촌인 수진 마을까지 흘러들어온 영혼이 맑은 여자.

그는 여자의 갈색 피부를 쓰다듬고 그녀의 불타는 듯한 눈과 얼굴 위로 자신의 얼굴을 덮는다. 그는 그녀의 눈 깊은 곳에서 빛을, 구원의 빛을, 어떤 계시를 발견한다. 그녀를 위한 일이라면 무슨 일이든지 가능하다고, 그는 그렇게 다짐한다. 그는 이제 지껄이지 않는다. 희망과 욕망, 탐닉이 묘하게 섞여 있는 격정적인 몸부림에 자신의 몸을 맡긴다. 그는 그 순간 아무것도 생각해서는 안 되리라. 여기 밀림에서는 의식은 가물가물해지며 몽롱할 뿐이다. 꿈도 꿀 수 없다. 깊이를 헤아릴 수 없는 고통도 벌써 희미해져 버렸다. 그때는 죽음을 갈망했었는데. 모든 추억이 사라져버렸다. (민들레가 피어있는 논둑길. 따뜻한 봄날의 햇빛. 흰 구름. 냇가. 소녀. 사랑. 입술. 이별. 불면하는 밤들. 침묵. 망망대해. 무인도. 미완성인 한 묶음의 원고들.)

오직 군화와 철모, M16 소총, 수류탄.

그는 숨을 깊이 들이마시며 생각한다. 나는 소진되어 버렸는가? 도피자인가? 이미 사라져 버렸는가?

밤이 완전히 내려앉았다. 짙은 어둠 속에서 곡사포의 포탄 터지는 소리가 밤의 유령이 토해내는 괴성처럼 아득히 들려왔다.

그때의 생생한 장면, 대화 내용, 내 가슴 속에 각인된 김 병장의 비장한 얼굴을, 그의 의지를, 욕망을, 내가 느껴야 했던 그 무력감을 어찌 오랫동안 잊을 수 있었겠는가. 날카로운 가시 면류관을 쓴 채 피를 뚝뚝 흘리는 김 병장의 모습이 그 후 한 세대 동안이나 자주 꿈속에 나타났다. 그런 게 아니라 나타났다고 생각하였다. 김 병장을, 그를 끝내 붙잡지 못했다는 죄책감은 나의 강박관념이었으니까. 나는 한때 그 강박관념을 몰아내기 위해, 망각을 위해, 알코올 의존자가 되어 살아야 했다. 매일 알코올 이외에는 아무것도 없었다. 김 병장은 내가 술을 제대로 못 마신다고 엄중하게 단죄하지 않았던가. 그러나 술이 얼큰하게 취하기 시작하면서부터는 술고래인 김재수 하사가 먼저 생각났다. 나는 김 하사의 알코올 의존증 같은 술 마시는 습관에 혐오감을 느꼈지만 어느 새 따라하기 시작했다.

만취해서 인사불성이 되고 머릿속 찌꺼기를 말끔히 씻어낼 수 있다면. 필름이 완전히 끊겨 통제 불능의 상태가 된다면 얼마나 좋을까. 그러나 나는 길에서 왝왝 토하는 일 외에는 항상 말짱했다. 도대체 취해지지가 않았다. 술은 나를 유치한 감상에 젖게 만들어서 결국 눈물을 흘리게 만들었다. 그러므로 술이라면 진저리를 치기 시작했다. 그래도 계속 마셨지만 말이다.

빈룽. 수목이 빽빽하게 우거진 밀림의 가장자리 얕은 언덕에 있는 랑린의 집 (마을에서도 조금 떨어져서 그 오두막은 홀로 서 있다.)에서 멀리 메콩강 삼각주와 유장하게 흐르는 누런 강물이 내려다보였다. 밤이 깊어 가면서 물안개가 피어올랐다.

내가 말했다. "김 병장은 어디에 갔지? 메콩강에? 들판에? 바다에? 난 김 병장을 만나러 왔지. 아주 멀리서 말이야. 죽고 싶도록 보고 싶었거든." 그녀가 말했다. (그 목소리가 감정이 배어 있지 않은 기계음처럼 들렸다.) "그는 죽었어요. 틀림없이 죽었단 말이에요. 모르겠어요? 여기에 오지 않았어요. 아마, 민병대 또는 베트콩한테…… 아니에요, 아니. 그는 안 죽었어요. 내 가슴 속에서 살아 있지요." 내가 말했다. "그럴 리가." 그녀가 깔깔거리며 말했다. "그만 잊으세요. 잊어……. 나는 지금 외롭고 힘들어요. 죽을 맛이에요. 나를 어디론가 데려다 주세요. 제발."

내가 물었다. "뱃속에 아이는 어떻게 됐지?"

그녀가 말했다. "아이는 죽었어요. 아들인지 딸인지 알 수 없었지만. 병원에는 의사도 없고 약도 없었어요. 그렇지만 김 병장의 자식이 틀림없다니까요."

그 순간 깨달았다. 그녀와 나, 살아있는 사람들은 이제 그에 대해 아무런 미련도 남겨서는 안 된다는 것을. 우리는 엄연히 살아있고 그녀와 나는 각자의 삶이 있다. 그리고 문득 이미 오래전부터 까마득히 잊고 있었다는 생각이 들었다. 우리들은 그를 잊기 위해서, 그의 굴레에서 벗어나기 위해서 이심전심으로 암암리에 공모자가 되었다. 그녀는 이제 울지 않는다. 침묵이 있었다. 꽤 오랜 시간이 흐른 것 같다. 그녀의 까만 머리, 까만 눈, 잘록한 허리가 은근히 유혹적이다.

그녀기 말했다. "당신 얼굴을 만지게 해주세요. 나를 꼭 껴안아주세요." 그리고 그 짧은 순간 나는 갑자기 그녀를 억세게 끌어안고 나의 입술로 그녀의 입술을 덮쳤다. 나의 혀를, 빨간 혀를 그녀의 입 속으로 깊숙이 밀어 넣고 키스를 하였다. 나는 짚으로 된 푹신푹신한 침대에 그녀를 눕혔다.

그녀가 노래를 했다.

메콩강은 알고 있다네 강물은 깊어라 슬픔도 깊어라 강은 시시로 변하네 아침에 푸르던 그것이 저녁이면 핏빛으로 물드네

강 쪽에서 거대한 잿빛 구름이 몰려오고 잠깐 동안 천둥 번개를 동반한 지독한 폭우가 쏟아져 내렸다.

나는 새벽의 희붐한 여명이 창문으로 밀려들 때쯤 밤늦게까지 뒤척이다 겨우 눈을 붙인 잠에서 깨어났다. 계속 뒤숭숭한 꿈만 꿨다. 너무 오랫동안 김 병장을 잊고 지냈다는 미안한 마음이 들고 랑린은 살아있고 잘 있는지 그녀가 궁금했다.

15. **어린 시절**, 초등학교 3학년 시절 초여름에 마을 냇가에서 친구들과 물놀이를 하다가 넘어져서 왼쪽 무릎을 심하게 다쳤는데, 그 당시 바닷가 두메산골에서 속수무책으로 방치하였다가 관절염이 심하게 악화된 것이다. 내 무릎은 주위가 빨갛게 되어 통통 부어오르고, 물이 차고 고름이 차고 나중에는 굽혔다 펼 수조차 없게 되면서 그 때문에 견딜 수 없는 통증을 느꼈다. 그리고 사람을 탈진하게 하는 신열과 오한, 피로감, 구역질 등에 시달려야 했다.

온갖 민간요법과 떠돌이 한의사의 마구잡이식 침놓기, 이십 리쯤 떨어진 동네 도사 할머니의 신통한 주문과 비방도 소용이 없었다. 고흥 읍내의 의사는 여기서는 치료할 수 없으니 순천이나 광주로 가야 한다고 말했다.

그러는 사이 적절한 치료 시기를 놓쳤기 때문에 이제 호미로 막을 일을 가래로도 막기가 곤란한 지경이 된 것이다.

그제서야 아버지는 문전옥답 논을 팔아서 마련한 돈으로 광주의 큰 병원으로 가게 되었는데 의사는 희미하고 검고 회색의 엑스레이

167

사진을 이리저리 들여다보며 완치하기 위해서는 무릎 위부터 잘라
야 하거나 아니면 무릎 수술을 해도 그 후유증으로 다리를 심하게
절 수밖에 없다고 냉정하게 선언하였다. (그때부터, 유년의 저 깊은
심연 속에 뿌리내린 냉혹한 공포감이 오랫동안 나를 따라다녔다.
가끔 악몽을 꾸면 나는 무릎이 절단된 채로 목발을 짚고 걷다가 넘
어지면 무릎 상처에서 피가 줄줄 흘러내렸고 그러면 나는 어쩔 줄
을 모르고 울다가 깨어났다. 그 악몽은 월남전 악몽으로 대체되기
전까지 계속됐었다.)

두말할 것도 없이 사색이 된 아버지는 몇 군데 병원을 전전하다
가 어쨌거나 정형외과 병원에서 수술을 받았다.

나는 그 병실의 모습을 마치 한 장의 흑백사진처럼 선명히 기억
한다. 퇴원하던 날 의사 선생님이 내 머리를 쓰다듬고 꼭 껴안아 주
었다. 의사 선생님이 말했다. "정말 운이 좋았지. 기적이 따로 없
어…… 매우 어려운 수술이었단다. 공부 열심히 해야 한다."

나는 그때 가슴이 꽉 막혀서 아무 말도 하지 못하고 의사 선생님
의 품에 안긴 채 엉엉 울었었다. (돌이켜 보면…… 배은망덕하게도
그 병원의 이름도 의사 선생님의 이름이나 얼굴도 도무지 기억나지
않는다. 어쨌거나 이 사건은 잊을래야 잊을 수 없는 내 유년기를 규
정하는 본질적 요소라고 할 수 있다.)

그리고 오랜 물리 치료와 끝없이 길고 긴, 지루한 재활 훈련 끝
에 기적처럼 완치될 수 있었다. 그런데 그 시절 그 길고 긴 물리 치

료와 재활 훈련이라는 게 무엇이었던가? 마을 뒷산을 오랫동안 오르내리면서 그때 자연적으로 재활 훈련이 되었고 완치가 되는 계기가 되었다.

마을 뒷산은 천둥산에서부터 해안 쪽으로 밋밋하게 뻗어 내려오면서 마을을 병풍처럼 감싸고 있었다. 그 산허리의 편편하고 넓은 바위에 올라서면 멀리 은빛으로 빛나거나 혹은 회색 바다로 돌변하여 거칠게 포효하는 바다를, 옹기종기 모여 있는 동네 50여 가구의 초가집들을, 벼들이 무릎 높이까지 자란 온통 초록색 들판을, 여름에 홍수가 나면 도도한 강물처럼 흐르지만 겨울이면 아예 말라서 모래흙과 자갈이 고스란히 드러나는 풍남항 바다로 흘러 들어가는 큰 냇가를 내려다볼 수 있었다. (겨울밤이면 그 냇가에는 소록도에서 몰래 헤엄쳐 나와 동냥을 하는 문둥이 두세 명이 모닥불을 피우고 잠을 잤다.)

여름이어서 내 얼굴빛은 햇빛에 빨갛게 익었다.

나는 온종일 거친 풀과 가시덤불, 바위투성이인 뒷산의 경사면을 힘겹게 오르내리며 염소 떼를 몰고 다녔고, 녀석들이 한가롭게 풀을 뜯을 때면 풀벌레와 나비, 벌집, 거미집, 뱀들을 찾아서 조심스럽게 풀섶을 헤쳤다. 나비들은 여기저기 풀잎과 꽃잎 위로 가볍게 날아오르기도 하고 맴돌기도 하였지만 앉지는 않고 멀리 날아가 버렸다. 그때 풀섶에서 똬리를 튼 채 낮잠을 자고 있던 작은 뱀이나 새끼손가락만한 푸른 도마뱀은 화들짝 놀라서 뛰쳐나와 구불구불

달아났다.

별안간 산들바람이 한 줄기 불면서 나뭇가지들이 부딪치는 소리가 산속의 침묵을 깼다. 산새들이 놀라서 울음소리를 냈다.

유년시절의 흔적은 거의 남아있지 않다. 무릎 바로 위에 둥글게 패인 지금은 희미해진 수술 자국은 그때의 고통과 상처를 지금도 상기시켜 주지만 말이다. 하지만 내 어린 시절을 회상할 때면 내 영혼 속에 아로새겨진 그 시절의 아련한 풍경이 떠오른다. 내가 일일이 제멋대로 이름을 만들어주었던 작은 동물들과의 끊임없는 대화. 그때부터 내 마음속에 뿌리 깊게 박혀버린 회색 바다. 그 바다는 너무 심오해서 설명하기가 결코 쉽지 않다.

나는 그때 1년 동안이나 학교를 쉬었다. 그러나 다음 해 5월쯤 무난히 4학년으로 올라갔다. 그 옛날 워낙 산골짝 시골 학교였으니 한 학년은 한 반에 불과했고 한 반은 학생 수가 40여 명 남짓했다.

그 시절을 회상할 수 있는 풍남국민학교 11회 흑백 졸업 사진이 여지껏 남아있으니 그 시절의 내 모습을 얼추 짐작할 수 있다. 아내는 사진 속에서 금방 나를 찾아냈다. 나의 자아 정체성에서 중요한 역할을 하는 절대 변할 수 없는 본질이 사진 속 얼굴에 이미 각인되어 있었던 것이다.

지금 돌이켜보면 무릎을 절단하는 수술, 혹은 무릎 수술로 내가 심하게 다리를 절게 되었다면 내 운명은 어찌 되었을까. 우선 군대도 안 가고 월남전 전쟁터에도 안 끌려가고, 그러므로 내 인생은 지금과는 송두리째 달라졌을 것이다.

나의 정체성마저 바뀌었을 것이다. 지금의 나와는 전혀 다른 누구였을 것이다. 무엇보다도 나이가 들어갈수록 더욱 심하게 좌절한 나머지 우울증과 폐소공포증에 시달리고, 매일같이 독한 술을 마시며 알코올에 의존해야 되었을 것이고, 그래서는 변변한 직업도 없이 평생을 고통받고 자포자기한 삶을 살았을 터였다. 그랬으니 결혼도 못했을 것이고 미구에 자살했을지도 모른다.

그 때문이 아니더라도 우리는 젊은 시절 삶의 고뇌에 허우적거리며 헤어나지 못할 때 존재론적 회의에 빠져서 몇 번씩이나 자살의 충동을 경험하지 않았던가.

돌이켜 보면, 순수한 농부였고 무척이나 인색했던 아버지가 수술비를 마련하기 위하여 자신의 목숨보다 귀중하게 여겼던 문전옥답을 눈물을 삼키며 팔지 않았다면, 아버지가 의사에게 다리를 절단하는 수술은 절대 안 된다고 고집을 피우지 않았다면, 나의 현재는 존재하지 않는다. 내가 온전한 신체를 갖게 된 것은 틀림없이 행운이었다. (그때 아버지는 비장한 어조로 의사한테 "다리를 절단해서 병신이 되느니 차라리 죽는 게 나아요."라고 말했었다.)

두 번의 경우 모두 내게는 커다란 행운이 뒤따랐다. 그렇지만 그들 행운은 내 자유의지와는 상관없이 결정된 것이다. 그것은 어떻든 오래전부터, 아마 내가 태어나기 전부터 이미 운명처럼 예정되어 있었던 것이다. 그렇지 않을까? 그러니 내가 어떤 은총을 입은 게 아닌 것은 확실하다. 그러므로 내게 또다시 파랑새가 하늘 높이 비상하는 행운이 계속되리라고는 생각되지 않는다. 그건 공평한 일이 아니기 때문이다.

그렇다면 나는 어떤 운명이 닥칠지라도 그것에 저항하지 말고 순종해야 하리라. 그렇지만 운명의 여신인 포르투나처럼 행운 역시 눈이 멀었다고 하였으니까, 누가 어떤 혜택을 입게 될지는 어떻게 짐작이나 할 수 있겠는가.

눈먼 행운.

내가 물놀이에서 무릎을 다치고 회복된 일이나 열대지방의 정글에서 정체불명의 병에 걸리고 기적적으로 회복된 것은 아주 우연처럼 보이지만 그건 운명이었고 우연이란 막다른 운명의 다른 이름이라는 생각이 든다. 그렇다고 할 수 있다. 우리의 (종착지에 이르기까지 구불구불한 길이라고 할 수 있는) 삶을 결정짓는 것은 우리가 아니라 오로지 운명일 뿐이다. 인간은 자기 운명의 주인이 될 수 없다는 것을 인정해야 할 것이다.

도대체 해독이 불가능한 운명.

결국에 가서 이기는 쪽은 우리가 아니라 이 세상인 것이다.

그렇다고 내가 지금 니체가 말한 철학적 용어인 운명애를 말하는 것이 아니다. 쉽게 말하면 운명을 사랑하라고 말하는 것이 아니다. 운명은 팔자이니 운명에 맡기라는 것이다. 이건 나 자신에게 하는 말이기도 하다.

그러므로 극단적인 상황에서도 추한 모습을 보여서는 안된다. 그 때는 체념이나 단념이야말로 인간의 미덕이 된다. 그러니까 나의 인생행로가 뒤틀렸거나 순조로웠거나 상관없이 운명은 결국 내 삶의 순리인 것이다.

그런데 기독교적 운명론에서는, 아우구스티누스의 웅대한 예정론에서는, 칼뱅의 예정설에서는 그 모든 것을 하나님의 탓으로 돌렸으니, 그렇다면 운명이야말로 신적인 것이다. 그들이 말했다. 우리는 누구인가? 우리는 지금 어디에 있는 것일까? 그러나 우리는 아무것도 아니다. 오직 하나님만이 우리를 알고 있으니 모든 걸 그분에게 맡겨라. 그분이 결정할 터이다.

오래전 일이 아니다.

강남역 부근에 있는 유명한 교회의 집사인 선배 — 중대 고참 선임병이었다. 신병식 병장은 내가 102 야전병원에 입원해 있을 때 귀국하면서 격려의 편지를 보냈었다. 얼마나 감격하고 가슴이 뭉클했는지 모르겠다. 그는 중대본부 서무병으로 근무했지만 무슨 인연이 있었는지 우리는 중대 내에서 친하게 지냈다. 그가 날 막내 동생처럼 챙겨주었던 것이다.

그가 말했다.

"네가 지금 살아남은 것이 우연일 수가 없는 거야. 그러니까……다시 말하자면…… 운명 따위는 없어. 오직 하나님의 섭리가 있었을 뿐이야. 신은 인간 삶의 모든 국면을 조종하는 강력한 힘을 가지고 있으니까. 신은 인간의 가슴 속에 스스로의 모습을 비춘다고 했어. 신은 우리들의 가슴 속에 머무른다는 말일세.

그러니까 신을 내 눈으로 직접 보아야만 믿을 수 있다고 한다면 그건 너무나 어리석은 거야. 신의 존재를 과학적으로 입증하려는 온갖 시도 역시 어리석은 거야. 그건 신에 대한 모독인 거지."

내가 말했다.

"저는 그쪽 신을 믿지 않거든요. 신앙심이 없는 제가 신의 은총을 입을 수가 있다고요……? 그렇다고 할 수 있나요……?"

"네가 무슨 쓸모가 있는지는 모르겠지만…… 신의 구원이 일찍부터 예정되어 있었다니까."

"왜? 제가 말입니까?"

"신의 의지를 어떻게 알 수 있겠어. 자네가 이 정도만 된 것도 천만다행인 거지. 신이 결국 자네를 지켜준 거야. 그걸 부정해선 안되지. 신을 비웃는 자는 어리석은 사람이라네. 오만한 인간들은 잘난 척하지. 내가 오랫동안 지켜봤지만 자네는 선천적으로 오만한 인간이 될 수 없어."

"선배님 말씀은 그게 행운 때문이 아니라 신의 의지라는 거죠."

"그렇다니까. 학교 선생님은 철저한 무신론자이든지 아니면 불가지론자이겠지. 그렇지 않은가? 나는 그렇게 알고 있다고. 설마 그걸 학생들에게 가르치지는 않겠지?

그러니까 신의 존재 자체를 의심하고 있는데 신의 의지를 들먹이면 귀신 씻나락 까먹는 소리로 들리겠지."

"전, …… 솔직히 말씀드려서 잘 모르겠어요. 특히 인격신에 대해서는 말이죠. 구체적으로 다가오지 않아요. 그저 추상적인 개념에 불과한 거죠."

"나 역시 전에는 신에 대해 반신반의했지만 …… 월남전 이후 확실하게 알게 되었네. 인간들이 서로 죽이려고 총을 겨누는 걸 도저히 이해할 수 없었지. 하나님께서 분노하실 일이었어.

인간의 본성에 대해 극단적인 냉소주의에 빠져버렸지. 파우스트에 나오는 메피스토펠레스처럼 언제든지 부정하는 정신의 소유자가 되었다네. 다시 말하자면 너무 젊은 나이였을 때부터 벌써 인간에게 회의를 느꼈고…… 슬픔과 분노를 느꼈던 거지. 그래서 내심 인간들을 혐오하게 되었을 거야.

순전히 나를 지키기 위한 이기심에 의해 신에 귀의할 수밖에 없었어. 신으로부터 구원을 받으면서 자신과도 화해할 수 있었지.

그때부터 신을 굳게 믿으며 신이 있다는 굳은 신념으로 살고 있지. 그래서 말인데 …… 신의 의지에 반해서 살고 싶지는 않다네."

"저는 전투에 직접 참여했습니다. 전쟁에서는 누구도 선한 사람이 될 수가 없어요. 누구라도 손에 무기를 쥐면 악마가 될 수밖에 없더라고요. 사람은 정말 하찮은 존재로 취급되지요. 사람이 사람이 아니에요.

그렇게 하나님을 믿고 의지할 수 있다니. 신앙심이 두터운 선배님이 부럽습니다. 그렇게 확고하시니 말입니다. 저에게는 몇 번의 행운이 있었는데, 지금도 그게 운명인지, 아니면 우연으로 생각된단 말입니다."

"전쟁 이야기는 그만두자고. 지나간 일이야. 나는 오직 하느님과 믿음에 대해서 말하고 싶지. 내가 지금 귀머거리와 이야기하는 기분이 들지. 자넬 하느님께 인도하기는 참으로 어려운 일이야. 내가 사람을 잘못 본 거지. 자넨 너무 일찍 고통을 받을 만큼 받았으니까 그걸 어루만져 줄 하느님의 부드러운 손길이 필요하다고 믿었거든.

젊은 시절 한때 자네는 끔찍이도 술을 마시면서 무척 방황했었지 않나. 술을 마신다고 상황이 나아지는 것도 아닌데 말이야. 그러니까 가장 하느님이 필요한 때였지."

"그땐 정말 엉망진창이었지요. 제가 더 이상 미치지 않은 게 천만다행이었어요. 지금 생각해보면 과음하고 만취가 되면 알코올을 통해 제 자신을 시험해보고 싶었던 건지도 모르겠습니다.

그렇지만 어느 시기가 되니까 한계를 느끼기 시작했습니다. 안심하십시오. 지금은 아주 많이 줄였어요. 그렇다고 완전히 끊을 수는 없었습니다. 그건 말이 안 되죠……"

"그건 그렇지. 우린 가끔 만나서 적당히 마시지. 그래도 미심쩍기는 하지."

"선배님은 하느님을 열렬히 믿으면서 …… 하느님이 싫어할 것 같은데요."

"술은 하느님과는 관계가 없다네. 하느님이 그런 것까지 상관할 만큼 한가하진 않다니까."

"교회는 술을 마시는 것을 신성 모독으로 여기지 않습니까?"

"그걸 알게나. 아버지 요셉도 아들 예수도 직업이 목수였고 공사판의 일꾼이었어. 그러니까 다시 말하면 프롤레타리아였어. 프롤레타리아는 생활이 너무 고달프니까 그걸 잊기 위해서는 술 없이는 살 수가 없어. 그래서 예수님도 술을 꽤 마셨을 거라고 보네.

그래서 말인데 최후의 심판의 날 내 선행과 악행을 저울 위에 올려놓고 엄정한 평가를 내릴 때 내가 마신 술 때문에 평가가 내려가지는 않을 거야."

"선배님은 제가 102병원에 입원해 있을 때 알게 된 영현병이었던 김재수 하사님을 모르실 거예요. 그는 영현부대의 화장터에서 시체를 태우는 일을 담당했었죠.

그의 허무주의적 인생관이 영향을 준 것 같아요. 저에게 너무 큰 충격을 주었거든요. 그래서 이 세상이 너무 허무했어요. 신이 필요 없다고 생각한 거죠."

"모르긴! 전에도 가끔 이야기한 적이 있었지."

"그렇겠지요. 전 잊을 수가 없으니까요. 늘 호기심을 자극하는 수수께끼 같은 인물이었죠. 그래도 휴머니스트라고 할 수 있을 겁니다. 마치 살아있는 것처럼 가끔 눈앞에서 어른거려요.

그때도 그렇고 지금도 그렇고 생각해보면 큰형님이라고 할 수 있었습니다. 고향 선배이고 인생 선배였으니까요. 군대는 엄연히 계급이 있으니까 형님이라고 부를 수는 없었지만 말입니다.

너무 일찍부터 인생을 달관했습니다."

"자네 말을 들으면 그럴 수밖에…… 그런 특수한 환경에 처해있었으니 나라도 그랬을 거야. 나도 가슴이 먹먹하다네. 그러니까 그가 자살했다고 해서 위선의 삶을 살았다고 비난할 수는 없을걸.

그는 죽음을 자기의 것으로 내면화한 것뿐이야. 나도 옛날 한때는 자살 충동에 시달렸거든."

"지금 생각해보면 그의 얼굴은 단호하면서도 풍부한 표정을 보여주었습니다. 또 한가지…… 말씀드릴 게 있어요. 훌륭한 조각가였거든요. 그 재능이 영원히 사라진 게 안타깝습니다."

"무슨 조각을 했다는 건가. 조각 이야기는 처음이야."

"시간이 날 때마다 숲속에서 숫돌에 갈아서 날을 세운 날카로운 칼을 이용해서 매끈하게 다듬어진 나무의 앞면에는 꽃과 나비, 벌들을 조각하고 뒷면에는 수수께끼 같은 기하학적 문양을 솜씨 좋게 조각했습니다.

이마에 땀이 송글송글 맺힐 만큼 심각한 얼굴로 작업에 열중할 때는 너무 열중한 나머지 무슨 말이라도 걸면 무척 화를 내면서 짜증을 냈습니다. 집중을 방해한다고 하면서…… 그가 짜증을 내는 일은 아주 드문 일인데 말입니다."

"김 하사 일은 안타까운 일이야. 그러나 까마득한 옛날 일 아닌가. 지금…… 여기…… 우리 이야기를 하자고."

나는 더 이상 김 하사를 생각하지 않으려고 술잔을 목구멍 속으로 연거푸 털어 넣었지만 애달픈 추억의 순간을 지울 순 없었다. 그가 황혼녘 검은 숲속에서 뒤돌아서서 화장터를 향해 운명처럼 집요하고도 과묵하게 걸어가는 뒷모습이 떠오른다.

"이상한 일이야. 나는 전쟁 때문에 더욱 신을 믿게 되었지만…… 누구는 철저한 무신론자가 되었으니까.

내 말을 들으라고. 지금이라도 늦은 게 아냐. 하느님을 믿는 데 늦은 법은 없으니까. 세상 일이라는 게 늦었다고 할 때가 가장 빠르다고 했지 않은가."

"마더 테레사 수녀님까지도 '하나님의 존재를 느끼지 못했다'고 하지 않았습니까. 그런데 제가 어떻게……?"

"그건 나도 마찬가지야. 하나님 안에 너무 깊이 들어가는 사람들이 공통적으로 겪는 고통이라고 할 수 있을 거야.

신이 존재하는지 여부를 너무 따지지는 말게. 의심하면 안 되는 거라네. 그냥 믿으라고. 그러면 신이 자네한테 거짓말처럼 나타나실 거니까. 내가 자네 귀에 못이 박히도록 말했다네. 그렇지만 돌밭에 떨어진 씨앗만큼이나 결실이 없었어."

"제가 청소년 시절에는 인간과 세계에 대해 무한한 호기심을 갖고서 온갖 의문을 품고 있었지요. 제가 독립적인 존재로서 갖게 되는 자아의 정체성에 대해서도 너무 많은 의문이 들었구요. 자신을 존중할 수도 신뢰할 수도 없었기 때문입니다.

그런 의문들이 도저히 풀리지 않으니까 자연스럽게 신을 생각하지 않을 수 없었습니다. 신만이 그런 의문을 설명할 수 있다고 생각한 거지요. 그런데 월남전이 모든 걸 망가뜨리고 뒤죽박죽으로 만들었어요. 전쟁은 저의 젊은 시절도…… 끝없는 상상력도…… 자신의 의지에 의해 자아실현을 이룰 수 있는 가능성 등 모든 걸 깡그리 파괴했어요."

"개인들이 믿고 싶어하는 그런 하나님은 없다네. 그러려면 차라리……. 내가 있는 돈 없는 돈 끌어모아 공장을 인수하고 나서 몇 번의 위기가 있었지. IMF 위기 때는 부도를 내고 쫄딱 망할 뻔 했었지 않은가. 그때는 자살까지도 생각했었다네. 그래도 하나님께 도와달라고 기도하지는 않았지. 하나님은 그런 존재가 아냐.

인간들은 눈과 귀를 의심케 하는 엄청난 악이나 수난을 겪게 되면 무작정 하나님의 존재를 의심하지만 그리스도가 말하는 악은 인과율을 넘어선 거야."

"너무 죄송해요. 제가 완전한 무신론자는 아닙니다. 그렇지만 신에 관한 문제는 자신이 없지요. 더 철이 들어야 될 거 같아요."

"화제를 바꿔 보자고…… 그거 알고 있나? 우리 사이에는 몇 년 간의 긴 공백기가 있었지. 월남에서 처음 만난 이래 그런 일이 한 번도 없었는데……"

"정말 죄송합니다. 제 잘못이에요. 그건 누구에게도 말할 수가 없었어요. 그때가 제 인생에 있어서 마지막 위기였을 거예요. 그 후부터 잘 풀렸거든요. 정식 교사가 되고 결혼도 했으니까요."

"무슨……?"

"저하고는 아폴리네르의 시가 운명적으로 연결되어 있지요. 도저히 어쩔 수가 없어요. 읽고 또 읽고. 제 머리가 아무리 둔해도 줄줄 외울 정도가 됐죠. 그러니까 시라는 게 무엇인지 느낌이 오더라구요. 시를 직접 써 보고 싶었죠. 나 자신이 혹시 시인이 될 수 있지 않을까 시험해 보고 싶었습니다.

누군가는 얼마간의 광기가 없으면 시인이 될 수 없다고 했습니다만…… 그 시인의 시를 읽고 깊이 빠지게 되니까 삶의 궤적에도 관심을 가지게 되었습니다. 예술작품은 예술가의 자아 본질과 떼려야 뗄 수 없는 관계입니다. 그게 제 생각이죠.

제가 파악한 바로는…… 그는 사생아 출신이고 시인이 되기 전에 가명으로 얼굴이 화끈거리는 적나라한 포르노 소설을 쓰기도 했습니다. 그래서 어느 주간지가 불법 체류자이고 외설 작가라고 비난했지요. 젊은 시절 피카소와는 절친으로 입체파 미술에 어떤 영향을 미쳤을 것입니다. 그들은 함께 아편을 하면서 친해졌죠. 아편이 촉매 역할을 한 겁니다. 피카소의 소개로 여류 화가 마리 로랑생을 만나 죽도록 사랑하고 헤어지고…… 그랬습니다.

그 과정에서 문학적 모험을 추구해 독창성 있는 시인이 된 거죠.

80년대는 시대 상황이 폭력적이고 억압적이지 않았습니까. 그 시절에 많은 시들이 알게 모르게 쏟아져 나왔는데 이념으로 무장된 산문시였어요. 지금 21세기 대명천지에서 돌이켜보면 편집증적인 진부한 테마였어요. 시가 점점 길어지기 시작했지요. 시의 언어가 일상화 비속화 즉흥적이 되면서 시의 형식에서도 변화가 일어났습니다. 시가 가벼워졌습니다. 언어의 힘이 사라졌죠.

제가 무의식적으로나마 어떤 영향을 받았을 겁니다.

그렇다고 제가 시를 투고해서 정식 등단한다는 생각은 없었죠. 시가 그 시대 혹은 그 사회에 미약하나마 어떤 영향력을 행사한다고 생각하지도 않았고, 시를 쓴다는 행위가 시를 쓰는 사람에게 어떤 구원과 희망, 작은 위안을 준다고 생각하지도 않았고, 시라는 거룩한 제단에 경건한 마음으로 온몸과 온 정신을 쏟아야 한다는 믿음이나 환상 같은 거는 처음부터 없었습니다.

오로지 제 자신을 위해서 쓰겠다는 생각뿐이었습니다. 그래서 시적 주체는 제 자신일 수밖에 없었죠. 카멜레온처럼 가면을 쓰고 자신의 정체성을 위장할 수는 없었으니까요. 시를 통해서 의식과 무의식의 심연 속에 들어 있는 어떤 근원적인 것을 캐내고 싶었지요. 자신의 진정한 자아와 자아의 그늘진 어두운 면인 그림자를 찾아야 했습니다. 그리고 내면의 목소리를 듣고 싶었습니다. 하지만 무의식 속에 잠들어 있던 무엇이 느닷없이 튀어나온 겁니다. 그건 시한폭탄 같은 거였어요. 제가 있는 힘을 다해 본능적으로 저항했던 것 말입니다. 그날 밤의 비극을 배경으로 한 죽음의 공포라는 괴물이었어요. 저는 더 이상 동어반복에 불과한 시를 쓸 수 없었습니다. 또다시 불안 강박…… 불면증에 시달리기 시작했습니다. 몸과 마음이 피폐해졌습니다.

정신과 의원으로 갈 수는 없었어요. 정신병자 딱지가 붙으면 안 되니까요. 그래서 내과 의원으로 갔어요. 신경안정제를 처방받기 위해서 말입니다. 옛날 102병원의 내과 의사였던 김 대위가 생각나더군요. 그런데 그 늙은 의사 참으로 이상했어요.

처음에는 일시적일 수 있다며 아무런 처방 없이 귀가시켰어요. 제가 증상을 자세히 설명하니까 콧방귀를 뀌면서 건강염려증 환자 취급을 한 거죠. 도저히 참을 수 없어서 이 주일쯤 지나서 다시 찾아가니까 이번에는 왜 이제서야 왔냐고 나무라더군요. 그때부터 그 의사는 의사가 아니라 인생 카운슬러이자 고해를 들어주는 사제, 마치 구세주나 되는 것처럼 제멋대로 굴었습니다.

'스트레스 때문이야, 그건 누구나 겪는 일이지. 조금만 참으면 되는데 그걸 못 참고 불평을 하는 거지. 왜 그렇게 불평이 많은 거야. 참고 살아야 되는 거 아냐. 몸이 아프다고 하지만 신체적 질병은 없으니까 감정적으로 아프다고 느낄 뿐이야. 멜랑콜리야. 신경쇠약이라니까. 모든 병의 근원은 결국 마음이니까 마음을 다스려야 해. 마음의 병을 다스리려면 교회에 나가서 하나님을 믿으면 될 거 같은데. 그렇게 약을 원한다면 얼마든지 처방해줄 수 있지. 약은 널려

있으니까. 이 약은 안정적이야. 약을 믿으라고. 약을 의심하면 안
되지. 그래서 증상이 호전되지 않으면 몇 달이고 몇 년이고 계속 먹
으면 되는 거지.'라고 친절하게 설명했습니다.

그리고 나서 무슨 약을 처방해 주었어요. 나중에 알고 봤더니 항
우울제인 '나르딜'이라는 약과 항불안제인 벤조디아제핀계 '아티반'
이었어요. 그 약들은 몇 달을 먹어도 효과가 없을 뿐만 아니라 부작
용이 심했습니다. 심한 설사와 복통이 일어나면서 견딜 수가 없었
습니다. 그리고 참혹한 현기증이 일어났습니다. 그 옛날 월남에서
겪었던 병이 재발하는 줄 알았죠.

그래서 남은 약을 화장실 변기에 쏟아버렸습니다. 약물에 의존하
는 제 자신을 증오했습니다. 차라리 독한 술을 마시는 게 낫다는 생각
이 들었죠. 술기운이 돌면 말입니다.

저는 또다시 홀로 상처와 고통, 죽음의 공포와 싸워야 했습니다.
자신의 의지로 그것들과 대결하여 치열하게 싸워야 했습니다. 오래
전에 이미 극복했다고 생각했는데 말입니다. 죽음의 충동은 삶의 충
동보다 더 근원적이긴 합니다. 모든 존재의 궁극적 근원이기 때문입
니다. 그래서 의학적 질환이 아니라 예술적 혹은 철학적 문제가 되는
것입니다.

그렇지만 새삼스럽게 죽음에 대해 무겁게 성찰할 생각은 없었습
니다. 그때 자기 살해를 생각하지도 않았습니다. 그건 너무나도 강
렬한 결말이긴 해도 말입니다. 자기 파괴적이기 때문에 자신을 배

반하는 거죠. 그건 비겁한 도피라고 깨달았기 때문입니다.

죽음은 그저 삶의 연장선상에 있는 삶의 일부분일 뿐입니다. 죽음은 잠에 불과하죠. 얕은 잠이거나 깊은 잠이거나. 잠을 자면 꿈을 꾸지 않는가요. 언제 죽어도 상관없고 누구나 죽는다고 생각하니까 마음이 편해졌습니다. 그래서 마음속에 평화가 찾아오기까지 무작정 기다렸습니다. 몇 년이 흘러간 거죠."

"그렇게 심각했단 말이지…… 까마득하게 모르고 있었네…… 나는 시에 대해선 문외한이지만…… 자네의 시론을 모두 이해할 수 없어서 유감이구만."

"죄송해요. 어설프게…… 풀어서 말입니다."

"자넨 소총수로 그런 험악한 전투에 직접 참가하였으니 충분히 이해할 수 있다네. 죽음의 현장에서 붉은 피를 너무 많이 봤으니까. 자네에 비하면 나는 너무 부끄럽다네. 서무병은 그것도 특과라고 전투가 면제되어 있었거든. 나는 강 건너 불구경하듯 한 거야.

세월이 흘렀어. 또다시 다음으로 미루어야 한단 말이지. 언제쯤……? 선배님 대신 가볍게 형님이라고 해도 될 거 같은데…… 함께 늙어가고 있지 않은가. 엊그제 같은데 세월이 참 빠르지.

그렇지 않은가?"

"그래도 선뜻…… 그게 목구멍에 걸려요. 저한테 선배님은 너무 어렵지요. 저는 월남에서 선배님의 도움을 많이 받았어요. 야전병원으로 보내주신 격려의 편지는 지금도 고이 간직하고 있습니다.

그리고 대대본부로 보내 주셨어요. 소총수와는 비교할 수 없이 편하고 좋았어요. 남아있는 사람에게는 심한 죄의식을 느꼈지만 말입니다. 제가 어찌 선배님을 잊을 수가 있겠습니까."

그날 밤 우리는 선배가 잘 아는 선릉역 부근 술집에서 시작했지만 몇 차례나 자리를 옮겨가며 거나하게 술을 마셨다. 더 이상 월남전 이야기는 하지 않았다. (사실 우리끼리 만나 술을 마실 때는 어쩔 수 없이 자연스럽게 월남 이야기를 하지만 다른 사람들과 함께 있을 경우에는 절대로 하지 않는다. 누가 그런 고리타분한 옛날 전쟁 이야기를 좋아하겠는가. 귀신 씻나락 까먹는 소리쯤으로 여길 것 아닌가.)

그리고 우리들의 화제는 자연스럽게 건강 문제 (선배는 매일 밤 서너번씩 화장실에 가는 거 빼고는 별다른 문제가 없다고 했다), 마누라의 잔소리가 점점 더 늘어가지만 그건 자장가쯤으로 알고 넘어간다는 이야기, 자식들의 결혼 문제로 넘어갔다.

선배는 큰딸이 삼십 대 중반을 넘었는데도 결혼은커녕 남자와 사귀지도 않는 기미여서 혹시 레즈비언이 아닌가 의심했지만…… 그것은 아닌 것 같다는 것이다. 큰딸이 그 지경인데 아들마저 도대체 결혼은 생각하지도 않아서 큰일이라고 했다. 그러니 손주 보기는 애시당초 글렀다고 한탄을 했다. 요즘 젊은 것들은 아무리 설득해도 듣지 않는다는 것이다. 그래서 자신이 애지중지 키웠던 기업을 자식들에게 상속시킬 생각은 없다고 했다.

선배가 말했다.

"성경에 의하면 '가진 사람은 더 받아 넉넉하게 되겠지만 못 가진 사람은 그 가진 것마저 빼앗길 것이다'라고 했다네.

그런 사소한 문제로 하느님께 기도할 수는 없지. 무슨 염치로…… 그런 것까지……"

나는 얼마 남지 않은 정년 후의 인생에 대해 아무런 대책이 서 있지 않다고 하소연했다.

16. 정글과 열대. 살과 피가 튀는 야만적인 전생

지금은 기억의 초상.

어느 날 어느 순간 뜬금없이 과거를 회상하고 또는 백일몽이나 악몽을 꾼다. 그런 때는 미군 해병대 군가인 '내가 전장에서 죽으면 상자에 담아 집에 보내주오 If I Die in a Combat Zone: Box Me Up and Ship Me Home'가 문득 생각난다.

고함. 죽여버리겠다. 수류탄. 권총 발사. 칼로 찌르기. 시체. 피.

나는 베트콩과 뒤엉켜서 그가 칼로 내 얼굴을 내려치려 하자 그 걸 피하면서 그 칼이 쇄골 밑으로 단단히 박히거나, 칼날을 손으로 막으면서 새끼손가락과 손바닥이 깊이 베이고 온통 피범벅이 되거나, 수류탄이 굴러와 터지면서 온몸이 산산조각이 나거나, 총알이 날아와 내 몸을 관통하고 내장이 쏟아지거나 하는 악몽을 꾼다.

중대본부는 작전목표지점인 105고지 아래 능선에 베트콩 병력이 주둔하고 있다는 정보를 대대본부로부터 하달받았다. L 19 정찰기가 며칠 동안 정찰한 결과였다. 그래서 중대작전이 개시된 것이다.

C포대의 105미리 곡사포는 먼저 베트콩의 예상 접근로와 기동로에 맹렬하게 요란 사격을 하였다. 그리고 이어서 중대 81미리 박격포가 불을 뿜었다. 이건 베트콩들에게 작전이 개시되었다는 것을 예고하는 것이나 다름없었다.

사탕수수와 파인애플 밭을 지나 1소대가 첨병 소대로 앞장서서 진격했고 중대 CP가 1소대 뒤를 따랐으며 2소대가 그 뒤를 따랐다. 우리 3소대가 제일 후방이었다. 중대는 빠른 속도로 진격하면서 주변 일대에 계속 요란 사격을 하였다.

중대 CP에는 중대장과 예비 소대장, 화기소대장, 작전 하사관, 위생 하사관과 위생병, 통신 하사관과 통신병, 중대 전령 그리고 포병대의 포사격을 요청할 경우에 그 업무를 담당하는 포병대 연락장교와 하사관, 미군 헬리콥터와의 무전교신과 펜톰기의 지원 요청, 기타 미군 부대와의 연락 등을 담당하는 미군 통신병인 앵크리크맨이 있었다.

(그때 미군 통신병은 갈색 머리칼에다 검은 눈동자의 멕시코계 미군인 바르티네스 하사 (CPL)였다. 그는 우리 중대와 5개월 동안이나 생사와 고락을 같이하다 귀국 명령을 받고 차량편으로 나트랑

본대로 귀대하다가 베트콩이 설치한 지뢰 폭발로 전사했다.)

목표 지점에 다다르자 우리 소대는 브라킹 (차단) 임무이기 때문에 분대별로 산개하여 밀림의 경계지역에서 일대를 차단하고 경계하면서 베트콩이 나타나길 기다렸다. (그러나 그 작전은 허망하게 끝났다. 베트콩들이 L 19이 날아다닐 때부터 낌새를 알아채고 저격수만 배치해 놓은 채 이미 떠나버린 것이다.)

우리 분대는 그때 고참병과 신참이 두 사람씩 짝을 지어 경계를 하였다. 고참병과 함께 있으면 한층 든든한 느낌이 들었다. 그들은 전투의 경험이 많아서 상황이 어떻게 전개될지 꿰뚫어 보는 감각을 지니고 있었다.

고참병이 말했다. "어쩐지 피 냄새가 난다니까. 숲속에 틀림없이 저격병이 숨어있을 거야. 머리를 아래로 숙이고 정신 바짝 차리라고…… 고개를 쳐들지 말란 말이야."

나는 엎드린 채 M16 소총의 조정관을 연발에 놓고 만반의 준비를 하였다. 밀림 속을 노려보면서 무엇이든지 움직이기만을 기다렸다. 땀이 비 오듯 쏟아졌지만 아무런 느낌도 들지 않았다. 시간이 많이 흘렀다. 고참병이 "괜히 헛고생했어. 쥐새끼 한 마리 나타나지 않는데……"라고 말하며 허리를 펴서 일어나는 순간 갑자기 핑 소리가 났고 총알은 고참병의 오른쪽 어깨를 스치며 날아갔다. 피가 튀었다.

우리는 가끔 만나면 어김없이 그때 아찔했던 순간을 웃으면서 이야기했다. 나의 훌륭한 사수였던 송창영 병장이 사경을 헤매면서 병원에 입원해 있을 때도 여전히 그때 일을 이야기했다.

"너는 얌전한 인간인데…… 총 하나는 잘 간수했지. 맨날 탄창의 용수철과 약실을 검사하고 기름칠을 했지. 나는 너무 귀찮아서 그런 거 안 했거든."

"제 생명을 지켜주는 수호신인데…… 형님은 탄창을 갈아끼울 때도 너무 느렸어요."

"탄창이 바닥나면 능숙하게 갈아끼워야 하는데…… 그게 잘 안됐지. 손이 떨렸거든."

"제가 맨날 탄창 바꾸라고 목이 터져라 악을 썼어요."

"넌 말이야…… 졸병이면서 왜 담배를 안 피웠지? 졸병은 담배안 피우면 견딜 수가 없는데. 그래서 네 담배를 내가 다 피웠어.

야간에는 똥 냄새와 담배 냄새는 의외로 멀리 가니까 절대적으로 조심하라고 중대장이 강조했지만. 어떻게 나오는 똥을 참을 수 있고 담배를 안 피울 수 있느냔 말이야. 담배는 중독성이 아편과 같은 거라고. 나는 부드러운 담배는 질색이었어. 카멜이 최고야. 그건 필터가 없으니까 입안에서 떨떠름한 쓴맛이 나거든.

내가 호 바닥에 엎드려서 담배를 피우면 네가 철모로 가려주었지. 그런데 넌 완전히 잠꾸러기였지. 기회만 되면 소총을 부둥켜안고 잠을 자는 거야. 내가 슬쩍 총을 빼내도 모르지."

"까마득한 옛날 일이네요. 그때도 안 피운 담배를 지금도 못 피우고 있어요."

"그 총알은 네가 맞아야 하는데 내가 대신 맞았다니까. 그만하기가 천만다행이지. 우리 둘 다 무사했으니까. 그 저격병은 오랫동안 기다렸다가 내가 일어서니까 딱 한 발 쏘고 숲속으로 재빨리 달아난 거야. 기다리는 인내심이 대단했지.

지금도 무리하게 몸을 쓰면 어깨가 쑤신다니까. 그럴 때마다 술을 너무 마셨으니까 탈이 난 거야.

넌 틀림없이 오래 살 거거든. 그때 죽을 고비를 넘겼으니까."

"정말 죄송해요. 저 때문에…… 그때 땅굴에서도 그렇고 랑비앙산 매복 작전에서도 그렇고…… 그날 밤 소대원들이 많이 죽었죠…… 저는 맨날 형님 곁에 붙어서 꼼짝 않고 있었으니까요."

"땅굴에서 분대장의 지시로 죽은 베트콩의 귀를 자른 일 기억나나? 그때는 명령하니까 아무 생각 없이 했지만 지금은 그런 잔인한 일은 할 수 없겠지. 죽었다 깨어나도 못 하지. 김 하사는 자신은 차마 할 수 없으니까 나한테 시킨 거라고.

그게 말이야 가끔 꿈에 나타난다니까. 얼굴이 피범벅이 된 베트콩들이 나타나서 내 귀 내놓으라고 덤벼드는 거야. 악몽이지…… 악몽. 오랫동안 불면증에 시달렸지. 우리가 살아서 무사히 귀국했다고 할 수 있을까?"

"불면증은 보병의 직업병이라고 할 수 있어요. 저도 불면증이라면 지긋지긋해요."

"뭐라고…… 원래 잠꾸러기 아니었나?"

"포로로 잡힌 어린 소년병이 생각나네요. 맨발이었어요. 다리에는 여기저기 곪아서 부스럼투성이였어요. 그래도 맑은 눈을 잊을 수가 없네요. 그 어린 것이…… 공포, 절망, 체념 같은 온갖 강렬한 감정이 하나로 뒤섞인 눈이었어요. 아마 누군가…… 데리고 다니기가 귀찮으니까 사살해서 구덩이에 처넣었을 겁니다."

불면증을 가볍게 볼 수 있을까. 잠이 오지 않으면 그냥 깨어 있으면 되니까. 그러다가 하루 이틀 사나흘 밤을 새우고 나서 점점 피곤해지면 그때는 저절로 잠이 오기는 한다. 그렇지만 깊은 잠을 잘 수가 없다. 주위의 아주 사소한 기척 또는 환청에 의해 온 밤을 뒤척이며 수많은 토막 꿈에 시달리게 된다. 그건 틀림없이 악몽들이다. 그러면 하루 종일 몽롱한 기분에 휩싸여 아무 일도 할 수 없다.

그는 피범벅이 된 베트콩들이 출현하는 꿈이나 아니면 그들이 쏜 총알이 자신의 몸 여기저기를 뚫고 지나가면서 피가 철철 흐르는 꿈을 꿨다.

"형님! 잊어버리세요! 졸병은 명령에 따를 뿐이에요. 어쩔 수 없어요. 그렇다니까요."

"죽을 때가 되니까 더 선명히 떠오르는 거야."

그 전쟁은 나의 삶을 분명하게 두 부분으로 쪼개버렸다. 비록 과거의 그 어떤 상처가 치유된 것은 아니었지만 그것과는 별개로 전쟁 전과 전쟁 후의 나는 완전히 달라져 있었다. 그랬으니 전쟁은 나의 인생에 있어서 진정한 전환점이었다.

과거는 망각일 뿐이다. 과거가 나를 만든 것이 아니다. 나는 과거의 산물이 아니다. 그러니 나의 과거는 사라지지 않았고, 놀랍게도 나의 과거는 추억이 되었고, 현명한 지혜로 바뀌었다고, 자신을 속일 수는 없을 것이다.

나의 20대는 귀국 후부터 미로 속을 헤매는 것처럼 최악의 시절이었다. 시간은 왜 그렇게 더디 지나가는가.

가수 김광석이 노래했다.

또 하루 멀어져 간다 점점 더 멀어져 간다 머물러 있는 청춘인 줄 알았는데……

그런 청춘이 나에게는 없었다.

장밋빛 인생은 없었다. 나는 초라했다. 정말 초라했다. 누가 나를 위로해 준 적이 있었던가. 한순간인들 삶의 고결한 순간은 없었다. 삶의 좌절에 이미 익숙해질 대로 익숙해져 있지 않았던가. 언제나 눈앞이 캄캄하고 막막했다. 나는 벌써 마지막 항해를 끝내고 항구로 귀향한 늙은 선원이 된다.

얼빠진 사람, 살과 뼈가 없는 무기력한 인간, 여전히 세상이라는 거친 바다가 야기한 공포에 몸을 떠는 인간, 바다의 폭풍우 속에서 악마의 얼굴을 보았던 인간, 끊임없이 근원적 강박 불안감에 시달리는 인간.

나는 사회생활을 영위하면서 긴밀한 인간관계를 맺고 있는 우리라는 공동체, 무리로부터 떨어져나와 단절과 (인간에 의한 인간에 대한 저주인) 소외, 외로움을 느꼈다. 나는 원래 비사교적이었지만 그래도 매우 순종적이었다. 모범생 타입이어서 어떤 경우에도 제멋대로 굴지 못했다. 그러나 그때는 나의 내부에 항상 해소할 길이 없는 욕구불만과 분노가 용광로처럼 들끓고 있었으니 오랫동안 세상과 융화하지 못했다.

그 집요한 강박관념 때문에, 국외자라는 콤플렉스 때문에 내 어둠 속 내면으로 다시 돌아가 움츠러들었다. 그리고 자신을 경멸하고 그 반사 작용으로 그들을 경멸하였다. 서로 간 가학적이고 피학적인 관계가 되었다.

그렇기 때문에 20대, 젊은 날에 그들 운명적 사건의 경험을 토대로 내가 인간 본성 (특히 그것의 상대성)에 대해 어떤 깨달음을 얻었다고는 생각지 않는다. 그랬더라면 인생의 우여곡절과 좌절을 맛보지 않고 좀 더 충실한 삶을 살았을 터이다. 그리고 우리 모두에게 해당되는 말이지만 젊은 시절의 통과의례인 사랑과 이별은 얼마나 (감상적인 말이거나 수사적 표현이 아닌) 깊은 상처를 남기게 되는가. 그때 나는 벌써 일종의 허무주의에 빠져 있었으니, 자신을 벗어나서 타자의 세계로 들어갈 수 없었으니, 평생동안 따라다닌 불안감을 여전히 떨쳐내지 못했으니, 내 인생의 명확한 길과 목표가 세워질 수 없었다.

다시 말하지만, 그런 모든 심리적 갈등을 훌훌 털어내지 못하고 그렇게 혼란스러웠으니, 열정과 욕정이 일어나지 않았으니, 청춘의 희망에 부풀고 때로는 좌절하고 여자와 사랑을 시도하고 섹스에 대해 미칠 듯이 환장해야 하는데 그런 건 도대체 불가능했다.

나는 그 무렵 몇몇 여자들을 만나고 헤어졌다. 그 원인은 전적으로 나에게 있었다. 이유가 무엇인지 알 수 없지만 발기장애를 일으킬 거라는 불안감, 혹은 그로 말미암아 성적 가학 장애 같은 성도착 장애에 빠질지 모른다는 강박이 나를 짓눌렀기 때문이다. 그래서 나는 여자를 만나고 나서 어느 단계에까지 나아가면 곧바로 헤어졌다.

그때는 불안 강박에서 벗어나기 위해서 오히려 다른 일탈을 꿈꿨다. 제멋대로 나쁜 짓을 하면서, 중대한 죄를 지으면서, 마음껏 타락하고 싶었다. 구체적으로 범죄라는 측면에서 간음을 하고 싶고, 도둑질을 하고 싶고, 누군가를 칼로 찌르고 싶었다. 차라리 감옥에 가는 게 나았다.

나는 생각했다. 선은 항상 악을 동반한다. 한쪽은 순수한 빛만 있고 다른 쪽은 짙은 어둠만이 존재하는 것이 아니다. 나는 악을 행할 수 있다. 하지만 내가 여전히 그렇게 겁쟁이였는데 실제 행동에 옮기지는 못했다.

당신은, 내가 내 삶의 순서 중에서 2막에서 얼마나 큰 고통을 일찍 맛보았는지 알게 되었으므로, 그 시절 내가 자학적이거나 자기 방어적일 수밖에 없었고, 극단적인 회의주의자였고 냉소주의자였는지 이해할 수 있을 것이다. 내가 무슨 말을 해도 그럴 수밖에 없었다는 점도 인정할 것이다. 나와 상관없는 일이라고 강 건너 불 보듯 무관심해서는 안 될 것이다. 우리 인간 사회는 연민까지는 필요 없지만 타자를 이해하고 공감한다는 바탕 위에서만 건전하게 유지되기 때문이다.

나는 30대 중반을 지나면서부터 삶이 얼마나 느릿느릿 지나가는지를, 삶을 보다 가볍게 여겨야 한다는 것을 차츰 깨닫기 시작했다. 주위를 돌아보면 누구에게나 쉬운 인생은 없다. 각자 나름대로 어려움을 겪고 있다. 나의 간절한 소망인즉 평범한 일상으로 돌아가서 편안하게 사는 것이다.그러니 내가 뭘 더 바랄 수 있었겠는가. 그 전쟁은 내가 멀쩡하게 살아서 돌아온 이상 그저 젊은 날의 빛바랜 에피소드에 불과했다. 나는 시간의 흐름에, 나를 둘러싸고 있는 단조로운 일상에 자신을 맡기기로 어설픈 타협을 하였다.

17. 나는 오랜만에, 근 10여 년 만에, 무슨 일 때문이었는지 (아마, 그때는 아버지가 돌아가시기 전이었으니까 어머니 제사 때문에) 송정리 고향집에 내려갔다. 내가 막 지나온 10여 년간의 세월을 새삼 돌이켜보면 내 삶은 지리멸렬한 시간의 연속이었다. 그래도 느리지만 의미 있는 변화가 있었다. 그 긴 터널을 겨우 빠져나왔으니 말이다. 뒤늦게나마 가까스로 결혼도 했고 안정된 직장도 잡았다.

아버지는 못난 자식 때문에 밤낮으로 걱정이 태산 같았을 것이지만 이제는 한시름 놓았을 것이다.

내가 고향에 내려오면 언제나 꿈과 몽상에 젖어 그리워했지만 그러나 이미 가슴 속에서 희미하게 지워져가는 남쪽 바다를 다시 만나게 된다.

한반도 남단 고흥 반도의 끝.

가도 가도 붉은 황톳길.

소록도 부근 바닷가가 고향이다.

바다는 위안이고 심연의 상처이다.

멀리서 어떤 목소리가…… 바다 쪽에서…… 울부짖있다.

돌아오라고! 돌아……! 고향으로……!

네 고향은 바로 바다인 거야.

초겨울 바다에 돌풍과 같은 강한 바람이 불었고 파도는 하얀 이를 드러낸 채 으르렁거렸다. 작은 어선이 통통거리며 거친 파도를 헤치고 풍남항 부두로 귀환하고 있었다.

나는 해안선을 따라 만의 동쪽 끝 동백나무 숲까지 하염없이 걸었다. 오랜 세월 바닷물에 씻겨 반들반들해진 바닷가 자갈들을 밟으며 걸었다. 하늘은 푸르고 아름다웠다. 오후의 따스한 햇빛이 구름을 뚫고 황금색 사선처럼 수평선 위로 쏟아졌다. 한나절 동안 나는 들뜬 채로 바닷가를 서성이면서 진정한 정신적 고향이라고 할 수 있는 깊고 푸른 바다의 염분 냄새를 흠뻑 들이마셨다.

…… 달에게 그 가슴을 드러내 놓은 바다여!

…… 밀려와라, 그대 깊고 검푸른 바다여!

나는 아주 슬프지도 않았지만 아주 행복한 것도 아니었다. 그때 바다가 내게 무슨 말을 했었던가, 바다는 내가 알아듣지 못하는 무슨 말인가를 했었던 것 같기도 하고.

내가 은퇴하고 이곳에 내려와서 바다만 바라보며 살 수 있을까. 언제나 늘 파도 소리를 가까이서 듣고 싶다는 욕망에 사로잡히지 않았던가. 파도는 수평선에서부터 아주 멀리서 밀려와 가까이서 철썩거렸다. 파도 소리가 너무 다정했고 그 소리는 깊이 파묻혀있던 어린 시절 과거로부터 되살아나 들려오는 것처럼 느껴졌다.

그때 일찍 돌아가신 어머니의 따뜻한 목소리가 들려왔다. 정말이지 어머니가 그렇게 돌아가신 날은 하늘이 무너진 것처럼 절망적이었다. 나는 공연히 인적없는 해변에서 파도에 쓸려가는 젖은 금빛 모래를 한 움큼 쥐고 허공으로 뿌렸다.

나는 건너편 이름도 없는 무인도인 작은 섬을 바라다보았다. 그 외로운 섬. 내가 어렸을 적에는 두 가구가 염소를 키우며 살았었다. 까마득한 옛날 일이다. 그러나 그 섬에서의 생활은 너무나 혹독한 것이었으리라. 나는 그들의 고립되고 힘든 삶을 상상했다. 내가 그때 어리석게도 잘못 생각했을 수도 있다. 그들은 바다와 함께 오순도순 사는 단순한 삶 속에서 행복했을 수도 있다.

나는 과거의 어느 시점으로 거슬러 올라가서 불가해하고 희미한 장면들을 이것저것 떠올렸다. 그렇지만 내가 유치한 감상에 젖어있었던 건 아니다. 그때 무슨 심각한 또는 애잔한 생각을 했었는지는 기억할 수 없지만 말이다.

그러나 내가 부질없이 눈물을, 자기 연민의 눈물을 흘리지는 않았을 것이다. 그것만은 확실할 것이다. 내 눈에서 그것은 아주 옛날에 말라버렸지 않았던가.

나는 생각했다.

전쟁의 상처가 무어 대단하다고. 그게 언제적 일인데. 이제는 삶에 대한 강한 의혹으로 그 지긋지긋한 어둠을 뚫고 나아가야 한다. 무엇이 그토록 불안하고 두려운 것인가. 도대체 뭐 때문에 죄책감에 시달려야 하는가. 이제는 철이 들 만큼 들 나이가 되었는데 이 세상을 향한 냉소주의도 버릴 때가 되었다. 나는 새로운 삶을 시작하려면 끊임없이 변해야만 한다. 그러므로 희망의 출구가 보이고 있다. 지금 당장 자신감과 함께 당당함이 필요하다. 그리고 어쩌면 자기 자신한테도 거짓말을 할 수 있을 만큼 뻔뻔함까지.

월남전 참전의 긴 후유증으로 오랫동안 심각한 트라우마를 겪었다. 그러므로 내 인생은 정상적인 경로로 순탄하게 진행되지 못하고 많이 지체되었다.

다시 돌이켜보면 나는 인생의 어느 순간에도 희생자가 아니었고 가해자가 된 적도 없었다. 다른 사람에게 또는 나 자신에게 도덕적 이중성을 해명할 필요는 없을 것이다. 그러므로 자기 중심적인 사고방식 때문에 이중인격자라는 비난을 받아도 감수하면 되는 것이다. 더 이상 순진하게 자기 방어적이어서는 안된다. 나를 보호하고 방어하기 위해서 필요하다면 위선적이거나 위험한 변신까지도 할 수 있다. 왜 불가능하겠는가.

나는 아주 오랜만에 고향에 내려오면 언제나 그랬다. 나는 고향에 내려오기 전 며칠 동안 무기력해지면서 발열과 불면증에 시달렸다. 그 끈질긴 강박관념이 유령처럼 다시 나타나는 것이다. 나는 그것을 물리치기 위해서 다시 자신과 싸워야 했다. 그렇지만 이건 의식이 더욱더 성숙해지는 과정일 뿐이고 내가 구제 불능으로 타락했다고 생각하지는 않았다.

그러므로 존경하는 선배님의 끈질긴 권유에도 불구하고 교회에 가서 하나님께 무릎 꿇고 기도할 일은 없을 것이다. 내가 오만하기 때문이 아니다. 그렇다고 하나님 앞에 당당히 서기에는 자신이 너무 부끄럽기 때문이다.

그는 입지전적 인물이다. 그가 말했었다. "나는 젊은 시절 자동차 부품을 만드는 쬐끄만 회사의 공장장이었지. 부품을 만들어서 납품하면 거기서 조립해서 본사에 납품했었지만. 맨날 자금난에 시달렸어. 단가를 마구 후려치니까. 그 공장이 자금난으로 도산하자 내가 울며겨자먹기로 인수할 수 밖에 없었다네. 진퇴양난의 순간이었지. 은행 대출금을 안고 집을 팔아서 마련한 자금으로 말이야. 그때부터 꼬박 10년 간을 월세방을 전전했었다네. 그런 사정은 자네도 잘 알고 있지 않은가." 하지만 고진감래라고. 지금은 인천 남동공단에서 자동차 핵심 전자제품을 만드는 공장을 운영하면서 크게 성공했다. 그는 엄청난 부자이다. 독실한 신앙인으로 하나님을 열심히 믿었기 때문에 하나님이 음으로 양으로 도와주었을까. 아니면 건실한 품성을 가진 인물이기에 스스로 일어선 것일까.

그는 몇 번이고, 아마 수십 번씩이나 인간은 신의 피조물이기 때문에 그 신께 믿음으로 의지하면 신이 믿음에 응답하리라고 말하면서 교회에 나오라고 하였다. 내 귀에 못이 박히도록, '구원을 받을 유일한 길은 신을 믿는 수밖에 없다', '무조건적인 믿음이야말로 근원적인 믿음이다', '무조건 경배하라', '신을 의심하지 말라, 그것은 신성모독이다'라고 강조했던 것이다.

나는 이제 보통 사람의 일상적인 삶 속으로 돌아가야 한다. 그리고 그 속에서 달팽이처럼 느릿느릿 안주해야만 할 것이다. 그렇게 해야만 할 것이다.

단순성. 반복. 익숙함.

나를 오랫동안 육체적으로나 정신적으로 짓누르고 있던 바윗덩어리처럼 무거운 무엇이 사라지기 시작했다.

그날 밤에는 여수에서 수산 전문 대학을 졸업하고 나서 언젠가 고향으로 돌아와 미역과 김을 양식하면서 미역 공장을 하는 초등학교 동창생을 오랜만에 만나 집에서 담근 독한 과실주를 마시며 통음했다. 그는 옛날부터 워낙에 술이 센 탓에 그날 밤에도 술을 마신

티가 전혀 나지 않았다. 그의 뜨거운 햇빛과 거친 바닷바람에 검게 탄 얼굴은 세월의 그늘에 덮여 있었지만 여전히 안온했다. 그는 항상 부끄러워하고 겸손했다. 그는 미역 공장을 해서 돈을 많이 벌었고 성공했다. 그렇게 멀리까지 소문이 자자했다.

우리는 어린 시절의 그리운 추억담에 빠졌다. 몹시 가난했던 그 시절은 까마득한 옛날 일처럼 느껴졌고 그래서 새삼스럽게 회상하면 아름답게 느껴진다. 어슴푸레한 새벽빛이 우리를 감쌌다.

우리는 지쳐서 서로 엉킨 채 잠이 들었다.

그날 밤은 깊고 깊은 밤이었다. 마법을 부린 듯 바람 한 점 없는 하늘에는 창백한 초승달이 바다를 향해 희미한 미소를 지었다.

소록도

다음날은 화창하고 상쾌한 날씨였다. 나는 고흥 읍내로 나가 버스를 타고 녹동항까지 갔고 김재수 하사의 발자취를 찾아서 나룻배를 타고 그의 고향인 소록도로 건너갔다.

나는 한동안 내 처지가 한심했으니까 특히 어머니가 돌아가신 후에는 고흥에 내려오는 것을 극도로 꺼려했다. 그래서 내가 반드시 처리해야 할 의무라고 생각하고 있던 소록도로 가서 김 하사의 흔적을 찾는

일이 차일피일 늦어졌다. 그랬으니 해가 갈수록 강렬했던 기억이 차츰 희미해지고 있어서 그의 얼굴은 아주 희미한 윤곽으로만 남아 있다.

벌써 까마득한 옛날 일이다. 나는 월남전에 참전했고 열대의 고약한 병에 걸려서 나트랑의 102 야전병원에 40여 일 동안 입원했었다. 그때 영현병이었던 고향 선배 김 하사를 그곳에서 처음 만났다. 하지만 그는 전사했다 (공식적으로는 전사이지만 실제는 자살했다).

나는 그때 고향이 소록도 앞 바닷가 마을인 풍남항이라는 사실을, 사촌 누님이 소록도 병원에서 몇 년 동안 간호원으로 근무했기 때문에 여러 차례 소록도에 갔었다는 말을 끝내 하지 않았다. 그의 부모님이 소록도에 살고 있다는 이야기를 처음 들었을 때 가슴이 먹먹하여 입이 떨어지지 않았다.

그는 아주 어린 시절 부모를 따라 함께 소록도에 들어갔고 그때부터 부모와 격리된 채 미감아 수용시설인 수탄장 보육소에서 자랐으며 거기서 초등학교 분교와 녹산중학교, 성실고등성경학교를 졸업하고 나서 그 후 섬 밖으로 나갔다. 그 후의 일은 본인 이외에는 누구도 모르고 있는 것 같았다.

내가 소록도에 갔을 때 도양읍 출장소와 병원 관계자들, 소록도의 산증인이라고 할 수 있는 80대 중반을 넘어선 노인으로부터 확인한 사실이었다.

그는 허리가 몹시 휘어져있고 앞쪽으로 깊이 수그린 자세로 걸었다. 그는 자리에 앉자마자 아주 집중해서 내 질문을 들었고 이따금씩 자기 오른손의 문드러진 손바닥을 들여다보기도 했다. 그는 바깥세상의 일에도 대단한 식견을 가지고 있었고 고개를 들어 나를 정면으로 쳐다보면서 말했다.

"나는 1915년 정월생이야. 함경남도 정평이 고향인데 거기가 함흥과 붙어있어. 1940년대 초면 한창 전쟁 중이었으니까 모두들 엄청 어려웠지. 그때 소록도에 문둥이를 전문적으로 치료하는 '자혜의원'이 있다는 소문을 듣고 여기까지 문전걸식을 하고 별의별 밑바닥 생활을 하면서 순전히 걸어서 내려온 거야. 여기까지 오는데 2년이 넘게 걸렸으니까 요즘 사람들은 도대체 이해할 수 없겠지.

섬에서는 누구든지 남의 내력을 들추는 일이 없다네. 설령 내력을 알고 있다 해도 모른 척 눈감아주는 것이 섬사람들의 오랜 불문율이야. 가명을 쓰는 사람도 많고 고향을 숨기는 사람도 많았지만 아무도 그것을 탓하는 사람은 없다네.

그렇지만 나야…… 병사 지대에서 지도소 요원이었고 장로회 소속 노인이었으니까 모를 수가 없지.

그 부모는 조금 늦게 들어왔고 그래서 치료도 늦어졌지. 치료가 끝나서 음성이 되었을 때는 이미 너무 늦었어. 다리도 절단해야 했고. 손도 오그라들고 코가 비뚤어진 다음이었지. 그렇게 되었으니 걔 아버지는 처음 들어왔을 때는 그래도 낙천적이었지만 차츰 우울해지기 시작하더니 자포자기하더라고.

개 이름이 '김재수'라고 했지. 기억이 똑똑히 나는데 참 똑똑했지. 공부는 도맡아 놓고 1등만 했다니까. 그래서 문둥이 자식이 아니었으면…… 그래서 순탄하게 자랐다면…… 사관학교에 가서 장군도 되고 아니면 법대에 가서 고시합격 했을 거라고. 하여간에 개성이 강했고 고집이 셌지. 반항적이라고 할까……

여기서 분교를 졸업하면 중고등학교는 대도시이고 교육 여건이 훨씬 좋은 대구의 성심학원으로 갈 수 있었어. 그런데 개는 한사코 안 가는 거야. 부모와 떨어질 수 없다는 거지. 나병도 전염성이 약하긴 하지만 전염병 아닌가. 어린애가 함께 살면 전염될 가능성이 없지는 않아. 그래서 격리되어 살면서 한 달에 한 번씩 5분간이나 10분간 면회를 하는데 그때도 서로 접촉할 수 없는 게 규칙이야.

그렇지만 개는 수시로 몰래 병사 지대를 넘어오는 거야. 부모님을 만나려고…… 어떤 때는 함께 자고 가기도 했는데 우리는 그걸 알고 있었지만 모른 척 넘어갔지. 부모와 자식 간 정을 어떻게 끊을 수 있었겠나.

그의 어머니는 시도 때도 없이 눈물을 흘렸거든. 내 기억으론 그렇다네. 외아들이 너무 보고 싶은 거지. 밤낮없이 하느님께 기도를 하면서, 들판에서 일하면서도, 밥을 먹으면서도, 밤에 잠들 때까지 눈물이 마르는 때가 없었지. 그들 부부가 함께 살기로 했을 때는 규칙에 따라 아버지는 단종 수술을 받아야 했어.

소록도는 어떤 면에서는 전성기가 한참 전에 지나갔지. 그들은 다 나았으니까 환자도 아닌데도 오갈 데가 없으니까 일부는 남아 있는 거야. 옛 병사 건물은 대부분 황량하게 방치된 채로 볼품없이 썩어가고 있다네.

그걸 알게나…… 젊은이도 여기가 고향이라고 했으니까…… 버스를 타고 오면서 보았겠지. 오마도는 우리가 80프로 이상 작업을 했지만 정부는 그걸 제대로 인정하지 않고 그냥 강탈해 갔어. 날강도가 따로 없지.

젊은이는 여기까지 왔으니 많은 걸 느낄 수 있을 걸세. 내가 알고 있는 한 김재수와 그의 부모님에 대해서는 빠짐없이 이야기했으니까 말일세. 문둥이의 일생은 그렇다네. 그게 우리의 숙명이지."

그날 바다에는 약간 거센 바람이 불었고 파도가 밀려와 조약돌을 어루만지고 뒤로 물러났다. 초겨울이었으나 따뜻한 남쪽 소록도에는 온통 울긋불긋한 단풍이 낮은 산들을 물들였다. 나는 한하운 시인의 '보리피리'가 생각났다.

보리피리 불며 봄 언덕 고향 그리워 피 — ㄹ 닐니리

버스가 면 경계선을 넘어 도양면으로 돌아서자 차창 밖으로 오마도 간척지의 격자무늬 논들이 눈앞에 펼쳐졌다. 추수가 이미 끝난 논에는 야적된 볏짚들이 띄엄띄엄 놓여있고 멀리 시베리아 툰드라에서부터 날아온 겨울 철새들이 한가로이 날개를 퍼덕이며 흩어져 있는 곡식 낟알들을 쪼아먹고 있었다.

1960년대 초에는 내가 중학교에 다닐 때이지만 그때 소록도의 나환자들이 피와 땀으로 격렬하게 포효하는 바다와 싸우면서 방조제를 쌓고 간척지의 논들을 일군 것이다.

버스는 녹동항을 향해 아스팔트로 말끔하게 단장한 2차선 도로를 일정한 속도로 달리고 있다. 나는 약간 졸면서 가수면 상태에서 사촌 누나를 생각하고 김 하사를 생각하고 소록도를 추억했다.

누나네 집은 우리 동네에서 가장 잘사는 부농이었다. 그랬으니 누나는 순천에서 간호학교를 나온 후 소록도 병원에서 간호원으로 일했다. 나는 그 시절 몇 번이나 나이 터울이 많은 누나를 만나러 소록도에 간 일이 있었다.

누나는 술을 너무 좋아했고 어린 나에게도 아무렇지 않게 술을 권했다. 누나는 술에 취하면 나지막하게 노래를 불렀고 그리고 어김없이 눈물을 흘렸다.

누나가 말했었다. "내가 순천에서 알고 지내던 남자…… 그러니까 짝사랑했던 남자가 있었어. 얼굴에 분홍색 벚꽃이 필 때쯤 처음으로 문둥이인 줄 알게 된 거지. 그가 소록도로 갔다는 걸 알고 학교를 졸업하자마자 찾으러 온 거야. 여기 와서 알게 된 건데…… 남자 독신사에서 한동안 살았는데 어느 날 감쪽같이 사라졌다는 거지. 견딜 수가 없으니까 탈출한 거겠지. 자존심이 강한 남자이니까 다시는 돌아오지 않을 거야.

수술실 근무는 너무 힘들지. 병원 생활은 고통의 연속이야. 그래서 오자마자 몇 개월 만에 도망치듯 떠나는 거지. 그러니 술을 안 마실 수가 없는 거야. 너는 우리 집안의 기둥감인데 이해할 수 있을 걸…… 하지만 여기를 떠날 수가 없단다.

문둥이들은 인간 이하의 취급을 받고 있다고…… 불행하게도 나쁜 병에 걸렸을 뿐인데 그들에게 무슨 죄가 있는 거야? 그들은 갈 곳이 없어서…… 소록도만이 그들에겐 마지막 안식처인 거지. 환자들과 깊이 정이 들었거든.

내가 그들을 버리고 육지로 도망갈 수는 없을 거야……?"

그 당시 소록도 병원의 간호원들은 예전처럼 양성 환자는 물론이고 보균자가 아닌 음성 환자인 경우에도 위생복, 위생장갑에 마스크까지 쓰고 나병 환자들에게 약을 건네줄 때는 핀셋을 사용했다. 그리고 섬 전체에 흩어져 살고 있는 원생들은 양성이건 음성이건 간에 건강인을 대할 때는 4, 5보 거리에서 얼굴을 반쯤 옆으로 돌리고 손으로 입을 가리고서야 말을 건넬 수 있었다. 그건 엄격한 규칙으로 규정되어 있었다.

그보다는 나중 일이지만 전국의 큰 병원에 근무하는 레지던트들은 의무적으로 6개월씩 지방으로 파견 나가 근무하게 되어있었다. 소록도 병원에도 광주에 있는 대학병원 정형외과 2년 차 레지던트가 파견 나와서 근무했는데 그 의사는 거의 매일 나환자들의 썩어 들어가는 다리나 팔을 절단하는 수술을 했다.

누나는 어느덧 그와 사랑에 빠졌는데 임신을 했고 그는 냉정한 얼굴로 낙태를 강요했다. 그때 그곳에서는 한센병의 전염을 예방한

다는 명목으로 나병 환자들에게 단종 (남자들의 정관절제수술) 또는
낙태수술이 엄격하게 시행되고 있었으므로 낙태수술은 너무나 흔해
빠진 것이었다. 하지만 누나는 낙태수술을 완강히 거절했고 그는
광주로 돌아간 후 감감무소식이었다. 누나는 배가 불러오자 출산하
기 위해서 소록도를 빠져나와 서울로 올라갔는데 그 후 소식을 나
는 여태 모르고 있다. 그도 그럴 것이 누나는 가족과도 연락을 끊은
채로 꼭꼭 숨어버린 것이다.

수탄장은 한 달에
한 번씩 한센병을 앓
고 있는 부모와 한센
병에 감염되지 않은
미감아 자녀들이 철조
망을 사이에 두고 만

나는, 병사 지대와 직원 지대 중간 완충 지대에 있는 만남의 장소였
다. 부모와 아이들이 천형의 몹쓸 병 때문에 서로 만져보지도 못한
채 멀리 떨어져서 목소리만으로 잠깐 동안만 만나는 곳. 부모나 어
린이나 모두 탄식과 울음이 끊이지 않는다 하여 이름조차 '수탄장
愁嘆場'이라 불렸다.

철조망을 사이에 두고 어린아이들은 부모에게 달려가려고 몸부
림치며 울고, 부모들은 아이들을 눈앞에 두고도 만져볼 수 없어서
흐느껴 울었다. (철조망이 없어진 것은 1960년대에 들어와서 14대

조창원 대령이 원장으로 부임한 이후의 일이었을 것이다.)

한센병 환자들은 대개 흰옷을 입고 머리에도 흰 수건을 쓴다. 얼굴에 진물이 흐르는 환자들은 얼굴도 하얀 수건으로 감싸고 있어 안개 속에서 멀리서 보면 안개인지 사람인지 구분할 수가 없었다.

수탄장 면회를 하는 날은 바람의 방향이 항상 중요했다. 아이들은 반드시 바람을 등지고 있어야 하고, 부모들은 바람을 안고 서 있어야 한다. 그렇게라도 해서 혹시 미감아 아이들에게 부모들이 앓고 있는 한센병 균이 옮아가지 않게 철저하게 관리한 것이다.

김 하사는 그 당시 부모님과 떨어져서 보육소에서 살고 있었으므로 매달 부모님과 이렇게 재회할 수밖에 없었을 것이다.

4월 초여서 분홍빛 벚꽃이 만개했던 그날 동생리에 있는 병사 지대의 관문인 제비선창 쪽에서 뱃고동 소리가 아스라하게 울렸다. 녹동항은 소록도와 바로 코앞 지척이다. 녹동항에서 600미터 남짓 거리에서 빤히 바라다보이는 소록도 일반 선창은 모든 사람들이 왕래하는 뱃길이라서 모르는 사람이 없었지만, 제비선창은 한센병 환자들만 들고 나는 섬 안쪽에 숨어있는 작은 선창이었다. 김 하사는 5살 때 부모를 따라서 제비선창에 내려 소록도에 왔다.

아직 6·25 전쟁이 일어나기 전이었는데, 그들 가족은 벌교에서부터 먼지가 풀풀거리는 신작로를 걸어서 거기까지 온 것이다.

한센병 환자들은 그 당시에는 한번 소록도에 들어오면 극적으로 탈출하지 못하는 한 다시는 살아서 나가지 못했다.

만령당은 신생리 뒷산 중턱에 콘크리트로 지은 원통형 건물로 갓 모양 지붕을 얹어 세웠다. 한센병 환자들의 유해를 나무 상자에 담아 보관하던 납골당이다. 오래전에 기구한 운명으로 이 섬에 이주해 왔다가 주인이 없는 한 줌 재로 변한 숱한 원혼들이 잠들어 있는 죽은 자들의 집이었다. 정면에 감실을 두어 참배객들이 망자에 대해 배향을 할 수 있게 하였고 뒤쪽 문으로 들어가면 유골함이 안치되어 있으며 작은 분향대가 마련되어 있다.

김 하사의 부모님들 유골은 한 줌 재로 거기에 안치되어 있었다. 그들은 DDS를 복용하면서 사실상 완치되었지만 적절한 치료가 지연되면서 안면 기형과 신경 손상이 생겼고 손발 등에 신경 마비가 왔다. 그들은 결코 섬을 떠날 수는 없었다.

하지만 자유에 대한 끝없는 동경과 바깥세상에 대한 한없는 두려움이 끊임없이 교차했을 것이다. 그렇기 때문에 끝까지, 죽을 때까지 망설이게 된다. 그 섬은 천국이나 낙원이 아니었고 그들을 영원히 떠나지 못하도록 묶어 놓는 족쇄였을 뿐이다.

부모님이 살았던 담쟁이들이 마구 늘어지고 휘감기며 타고 올라갔던 가정사 건물은 이미 허물어져 폐허만 남았다. (소록도는 환자들이 사는 병사 지대 7개 마을과 병원이나 기타 관공서의 직원들이 사는 직원 지대로 나뉘어 있고, 마을에는 독신 환자들이 사는 독신사와 부부들이 사는 가정사로 나뉘어 있다.)

부모님이 살았던 구북리 집터 뒤에는 누가 세웠는지 모르겠지만 먹으로 쓴 글자들이 도저히 판독할 수 없을 만큼 비바람에 모두 지워진 나무 비석만 외로이 서 있었다.

풍남항

언제나 밤안개가 짙은 곳이다. 아침이면 해안가를 뒤덮고 있던 열어진 안개가 여전히 뭉그적거리다 햇빛에 쫓겨 사라졌다. 마을에는 항상 어촌 특유의 악취 같은 바다 냄새와 도수 높은 알코올 기운이 풍겼다. 술 취한 어부들은 사소한 일로 자주 티격태격 싸웠다.

풍남항은 작은 어항으로 면사무소 소재지는 아니지만 (오히려 면사무소에서 남쪽 바다 쪽으로 10리쯤 더 들어가 있다) 송정리와 풍남리로 마을이 나누어져 있는데, 그 당시에는 내가 졸업한 풍남 국민학교와 고흥경찰서 지소, 농협 지소, 수협 출장소, 우체국, 한지 의사가 운영하는 의원, 버스 종점, 술도가, 어선들이 드나들면서 정박해 있는 방파제 겸 부두가 있었다.

그 부두에는 한때 녹동항이나 여수로 가는 여객선이 접안했다.

도양면의 봉암 반도와 풍양면의 풍남 반도 그 중간 지점에 오마도가 있었고, 소록도 나환자들이 1960년대 오마도를 디딤목으로 바다를 잘라 막아서 오마도 간척지를 만들었다.

그날 밤 우리가 나눴던 말이 기억난다.

"고향에는 아주 오랜만에 내려온 거지. 많이 변한 것 같으면서도 하나도 안 변했을 거야. 바다가 어떻게 변할 수 있겠어. 너는 많이 변한 것 같지만……."

"그렇지 뭐. 애들은 많이 컸겠구나."

"큰놈은 벌써 휴학하고 군대에 갔어. 넌? 왜? 알리지도 않고 결혼 했지? 나중에 알고 좀 섭섭했지."

"노총각이 어쩌다가 뒤늦게 결혼했으니까……. 누구에게 알리기 가 그랬어. 그때서야…… 자리를 잡으니까 조용히 결혼하게 된 거 지. 한때는 결코 결혼을 하지 못할 거라고 믿고 있었거든. 그런데 결혼하고 나니까 생활이 안정되더라고."

"학교 선생님이 되었다고 하던데?"

"그렇지. 시간강사는 그게 보따리 장사야. 신분이 보장되지 않 고…… 수입도 형편없지. 오랫동안 경제적으로 너무 어려웠어. 하 루하루 생존에 급급했지. 이러다간 인생의 낙오자가 될지도 모른다는 두려움 때문에 자신이 한없이 초라하게 느껴졌다네. 그랬으니 아버 지가 가끔 용돈을 송금해 주었지 않은가. 그랬는데 기회가 생겨 사 립 고등학교로 간 거야. 거기서 국어 선생을 하고 있지."

"학생 가르치는 일이 보람 있을 것 같은데…… 바다와 힘겹게 싸 우는 일보다는 말이야."

"그게 그렇지 뭐…… 난 네가 부럽지. 매일 바다와 함께 사니까 말이야. 풍남항은 변치 않고…… 고흥 반도 끝자락에 있지만 저기

장엄한 천등산이 여전히 내려다보고 있지 않은가.

천등산으로 올라가는 울퉁불퉁한 험한 길을 따라가다 보면 계절에 상관없이 이름 모를 야생화들이 지천으로 깔려있었지. 그리고 거금도가 병풍처럼 둘러싸고 있으니까 둘도 없는 천연 항구지.”

“풍남은 아주 옛날 일이야. 자네도 뼈저리게 느끼고 있겠지만 세월이 참 빨라. 풍남이 그나마 명맥을 유지한 게 반세기 전이라네. 우리가 국민학교 다닐 때가 아닌가. 지금은 쇠락할 대로 쇠락해 버렸는데 그게 몰락이라네. 오로지 몰락뿐이라네. 녹동이 발전하니깐 반대가 된 거라네. 어쩔 수 없지 않은가.”

“나는 매일 바다만 생각한다네. 생활의 터전이기 때문이지.

하지만 바다는 변덕이 심하다고. 한창 일할 나이인데도 …… 바다와 너무 부대끼니까 지쳤다는 느낌이 들지. 바다는 여자의 품처럼 부드럽긴 한다네. 하지만 폭풍우가 치거나 파도가 거칠어지면 괴물로 돌변하는 거야.”

“남이 들고 있는 떡이 더 커 보인다고 했는데…… 그런 건가?”

“난 어차피 여기에서 살다가 죽을 수밖에 없지. 그렇게 생각하고 돌아왔으니까. 미역 공장도 그럭저럭 돌아가니까.

술이 있지. 나는 매일 마신다네. 술이 주는 알딸딸한 느낌이 너무 좋지 않은가. 그렇지만 자식들은 대도시로 진즉 떠났으니 다시 돌아오지 않을 거야. 걔들은 시골을 질색하거든. 아마 지옥처럼 생각할 거라고. 이제 고향에는 노인들만 남아 있지. 너 나 할 것 없이 잔병치레를 하고 있지."

"내가 이런 말을 해도 되는 건지 모르겠다만…… 아버지는 지금
은 동네 과부 아주머니가 잘 돌봐주시니까 건강하시지만 언젠가 돌
아가신 후에는…… 너라도 남아 있으니까 고향인 거지."

"네 부친은 오랫동안 혼자 사셨지. 뵌 지가 오래되었네."

"자네도 알다시피 어머니가 그렇게 돌아가셨으니…… 절대 재혼
을 하지 않겠다고…… 하셨지 않은가."

"자네 아버지를 이해할 수 있을 것 같네. 왜, 새삼스럽게 재혼한
단 말인가?"

"나는 제대하고 나서 여길 완전히 떠나버렸는데…… 가끔 몰래
내려와서 하룻밤만 자고 떠났지. 그때는 지긋지긋한 고향을 하루빨
리 도망치고 싶었다네. 그래서 오랜 기억들을 잊고 지냈지.

역시 나이 탓인가 본데 얼마 전부터 옛날 일들이 새삼스럽게 떠
오른다네. 어린 시절의 어떤 일들은 아주 오랫동안 잊고 지내지만
어느 순간 갑작스럽게 느닷없이 떠오르는 법이니까.

우리는 다른 반은 없었으니까 6년 내내 한 반이었지 않은가. 나
는 글씨가 아주 악필인 데다가 도무지 빨리 쓰지 못했고 넌 달필에
다가 아주 빨리 썼지."

"달필이 무슨 소용인가? 요즘은 손으로 쓸 일이 없지 않은가."

"새삼스럽게 귀소본능이란 말을 들먹일 것까지는 없겠지, 진부하
니까. 그래도 언젠가는 내려와서 바닷가에서 살고 싶지. 세월은 빠

르니까…… 은퇴하고 말이야. 어쩐 일인지 도시에 살다 보면 생활에 너무 지쳐서 바다를 잊을 수가 없다네."

"너무 낭만적이라고 해야겠지. 네가 여기서 사막의 은둔자처럼 살 수 있겠어? 네 마음이 자꾸 변할 거라고. 사람의 마음은 믿을 수가 없는 거야. 여긴 살다 보면 너무 답답하다고.

밤이 되면 사람이라곤 아무도 살지 않는 것처럼 너무 적막하지. 너무 쓸쓸하니까 귀신도 나타나지 않는 거야."

"그렇단 말이지……"

"여기는 마지막 안식처가 될 수 없을걸. 지금 지역 공동체는 완전히 해체되고 있어. 그러니까 고향도, 향토애도 사라지고 있는 거야. 결국 이러다간 가족관계도 희박해지겠지."

"공동체나 가족이 해체되면 그런 걸 대체할 게 뭐가 있을까? 잘 모르겠어."

"무슨 자극도 없고…… 따분하지. 결국 못 내려오겠지. 이런 외딴 시골 구석에서 남은 인생을 보내도 괜찮은 것인지…… 자꾸 의구심이 들 거라고. 마누라는 도시 여자니까 여길 이해하지 못할 거야. 이리로 내려오자고 하면 질겁을 할 거니까 말도 못 꺼낼걸."

"그러면 정년 퇴직하고 마누라가 죽은 후에나 내려올 수 있겠군."

"무슨 소리야. 여자가 더 오래 살지 않는가."

그리고 오랫동안 이런저런 이야기가 오간 끝에 이병주의 소식을 들었다.

"네가 월남 갔다 왔다는 걸…… 언젠가 누구한테서 들었던 거 같은데?"

"그랬었지. 내가 그곳에 갔다는 게…… 그렇지 뭐. 난 별로 얘기하고 싶지 않았었지."

"그래? 너도 알고 있겠지?"

"누구?"

"이병주 말이야. 걔는 어렵게 3사관학교 나와서 육군 장교가 됐었거든. 마지막 끝물에 월남에 갔다가 지뢰가 터져서 한쪽 다리…… 오른쪽 다리일 거야…… 무릎 위쪽까지 살라냈지. 그렇게 됐다고 그러더라고."

"제대하고 나니까 그 몸으로 어디를 가겠어. 결국 고향으로 돌아올 수밖에 없었겠지. 충분히 이해할 수 있지 않은가."

"나는 군대를 안 갔지 않은가. 그 당시에는 돈을 엄청 밝히는 면병사계장한테 손을 쓰면 얼마든지 빠질 수 있었거든. 자네도 그 사람이 누군지 알고 있지 않나? 워낙 유명했으니까.

그때 다리에 풀독이 올라서 습진 때문에 고생 좀 하긴 했는데 그걸 가지고 대단한 병인 것처럼 꾸며낸 거지.

그랬으니까 병주를 만나면 오금이 저리는 거야. 무슨 큰 죄를 지은 기분이 들면서 미안하더라고."

"난…… 걔 소식을 까마득히 몰랐다고."

"그래도 무슨 무공훈장을 받았다고 하면서 그 훈장을 자랑하려고 가슴에 달고 다니기도 했지. 그게 아주 높은 훈장이라고 하더구먼. 그리고 연금을 받으니까 사는 데는 지장이 없었지.

처음에는 오른쪽 다리에는 의족을 끼고 목발을 짚으며 잘 걸어 다녔어. 몸을 앞으로 내밀고 목발을 짚어서 몸을 이동하는데 다시 그렇게 반복하는 거지. 그래서 휠체어를 타지는 않았어.

그때 소리소문없이 결혼도 했는데 얼마 후 여자가 온데간데없이 사라져버렸어. 그때부터 성불구라는 소문이 떠돈 거야. 부부간의 속사정을 누가 알 수 있겠어. 여자 쪽에서 먼저 '나는 성불구자와는 살 수 없다'고 선언하고 도시로 떠나버렸기 때문에 그 소문이 퍼진 거라고 하더군.

그러더니 온전했던 왼쪽 다리 부상이 다시 도졌다면서 휠체어를 타기 시작했지. 그 과정이 좀 이상하긴 했어. 매일 술로 지새니깐 몸과 마음이 만신창이가 되었어. 나도 가끔 함께 술을 마셨지. 여기로 찾아왔었거든.

그는 늘 입버릇처럼 '사람 죽이는 일은 쉬운 게 아냐, 차라리 내가 죽는 게 낫지.'라고 말했었지. 한동안 술도 끊고 괜찮았는데…… 휠체어가 뒤로 밀리면서 바다로 빠져 죽었어. 그게 사고인지 자살인지 알 수 없었지."

이병주는 초등학교 (그때는 국민학교라고 했었지만) 시절 술도가 집 큰아들로 우리와는 비교할 수 없을 만큼 부자였고 유복했다. 얼굴에 언청이 수술 흔적이 희미하게 남아있었지만 공부도 잘하고 운동도 잘했다. 그랬으니 단연 골목대장으로 위세가 대단했었다. 나는 어린시절 내심 그를 무척 부러워했고 시샘했었다. 그러나 나는 오랫동안 그의 소식을 까마득하게 모르고 있었다.

그의 이야기를 듣는 순간 나는 온몸이 뻣뻣하게 굳어졌다.

오래전에 읽었던, 마지막까지 다 읽은 건 아닌 것 같지만 헤밍웨이의 '태양은 다시 떠오른다'의 줄거리를 떠올리면서 전쟁에서 입은 부상으로 성불구자가 된 주인공 제이크의 모진 운명을 생각했다. 그는 이루어질 수 없는 사랑 때문에 몸부림쳤다. 하지만 브렛은 자신의 욕망을 솔직히 드러내고 제이크에 대한 사랑 때문에 그 욕망을 희생하거나 억압하기를 거부했다.

그들은 하염없이 방황했으나 그들에게 재생이나 구원은 없었다.

나는 이병주의 육체적 상처뿐만 아니라 영혼의 상처까지 모두 이해할 수 있다. 월남전 참전용사인 내가 이해하지 못한다면 누가 이해할 수 있을 것인가. 그는 거울에 비친 자신의 모습을 바라보면서 많이 울었을 것이다. 그때마다 차라리 월남에서 죽어버렸으면 좋았을 거라고 곱씹었을 것이다. 마음속 깊은 곳에서부터 강한 성적 욕망을 느꼈겠지만 도저히 불가능했을 것이다.

그러나 그건 나와는 상관없는 일이다. 그런 거지 뭐. 월남전 이야기는 이제 지겹다. 까마득한 옛날 이야기인 것이다.

18. 그 옛날에…… **옛날 옛적에** 월남과 월맹이 분단된 채로 서로 싸웠다. 민주주의 월남에는 미국과 한국이 직접 참전한 동맹국이었고 북쪽 공산주의 월맹에는 그 당시 소련과 중국이 배후 지원 세력이었다. 하지만 무능하고 부패했던 월남은 결국 패망했고 월맹이 남과 북을 통일하였다. 이제 월맹은 베트남이 되었다.

내가 월남에 첫발을 내디딘 것은 1969년 2월 나트랑 항에 미 해군 수송선이 닻을 내리고 상륙정에 옮겨 타고 해안에 상륙했을 때였다. 그리고 장갑차가 앞뒤에서 호위하는 가운데 군용 트럭을 타고 연대 연병장으로 이동했다. 그때 우리는 트럭 위에서 '달려라 백마'를 불렀다.

아느냐 그 이름 무적의 사나이 / 세운 공도 찬란한 백마고지 용사들……

베트남에서 가장 유명한 해변 휴양지인 나트랑은 현지인들로부터 냐짱이라고 불렀고 베트남의 지중해라는 명성을 얻었다.

나트랑의 바다는 언제나 완전히 투명한 푸른색이었지만 강렬한 햇볕에 반사되면서 순간적으로 옅은 보라색으로 변했다. 그때마다 나는 풍남항의 남쪽 바다를 생각했다.

그 옛날 초라하고 무질서했던 작은 도시가 이제는 잘 구획된 현대식 도시로 변모했다. 냐짱 시내에 있던 구 공항은 지금은 폐쇄되었다. 그 대신 냐짱 시내에서 남쪽으로 35킬로미터 떨어진 깜란 국제공항이 있다. 그 옛날 백마사단 30보병 연대본부와 52포병 대대 본부가 함께 바로 깜란베이 입구 미까다리를 바라다볼 수 있는 수진 마을 뒤쪽에 얕은 산을 배경으로 주둔하고 있었다.

나는 관광객으로 베트남에 갔다. 오랫동안 망설이고 있었지만, 어떤 경우에도 다시는 베트남에 발을 들여놓지 않겠다고 다짐했었지만, 더 늦기 전에 한 번 갔다 오기로 한 것이다. 인천공항에서 아시아나를 타고 하노이에 도착한 다음 이튿날 하노이와 구 사이공을 오가는 특급 통일열차를 타고 오후 늦게 냐짱 기차역에 내렸다.

나는 40년 전의 기억인지 추억인지 때문에 무거운 마음을 가눌수가 없었다. 그날 밤 나트랑 해변가 작은 베트남 식당에서 숯불에구운 돼지고기를 면, 채소와 함께 달콤새콤한 소스에 찍어 먹는 '분짜'를 안주로 해서 아주 독한 '맨스 보드카'와 '사이공 비어'를 교대로 마시면서 밤늦게까지 만취하도록 술을 마셨다.

술기운이 온몸에 퍼진 탓으로 쉽게 잠들지 못했다. 선잠이 들었을 때는 아주 오랜만에 꿈인지 악몽인지를 생생하게 꾸었다. 옛날월남에 왔으니까. 나는 놀라지 않았다. 꿈속에서도 이게 꿈이라는게 느껴졌기 때문이다. 꿈속에서 김 하사의 모습은 어렴풋했다. 너무 늙어서 아스라한 얼굴을 도저히 알아볼 수 없었던 것이다. 내가뭔가 착각하고 있을까? 그가 아니고 다른 누군지도 모른다. 누군가아편단지를 난폭하게 들이밀면서 독촉했다. "이게 진정제야. 특효약이라니까. 특효약. 아니야 독약이야. 비소가 들어있어. 빨리 마시고 죽으라고. 죽으면 끝이야. 그렇다니까⋯⋯”

다음날 나는 숙취에서 깨어나지 못하고 오전 내내 호텔 방에서 가수면 상태에서 몸을 뒤척이고 있었다. 창문을 통해서 아열대의 눈부신 햇살이 방안으로 마구 쏟아져 들어왔다. 겨우 몸을 추스르고 일어났다. 거울에 비친 내 늙은 모습은 쭈글쭈글한 피부가 더 이상 내 몸에 맞지 않았다. 전쟁의 상처인 왼쪽 쇄골에서부터 아래로 내려간 칼자국 흉터는 지금은 몰라보게 희미해져 있었다. 오랜 세월이 그 상처를 어루만져 준 것이다.

커피는 베트남 사람들의 일상생활에서 중요한 부분을 차지하고 있다. 우리나라에도 커피점이 많지만 베트남에는 더 많은 커피점이 있다. 세계에서 브라질 다음으로 2번째로 커피 원두를 많이 생산하는 국가이니까. 나는 그날 오후 내내 카페에 앉아서 쓰고 진하지만 연유를 넣어 달달한 베트남식 커피를 마셨다.

한 시대가 훌쩍 지났으니 베트남은 천지개벽을 한 것처럼 많이 변했다. 전쟁의 흔적은 보이지 않고 분명히 상처가 치유된 것처럼 보였다. 나는 비로소 안도했다.

나는 옛날을 기억하면서 3륜 자전거인 딸딸이 씨클로를 타고 인구 25만의 작은 도시인 나트랑 시내 곳곳을 샅샅이 돌아다녔다.

미군 헬리콥터 항공대대가 주둔했던 옛날 비행장 근처에 있던 102 야전병원과 화장터는 어떠한 흔적도 남아 있지 않았다. 병원과 화장터를 둘러싸고 있던 검고 음산했던 작은 언덕의 숲들도 사라지고 없었다. 백색의 대형 좌불 불상이 있는 롱선 사원 그리고 고딕 양식의 나트랑 성당은 그 자리에 그대로 있었다. 옛날에 그 거리에는 유명한 한국 식당인 아리랑식당과 국제회관이 있었다.

냐짱에서 가장 큰 재래시장이었던 덤 시장은 지금은 말끔하게 구획 정리를 해서 원형으로 이루어진 현대식 2층 건물로 변모했다. 냐짱 해변의 알렉상드르 에르생 박물관과 선라이즈 냐짱 비치 호텔에서 6차선 도로를 건너면 가까운 거리에 있는데 생필품, 채소, 과일, 향신료, 육류, 건어물, 의류, 원단, 잡화, 기념품 가게가 가득 들어서 있다. 시장 주변 도로에 과일 상점들이 가득하며 노점 형태의 식당들도 많다.

그 시절 재래시장의 뒤쪽에는 썩어가는 고기와 시들어 빠진 야채의 고약한 냄새가 코를 찌르는 미로 같은 골목들이 얽혀있었고 다닥다닥 붙어 있는 단층집 또는 2층집들에 미군 보급창에서 흘러나온 물품들로 암시장이 형성돼 있었다. 그리고 거기에 김 하사의 단골집이었던 아편집이 있었고 어두운 계단을 올라가서 층계참에서 문을 열면 여자들이 나오는 집이 있었다. 그 집들은 눅눅하고 칙칙한 좁다란 뒷골목과 입구가 자물쇠로 채워진 어두운 창문의 낡은 집들 속에 숨어있었다.

프랑스 통치 시절인
1938년에 건설된 달랏 기차역

나는 다시 베트남의 대표적 고원 도시인 달랏으로 갔다. 거기에
는 프랑스 통치 시절인 1938년에 건설된 콜로니얼 양식을 가미한
아트 데코 양식의 기차역이 있다. 베트남에서 가장 아름다운 기차
역으로 평가받고 있고 국가 문화유산으로 지정되어 있다. 달랏 역
을 오가던 기차는 1964년까지 운행되었으나 전쟁 동안 베트콩의 공
격을 받아 철도가 파괴된 이후 운행이 중단되었다.

그때 우리 소대는 매복 작전을 위해서 달랏 시내 뒤편을 병풍처
럼 빙 둘러싸고 있는 랑비앙산 계곡으로 이어지는 호찌민 루트로
행군을 했었다. 우리는 멀리서 사람들이 거의 눈에 띄지 않는 아주
조용한 도시를 바라보면서 우회하여 행군을 했었다.

머나먼 과거는 아름답게 채색될 수 있다. 모든 것이 조각처럼 선
명하게 떠올랐다. 아득하게 멀리 보였던 들판도, 악취를 풍기던 강
도 아직 거기에 있었다. 강과 호수에 붙어 있던 습지대는 콘크리트
로 강둑을 쌓아서 분리되어 있었고 모두 바싹 메말라 있었다. 지금
이곳은 아주 평온했다. 숲에서부터 눅눅하지만 잔잔한 바람이 불어
왔고 파란 하늘이 드높이 솟아 있었다.

하지만 몸을 찢는 듯한 경련, 지독한 목마름, 소련제 AK 소총이
나 톱질을 하는 듯한 기관총 소리, 옥수수가 무겁게 달려 있던 옥수
수밭, 검은 물소들이 어슬렁거리는 드넓은 평야, 파리 떼가 우글거
리는 냄새나는 검은 웅덩이, 열대의 나무들과 그들 나무들 사이로

걸려 있는 푸른 하늘, 선두에서 부대를 이끌고 가는 소대장의 얼굴이 생각났다. 그는 애써 태연한 채 결연한 표정을 짓고 있었다. 그러나 그날 암호가 무엇이었는지는 생각나지 않는다. 소대장이 암호를 정해서 하달하기는 했던가?

박상진 소위는 중키에 몸이 비쩍 마른 스물다섯 살의 나이었고 육사를 졸업했다. 그는 행군할 때면 지도와 나침반, 쌍안경, 암호첩, 45구경 장교용 권총을 가지고 다녔다. 때로는 권총 대신 M16 자동소총을 어깨에 멜 때도 있었다. 그는 군인정신이 투철했고 명예, 조국 등의 단어를 강조했다. 그는 무엇보다도 질서를 중히 여겨서 지독히 엄격한 사람이었다. 조금이라도 어긋난 것을 참지 못했고 육군 규정대로만 행동했다. 그는 아직 여자와 자본 적이 없는 숫총각이라는 소문이 부대에 돌았지만 항상 깔끔하게 면도를 하고 머리를 빗었다.

나는 지금 변두리 버스 종점 근처에 있지만 젊고 아름다운 아가씨가 주인인 언제나 기분 좋은 단골 카페에 앉아 있다. 그녀는 내가 젊은 여성의 표준으로 생각하는 가슴은 봉긋하게 솟아서 탄력적이면서 매끄러워 보였고 힙은 20대의 전유물인 애플힙으로 청바지가 터질 듯이 아주 팽팽했다.

카페의 한쪽 회색 벽에는 오래 전부터 반 고흐의 '카페, 라 겡게트의 테라스'의 복제품이 걸려 있다. 초겨울의 찬바람은 가로수 잎들을 세차게 날려 버렸고, 간간이 뿌리는 빗줄기가 바람에 날려 창문을 후려쳤다. 덕구를 생각나게 하는 집 없는 개가 빗속에 이리저리 헤매고 있다.

나는 에스프레소 한 잔을 앞에 놓고 쓰디쓴 맛을 음미하고 있다. 그녀의 그 시절 얼굴을 젊고 아름다운 아가씨를 통해서 떠올려 보려고 무진 애를 썼다. 다시 보니까 마치 두 사람이 서로에게 녹아 들어가 한 여자인 것처럼 보였다.

나는 겨울비가 스산하게 내리니까 때늦은 후회를 하고 있다. 지금 와서 잊혀져 가는 그 옛날 기억들을 회상할 필요가 있을까. 이 나이에 감상적으로 굴 필요는 없을 것이다. 지금 내 감정이 무엇이었든 간에, 어디로 흘러가든 간에 자기 연민 때문에 과장되거나 왜곡되는 것은 피하고 싶다. 하지만 지나간 세월은 되돌릴 수 없는 것인데도 불구하고 도저히 불가능한 상상을 한다.

나를 마음껏 분출할 수 있었다면. 분노의 순간에 격정을 폭발할 수 있었다면. 나를 산산이 파괴할 수 있었다면. 왜 그녀의 가벼운 육체를 껴안지 못했을까. 왜 그녀의 목덜미의 머리카락을 쓰다듬지 못했을까. 왜 내 입술로 그녀의 입술을 격렬하게 누르지 못했을까. 왜 그녀와 하나가 되지 못했을까. 그녀의 몸속으로 들어가지 못했을까. 육체와 사랑. 사랑의 진정한 의미를 깨달았다면. 식어버리고 사라져버린 사랑은 무의미하다는 것을. 사랑의 기쁨은 잠시이고 덧없이 사라진다는 것을. 사랑하는 사람은 끝내 좌절하고 고통을 겪을 수밖에 없다는 것을. 유아기적 껍데기를 깨고 인간 성체로 성숙할 수 있었다면. 자기 자신을 찾을 수가 있었다면.

사랑은 악마이며, 불이며, 천국이며, 지옥이다.
쾌락과 고통, 슬픔과 후회가 거기에 함께 살고 있다.

그런데 지금 돌이켜보면, 나는 그게 우리들의 진정한 사랑이었고 애처로운 이별이었다는 사실조차 깨닫지 못했다. 우리 사이에는 극적인 도화선, 변곡점, 기승전결과 같은 어떤 결정적 계기가 있었던 것은 아니다. 그렇지만 김혜진을 그렇게 쉽게 까마득하게 잊어버렸다니. 더욱이 오래전 일이니 까마득해서 나에게 일어난 일이 아닌 것처럼, 그래서 나와는 전혀 무관한 일인 것처럼 느껴진다.

젊은 날엔 젊음을 모르고
사랑할 땐 사랑이 보이지 않았네
하지만 이제 뒤돌아보니
우린 젊고 서로 사랑을 했구나

내가 그녀를 처음 야전병원에서 보았을 때 나는 여자를 만나 사랑해 본 적이 없는, 남녀관계에 대해서는 아무것도 모르는 완전한 숙맥이었으므로 순진했다기보다는 바보처럼 고지식했다. 그 당시에는 여자를 사랑한다는 것이 그게 무엇인지 몰랐다. 지금 돌이켜보면 나는 자기 스스로에게 속았다는 느낌마저 든다. 그때 나는 믿고 의지할 데 없는 가련한 인간이었다. 그녀는 내가 죽을 고비를 넘나드는 불쌍한 사병이어서 간호 장교로서 나를 달래주려고 한 것뿐인데 나는 그걸 오해했을 수도 있었기 때문이다. 그녀는 나보다 나이가 더 많았고 군대 생활도 더 오래 했기 때문에 세상사에 대해서 더 많이 알고 있었다. 이미 사랑도 해보았고 쓰라린 사랑의 실패를 맛보았을지도 모른다.

기억하기엔 너무나 먼 과거의 일이지만 내가 가장 추억하고 싶은 것은 바로 그 순간이었다. 지금은 연기처럼 허공으로 사라져서 도저히 손에 잡을 수 없는 그 순간이지만. 그녀는 특별한 기억력으로 그 애틋하고 아름다웠던 순간을 기억하고 있을지도 모르겠다.

우리가 언젠가 만나 서로를 인지하는 바로 그 순간 그녀가 눈을 가늘게 뜨면서 회상에 잠겨서, "나는 그때 너를 좋아했고 너를 정말 사랑했었지. 하지만 나는 머물러 있을 수 없었어. 그것은 내 가슴이 미어지는 아픈 순간이었지."라고 말해 준다면…….

그녀의 수척한 얼굴이 어두운 불빛 속에서 창백하게 어른거렸다. 하지만 그녀의 얼굴에서 감미롭고 약간 찌르는 듯한 향수 냄새가 났고 몸에서는 병원 특유의 화학약품 냄새가 희미하게 풍겼다. 그녀의 체취와 숨결을 느낄 수 있었다. 그녀가 조금씩 움직일 때마다 무언가 긴장과 조급함이 느껴졌다.

나는 그때 고작 그따위 짧은 말밖에 할 수 없었단 말인가? 용기를 내서 내 마음을 고백할 수는 없었을까? 아니면 무언가 그럴듯한 위로의 말이라도 건넬 수 있었을 텐데. 나는 왜 그녀의 연약한 손을 따뜻하게 잡아 주지 못했을까? 그건 아주 우연한 기회가 아니었지 않은가. 뭐가 그렇게 두려웠단 말인가. 나는 왜 그때 절망했단 말인가. 어떻게 해야 할지 갈피를 잡지 못하고 뒤도 돌아보지 않고 황급하게 도망쳤지 않은가.

다시 돌이켜보면…… 아무리 생각해 보아도…… 내가 그때 언제부터 당황하지 않고 편안한 시선으로 그녀를 바라볼 수 있었는지 기억나지 않는다. 그 시절은 유교적 윤리의식이 여전히 완고하게 지배하고 있었으므로 지금처럼 남녀관계에서 죄의식 없이 무분별하게 욕정에 사로잡히는 가벼운 분위기가 아니었다. 그러므로 내가 마음속으로 그녀의 옷을 벗기는 일은 맹세할 수 있지만 그런 일은 결코 없었다.

그러면 우리의 관계를 정확히 표현할 수 있는 단어가 있을까? 우리들의 고루한 관점에 의한다면, 여자와 사랑은 대성공 (그러니까 사랑이 결혼으로 이어지고 그 후 남자는 출세가도를 달리고 여자는 현모양처가 되는), 쓰라린 이별로 끝나는 혼란스러운 실패, 애타게 마음속에만 있었고 결코 시도조차 하지 못한 경우, 그냥 그게 사랑인지도 미처 깨닫지 못하고 흐지부지되는 경우를 생각할 수 있는데, 우리의 경우는 마지막에 해당할 것이다.

그녀가 102병원에서 절체절명의 순간 처방했던 약은 사랑의 감정이 캐낸 묘약이었을 것이다. 그녀가 나를 구원했을까?

나는, 지금 70대인 그녀가 멀쩡하게 살아서 건강하고 행복하기를 바란다. 그러니까, 혼자가 되어서 외로운 나머지 알코올 중독으로 인한 술 취한 늙은 여인이 아니기를 바란다.

그녀는 야전병원 시절 밤이 되면 술을 마셨다. 술을 너무 좋아했기 때문에 때때로 위스키를 스트레이트로 몇 잔씩이나 마시기도 했다. 독한 술은 그녀의 목구멍을 타고 내려가서 허전한 속을 따듯하게 데워주었을 것이다.

그녀가 틀니를 해서 말을 할 때마다 딱딱거리고 입안에서 구취가 나지 않기를 바란다. 퇴행성 무릎, 고관절, 허리 관절염 때문에 엉기적거리며 겨우겨우 걷지 않기를 바란다. 중증 치매에 걸려서 요양원에서 외롭게 말년을 보내지 않기를 바란다. 어떤 암인지 모르지만 불치의 암에 걸려서 빨리 죽는 것은 어쩔 수 없는 일이다.

그녀는 지금 하릴없이 늙어가고 있을 것이다. 하지만 여전히 옛날의 아름다운 모습이 잔영처럼 희미하게나마 남아 있을 것이다. 잔주름이 진 얼굴에 다정했던 두 눈을 그대로 간직하고 있을 것이다. 인생은 운명이고 우연의 연속이니까 우리는 언젠가 다시 만날 수도 있을 것이다. 문득 뜻하지 않은 순간에 어떤 장소에서 말이다.

　나는 김재수 하사를 생각할 때면 늘 그렇듯 가슴이 뜨겁게 북받쳐 올랐다. 그를 알고 난 후부터 줄곧 마음속에서 내려놓을 수가 없었다. 옛날 어느 날에는 혼자서 술을 마시고 나서 그를 생각하다가 갑자기 울음이 터져 나왔다. 하지만 한 번 터진 울음은 그칠 줄을 몰랐다. 나트랑을 갔을 때도 사실은 그의 흔적을 찾아서 구 공항 근처 102 야전병원과 영현부대의 옛날 터를 찾아서 하루 종일 헤맸지만 그뿐이었다. 나는 냐짱 해변의 푸동 공원으로 가서 레스토랑에서 몇 병의 베트남 맥주를 마셨다.

　지금 돌이켜보면, 나무를 흔드는 바람 소리만 들리고 사람들의 발길이 뚝 끊긴 어두운 숲에서 처음 대면했을 때 나는 잔뜩 긴장해서 경계심을 가지고 그를 바라보았다. 당시 나는 인생 경험도 없는 철부지였지만 처음 만나는 그 순간 그가 어딘가 예민하고 섬세하고 고독한 남자라는 걸 직감적으로 알아챌 수 있었다. 아무리 보아도 뭔가 불길하고 위험천만한 일이 생길 것 같은 그런 인상은 아니었다. 얼굴 표정과 눈빛의 변화는 물론 기나긴 침묵의 순간조차 그에게선 끊임없이 이야기가 흘러나올 것 같았다. 그 순간 그를 정면에서 아주 천천히 바라볼 수 있었다. 얼굴은 뜨거운 햇빛에 노출되어 약간 검게 탔지만 입술 안쪽 가지런한 치아는 놀랍도록 하얗게 빛났다. 나는 내심 안도감을 느꼈다.

그리고 자주 만날수록 그의 따뜻한 목소리만으로도 나에게는 커다란 위안이 되었다. 나는 그때 은연중 보호받고 있었으니 그게 큰 힘이 되었다. 가슴속에 맺혀있던 응어리들이 풀려나면서 숨쉬기도 편해졌고 때때로 느꼈던 울고 싶은 기분도 사라졌다.

세월이 한참 지난 지금 한 걸음 물러나서 생각해보면 나는 동성애에 대해 선입견을 가질 필요가 없었다. 좀 더 자세히 알고 온전히 이해할 수 있었다면…… 동성애자가 된다는 것은 보통 사람과 다르게 자기 자신과 타자를, 세계를 바라보는 방식, 감정을 느끼고 감각을 지각하는 감수성에 어떤 심각한 영향을 미친다고 볼 수 있을까.

그는 자신의 성적 지향을 진지하게 인식하고 있었을까. 그는 그당시 순수했고 어떤 종류의 성도착증은 아니었다. 그 당시 그가 내게 동성애적 관심을 보였다고 할 수는 없었다. 그 어떤 언어적 암시나 유혹의 몸짓, 성적 욕망을 내보인 적은 없었다. 그러므로 그의 성 정체성을 의심할만한 여지는 전혀 없었던 것이다.

다만 자신의 성 정체성에 혼란을 느낀 것만은 사실인 것 같다. 그렇다면 동성애에 대해 특별한 치료를 요하는 정신병으로 간주하는 그 시절 완고한 이성애 중심 사회에서 동성애자라는 사실에 대한 내면화된 자기 혐오의 감정, 자기 혐오를 극복하기 위한 외로움과 소외와의 싸움, 그럼에도 불구하고 사랑과 성적 실험에 대한 갈망 때문에 폭음을 했고 결국 죽음에 이르게 됐는지 모른다.

나는 김 하사가 어떻게 해서 상대방을 만났는지 짐작조차 할 수 없다. 그에 관해서는 어떤 이야기도 흘린 적이 없었기 때문이다. 소록도 시절이나 사회생활을 하면서 또는 군대에서 만났을 수도 있다. 그때는 지금처럼 동성애자들이 모이는 찜질방이나 사우나, 동성애자 카페 등이 없었던 시절이었다. 그 당시 종로 피맛골 근처가 동성애자들의 은거지였는지도 자세히 알 수 없다. 그리고 그가 상대방하고 동성애자들의 성행위까지 나아갔는지도 알 수 없다.

그런데 남자 동성애의 경우 두 남자 모두 능동적 지위를 차지할 수는 없다. 능동과 수동. 지배와 복종. 한쪽은 남자 역할을 하고 다른 쪽은 여자라는 수동적 역할을 맡아야 한다. 레즈비언의 경우 남성의 옷차림과 몸단장을 하고 남성 역할을 맡는 부치 (butch)와 여성 역할을 맡는 팜므 (femme)가 있는 것처럼 말이다.

나는 김재수 하사라면 틀림없이 강렬한 존재감을 드러내는 반항적인 개인주의자이고, 그러므로 그 담대하고 강인한 성격 때문에 틀림없이 남자 역할이 제격이라는 생각이 든다. 그렇지만 너무나 예민하고 섬세하기 때문에 경우에 따라서는 여자 역할을 잘 했을 수도 있다. 하지만 내 기준에 따라 상식적으로나 논리적으로 판단할 것은 아니다. 그에게는 나름의 인생 호흡이 있고 규칙과 질서가 있었을 것이다.

하지만 아편에 대해 그렇게 무서워할 필요가 없었다. 정말 신비한 약일 수 있었으니까. 마약을

독성과 의존도를 고려해서 분류하면 소프트 드럭 (약한 마약)과 하드 드럭 (강한 마약)으로 나눌 수 있는데, 아편은 그 자체로는 알코올이나 니코틴보다 효과가 약해서 약한 마약에 속한다. 같은 계열의 헤로인보다는 1/10 수준에 불과하다. 아편은 양귀비에서 추출한 중추신경계 어제제이기 때문에 기본적인 진정제이다. 그러므로 진통제와 마취제로 널리 쓰인다. 최고의 성능을 자랑하는 모르핀은 바로 아편에 염화암모늄을 섞어서 만든 것이다.

지금 돌이켜 생각해보면 그는 영험한 주술사였을 수도 있다. 그의 말에는 암시의 힘이 있었지 않은가. 믿음은 자연스러운 것이다. 인간 정신이란게 원래 그렇다고 할 수 있다. 그의 말을 믿고 따랐다면 화려한 의식을 치르지 않았어도 어떤 신비한 힘에 의해서 내 영혼은 분명히 정화되었을 것이다.

다시 말하면 김 하사의 말대로 조금씩 조절해서 먹었다면 중독되지 않으면서 그때의 내 증상을 고려하면 특효약이 될 수도 있었다. 그래서 김 하사는 그걸 먹도록 애원하다시피 적극 권한 것이다. 그런데 나는 그 문제에 대해 그때 며칠 밤이나 머리가 깨질 정도로 고민해 보았지만 중독되면 어쩌나 하는 걱정 때문에 결코 아편을 할 수는 없었다. 나는 곧 아편 소굴과 아편중독을 연상했고 아편을 한다는 것은 내 인생의 끝없는 타락이라고 생각한 것이다.

영국 작가 토머스 드 퀸시는 육체적 정신적 고통을 이기지 못하고 아편을 복용하기 시작했다. 오랫동안 복용량이 점점 늘어나면서 드디어 하루 8,000적 (滴)이라는 다량의 아편을 복용하게 되고 아편 중독에서 오는 심각한 부작용, 특히 무서운 환상과 심한 불안감, 헤어날 수 없는 우울증을 겪었다. 마침내는 죽음의 공포 속에서 모진 고통을 참아가며 사용량을 줄이기 시작해서 드디어는 아편 복용을 끊어 그 악습에서 벗어났다. 그런 과정을 진솔하게 고백한 게 「어느 영국 아편 중독자의 고백 (Confession of English Opium Eater)」이다. 그 작가는 '이 이야기의 진짜 주인공은 아편 중독자가 아니라 아편 그 자체이다'라고 말했다.

하지만 피카소도 그랬고 아폴리네르도 그랬지 않은가. 그들은 젊은 시절 여자와 함께 좁은 침대에 뒹굴면서 열심히 아편을 했지만 멀쩡했지 않은가.

그걸 몇 번쯤 먹었어도 아니 수십 번 먹었어도 괜찮았을 것이고 그랬으면 김 하사도 배신감을 느끼지 않았을 것이다. 그는 그때 너무나 진지했었다. 나는 나를 걱정하고 배려하는 그의 절실한 감정을 도대체 전혀 이해하지 못했으니 그에게 너무나 깊은 마음의 상처를 입혔던 것이다.

석양의 가녀린 햇빛 속에서 희미하게 빛나던 얼굴, 가볍게 홍조를 띤 뺨, 연민의 감정이 어린 눈빛이 지금 또다시 떠오른다. 내 회상 속에서 그의 모습은 언젠가부터 그때의 모습이었다. 그 순간은 내 마음속에 고정되어 한 폭의 그림으로 기억된다.

그는 언제나 식도에 구멍이 뚫린 것처럼 술을 너무 많이 마셨다.

내가 그걸 지적하면 그가 말했다.

"내가 많이 마시기는 하지. 어쩔 수 없다니까. 그래도 적당한 것보다는 몇 모금 더 마시는 것에 불과한 거야. 그것뿐이야. 내일 먹고 사는 일이 막막해도 그럴수록 술을 더 퍼마셨으니까.

술을 많이 마실수록 사람들이나…… 소록도기…… 운명의 시련 같은 게 생생하게 기억나거든. 술은 각성제야. 술이 들어가면 머리가 깨어나면서 생각이 나오는 거지."

내가 한때 두주불사하면서 폭음을 일삼았던 것은 김 하사한테서 배운 것일지도 모른다. 월남에 가기 전에는 그렇게 술을 마셔본 적이 없었고 누가 그렇게 마시는 모습을 본 적도 없었다.

(내가 대학원을 수료한 30대 중반 무렵부터 새삼스럽게 일기를 쓰는 대신 간혹 필요에 따라 낙서 수준의 비망록을 쓰기 시작했는데 그게 여러 권이다. 대단한 비밀이 들어 있지는 않지만 그렇다고 누구에게 공개할 만한 것도 아니다. 언젠가 태워버린다고 하면서도 차일피일하고 있다. 어떤 메모에는 내가 금과옥조로 여기는 술에 대한 누군가의 단상을 적어놓은 게 있다. 그 시절 나의 폭음 버릇은 그것들에 근거한 거라고 볼 수 있다.

술이 없는 곳에 인간은 있을 수 없다. 술 속에 진리가 있다. 술을 마시지 않는 인간으로부터는 사리분별을 기대하지 말라. 여자는 누구나 술을 절대 안 마시는 사람이나 담배를 피우지 않는 남자와 결혼해서는 안 된다는 것이 철칙이다. 술을 마시지 않는 시인들

의 시는 사람들을 오랫동안 즐겁게 하지도 못하고 후세에 남겨지지
도 않는다. 사람이 술을 마시고 술이 술을 마시고 술이 사람을 마
신다. 그 술의, 그 술의 달콤함. 그 술의 좋은 것. 그것은 너의 핏
속에 불사의 생명을 지킨다.)

나는 김정현 병장의 얼굴을 마음속에 그려본다.

그는 왜 하필 보들레르, 말라르메, 폴 발레리가 아니고 아폴리네
르를 너무 좋아했을까. 아폴리네르는 순수하고 깨끗한 시인의 마음
을 가지고 있었을까. 그가 자연에 대한 노예적인 모방에서 벗어나
려고 시도했던 입체파 미술을 높이 평가하면서 자연을 심오하게 관
찰하긴 하지만 더 이상 모방하지 아니했기 때문이었을까. 그가 관
습적인 서술과 묘사를 벗어나서 상투어를 경멸했고 위험할 만큼 대
담하고 혁신적인 어휘와 이미지를 사용했기 때문이었을까.

그는, '주제는 더 이상 중요하지 않다. 중요하다고 해도 조금밖에
중요하지 않다. 예술작품이란 자연이건 세상이건 어느 것과도 닮지
않더라도 그 자체로서 진실성과 정당성을 확보할 수 있다.'고 주장
했다. 그래서 나 역시 아폴리네르의 시를 좋아하게 되었다.

내 언젠가 히스나무 이 가녀린 가지를 꺾어 두었지
가을도 가버렸으나 잊지는 말아라
우리는 이 땅에서 다시 보지 못할 거야

시간의 이 향기 히스나무의 이 가녀린 가지
그래 내 너를 기다리니 잊지는 말아라

내가 이 시를 가끔 암송할 때마다 어쩔 수 없이 김정현을 생각할 수밖에 없다.

그는 죽었는가 살았는가? 옛날 꿈속에서 랑린은 그가 민병대인지 베트콩에서 잡혀서 죽었다고 말했지 않은가. 꿈속이지만 그녀의 말이 너무 생생했기 때문에 죽었다고 믿을 수밖에 없었다.

그녀의 고향 빈롱은 베트남 남쪽의 전형적인 메콩 델타 도시이다. 빈롱성의 성도로 메콩강에서 갈라진 지류인 꼬찌엔강이 도시의 주변을 흐르면서 강들의 미로에 둘러싸여 있기 때문에 마치 섬 같다는 인상을 받았다.

나는 홈 스테이를 하면서 혹시나 랑린이나 김정현을 만날지 모른다는 작은 희망을 안고 (얼마나 터무니없는 상상력인지 깨닫고 있었지만) 일주일 동안 주민등록부를 조사하기 위하여 인민위원회 청사, 열대과일 농장, 까이베 수산시장, 강변의 재래식 시장, 빈롱 시장, 페리를 타고 메콩강 삼각지에 형성된 섬들 사이를 흐르는 수로를 헤매고 다녔다.

그날 밤, 김 병장은 자신이 탈영한다는 강박관념을 이겨내기 위해서 새로 나온 강력한 종류의 독한 대마초를 열심히 피웠었다. 그게 효과를 발휘해서 김 병장의 강박 불안을 잠재웠는지는 모르겠지만. 그때는 마치 내 자신이 탈영하는 것 같은 흉흉한 기분이 들었었다. 나는 그의 탈영에 틀림없는 동조자였다. 나는 그때 내가 가지고 있었던 모든 돈과 빌릴 수 있는 한 돈을 빌려서 몽땅 그에게 주었던 것이다.

작은 체구와 함께 햇볕에 얼굴이 까맣게 그을려 너무나 월남 사람과 비슷했다. 월남인으로 변장하고 월남어도 잘 했으니까 어떻게 해서든지 빈롱에 무사히 도착했을지도 모른다는 생각이 든다. 그날 새벽 불길한 꿈에서 랑린은 김 병장이 이미 죽었다고 했었지만. 지금 돌이켜 보면 내가 그렇게 간청을 했는데도 결국 내 말을 듣지 않았다. 그의 사랑이라는 순수한 감정과 그에 따른 고집, 의지를 어떻게 꺾을 수 있었겠는가.

그렇지만 그는 천상 타고난 시인이었다. 우리가 마지막 헤어지는 그 고통의 순간에도 더없이 순수하고 청아한 목소리로 아폴리네르의 '고별'을 암송하지 않았던가. 내 어찌 그 가슴 미어진 순간을, 그 꿈꾸는 듯한 몽상가의 눈빛을 잠시나마 잊어버릴 수 있었겠는가.

김 병장은 그때, 마지막 헤어질 무렵 이게 처음이자 마지막 선물이라면서 아주 두툼한 노트 3권을 내게 주었다. 그 노트에는 그 시인의 시들을 아주 촘촘하게 직역한 번역시들이 깨알처럼 적혀 있었다. 그가 말했었다. "이 시들은 아직 우리나라에 번역되어 나오지 않았어. 언제쯤 나올지 까마득하지 않겠어. 번역이 잘 되었는지는 모르겠어. 시는 리듬인데 시를 번역한다는 일은 너무 어려워. 불가능하다고 해야겠지. 그래서 이 번역시들은 원문을 심각하게 훼손했을 거야. 위대한 천재 시인이시여 저를 용서하소서!"

나는 옛날 그가 시를 읊을 때마다 심한 열등의식을 느꼈지만 김 병장의 영혼이 담겨 있고 손때가 묻은 노트에서 번역시를 읽으면서 많은 위안을 얻었다. 구두점이 모두 삭제된 채 걷잡을 수 없이 흩어져 있는 시들의 주제와 배열은 당혹스러웠고 그 의미도 잘 몰랐지만 무작정 그들 시에 빠져들었던 것이다.

내가 아주 우연히 기욤 아폴리네르의 첫 시집 「알코올」의 번역판을 광화문 교보문고에서 발견한 때는 2010년 여름 경이었다. 내가 학교를 정년 퇴임한 후 일이었다. 고려대 불어불문학과 교수이면서 아폴리네르 전문가인 황현산 박사가 번역한 것이었다.

나는 새삼스럽게 노트에 적힌 번역시들과 황 교수의 번역판을 비교해 보았는데, 김 병장 쪽이 초벌 번역이니까 윤문을 시도하지 않은 직역 그 자체였고, 이제 보니 40년 전에 번역했으니 그 당시 어휘의 선택이나 진부한 표현이 눈에 띄었지만 (그러나 나에게는 머릿속에 너무 깊이 각인되어 있어서 그쪽에 훨씬 익숙했다) 놀랄 만큼 대부분 일치한 것을 보고 새삼스럽게 김 병장의 프랑스어 실력과 시적 감수성을 인정하지 않을 수 없었다.

1975년 4월 30일

19세기 서구 제국주의의 서세동점 (西勢東漸) 시대 인도차이나 반도의 약소국가 베트남은 프랑스의 식민지 지배를 받았다. 프랑스는 1858년 청나라와 불평등 조약인 천진 조약을 체결한 직후 무력 침략을 통해 베트남을 강점하고 그때부터 자기의 식민지로 삼았다.

그러나 1939년 제2차 세계대전이 발발하면서 독일에게 점령당한 프랑스는 식민지 관리를 엄두도 못 내고 있었는데 그때 일본군이 프랑스가 물러난 베트남에 무혈 입성한 것이다. 1945년 일본이 패망하면서 2차 세계대전이 끝나자마자 다시 프랑스는 베트남에 돌아왔다. 그들은 끝내 제국주의 망상을 버리지 못하고 바오다이 황제를 수반으로 한 꼭두각시 정권 (1949년~1955년)을 내세워 베트남을 계속 지배하려고 했다.

호치민 (호지명)은 원래 공산주의자라기보다는 베트남 민족을 사랑했던 민족주의자였다. 그는 1941년 베트민 (Viet Minh, 월남독립연맹 또는 월맹)을 결성하여 일본군을 상대로 한 게릴라전을 이끌었고 그 후 베트남 독립을 위해서 프랑스에 대해 조직적이고 결사적인 항쟁을 시작했다.

일본이 패망하자 제일 먼저 월맹은 베트남민주공화국을 선포하고 호치민을 초대 대통령으로 추대하였다. 북부 베트남을 점령한 월맹은 점차 남쪽으로 그 세력을 확장하였다. 월맹을 눈엣가시로 여기던 프랑스는 월맹의 독립 국가 선포를 인정하지 않으면서 공산주의에 대한 민주주의 수호를 명분으로 내세워 동맹국인 미국의 지원을 요청했다. 동유럽이 차례로 공산화되는 과정과 한국전쟁 (1950

년~1953년)을 경험한 미국은 공산주의 팽창에 따른 도미노 현상을 우려하여 프랑스에 막대한 군사적 지원을 하였다. 2차 세계대전 후 남은 군수 물품과 무기들이 원조되었으며 프랑스는 이를 자국군 및 남베트남 군대에 보급했다.

중국과 소련의 지원을 받은 월맹의 세력이 점점 커지는 것을 우려한 프랑스는 군대를 동원하여 월맹을 분쇄할 계획을 세웠다. 반면 월맹 역시 군사적 힘으로 프랑스를 몰아내고자 했으며 결사적으로 저항했다. 따라서 양측의 정면 군사 충돌은 불가피해졌다.

1954년 베트민과 프랑스 (그 당시 제4공화국) 간 제1차 인도차이나 전쟁 당시 프랑스는 디엔비엔푸 전투에서 결정적으로 패했다. 프랑스 극동 원정군 총사령관 앙리 나바르 장군은 용감한 제2 외인 보병연대, 제3 알제리 척후병연대, 제1 외인 공수대대, 제8 타격 공수대대, 제4 모로코 척후병연대를 지휘했지만 월맹의 보 구엔 지압 장군에게 패배할 수밖에 없었다. 이 전투는 식민지 베트남이 지배자 프랑스를 몰아내게 되는 결정적인 계기가 된 전투라고 할 수 있다. 이 전투로 인해 프랑스는 엄청난 타격을 받았고 프랑스령 인도차이나는 붕괴하였다. 이후 프랑스령 인도차이나 총독부와 모든 프랑스군은 인도차이나에서 완전히 철수했다.

베트남이 프랑스의 지배에서 해방되기는 하였지만 그렇다고 완전히 독립할 수 있었을까. 프랑스가 물러나자 이번에는 공산주의의 확산을 우려한 미국이 베트남에 개입하였다. 세계 최강의 군대인 미군과 세계에서 가장 가난한 군대인 월맹군과의 길고도 참혹했던 제2차 인도차이나 전쟁 (또는 베트남전)이 시작된 것이다.

이 전쟁에서 미국은 결국 패했고 도망쳤다. 5만 6천 명의 병력을 잃고 막대한 군사적, 경제적 피해를 입었으며 국가 위신의 추락이라는 치명적인 손해를 입었다. 그 과정은 이러했다. 1973년 1월에 미국, 베트남, 베트민, 베트콩 4자 간 파리협약이 조인되었다. 전투는 일시 중지되고, 미군은 베트남 땅에서 철수하였다. (그때 우리 대한민국 군대도 철수했었다.) 닉슨 대통령은 1969년 이미 닉슨 독트린을 내세워 도저히 가망 없는 전쟁의 수렁에서 빠져나오기 위해서 미군의 철수 계획을 발표했었다.

미군은 떠났지만, 남베트남과 북베트남 사이에는 전투가 계속되었다. 하지만 무능하고 부패했던 티우 정권은 더 이상 싸울 의지가 없었다. 1975년 4월 사이공이 최종 함락되면서 남베트남은 4월 30일 항복했고 월남과 월맹이 통일되면서 베트남사회주의공화국이 탄생했다. (그때 나는 뒤늦게 겨우 대학에 들어가서 앞날이 캄캄한 늙은 대학생이었는데 그 소식을 처음 들었을 때 순간 몸이 얼어붙으면서 허탈했고 분노했고 상실감을 느꼈다. 내가 귀국한 때로부터 정확하게 4년 6개월 만이었다. 하지만 그 전쟁이 종결되었다는 생각이 도무지 들지 않았다. 우리는 누구를 위해서? 무엇을 위해서? 피를 흘렸단 말인가? 그 허무맹랑한 이념을 위해서? 미국 제국주의를 위해서? 자아도취에 빠진 타락한 정치가들을 위해서? 대한민국의 국위선양을 위해서?)

사이공이 함락되면서
제일 먼저 사이공 시청에
붉은 기가 올라갔다.

　호치민은 가냘픈 몸매, 구부정한 등, 듬성듬성한 염소 수염, 부드
러운 눈동자, 짚으로 만든 샌들, 고무줄을 넣은 헐렁한 바지를 입은
영락없는 촌로였다. 평생을 베트남 독립에 몸 바쳤던 그를 가리켜
베트남 사람들은 친근하게 '호 아저씨'라고 불렀다. 그는 홀홀단신
으로 살다가 1969년 9월 3일 79세의 나이에 심장마비로 죽었다. 9
월 9일 그의 장례식에서 군악대는 '남베트남을 해방하라'는 곡을 몇
번이나 연주했다.

　나는 그때 소총 소대의 말단 소총수로 매일 그 지루한 정찰 수색
을 나갔다. 우리는 그가 죽은 사실을 까마득히 몰랐다. 아무도 그
소식을 전해 주지 않았으니 우리들 사이에서 화젯거리가 되지도 않
았다. 설령 알았다고 한들 손뼉을 치면서 환호했을 리는 없다. 그가
죽은 후에도 전쟁의 양상은 전혀 변하지 않았으니까 말이다.

　호치민을 정점으로 한 베트남의 정치 지도자들은 청렴성과 도덕
성 때문에 인민들로부터 절대적인 신뢰를 받았다. 호치민의 사후에

도 서방 언론의 예측과는 달리 지도자들은 반목과 대립을 하는 대신 굳게 뭉쳐서 전쟁을 계속했고 마침내 승리했다.

이 전쟁은 공산주의가 아니라 서구 제국주의 세력에 대한 베트남 민족이 거둔 위대한 승리였다. 공산주의는 외피에 불과했고 깊은 속살에는 약소민족의 끈질긴 민족주의가 새겨져 있었다. 그들은 물리적 군사력이 아니라 불굴의 정신력과 의지, 무한한 인내심에 의해 기나긴 전쟁에서 승리한 것이다.

에필로그

그 옛날은 정신질환의 일종인 외상후 스트레스 장애 혹은 공황장애, 범불안장애 같은 사치스러운 병명을 모르던 시절이었다.

나는 그때 죽음의 공포 혹은 상실감 등 정신적 증상에서 헤어나오지 못했다. 절망적인 무감각증에 빠져 있었기 때문에 한동안 잠도 잘 자지 못했고 잘 먹지도 못했다. 너무 지친 나머지 미칠 것만 같았다. 그렇지만 울지는 않았다.

그런데 이런 증상은 전쟁터에서는 정신 상태가 항상 바이올린의 G선처럼 팽팽하게 긴장되어 있기 때문인지 나타나지 않는다. 하지만 귀국하고 나서 무사히 돌아왔다고 안심하면서부터 또는 제대하여 엄격한 규율이 지배하는 군대를 벗어나고서부터 억눌려있던 정신 상태가 한껏 이완되면서 과거의 쓰라린 기억들과 숱한 감정들이 소용돌이치며 분출해서 나타나는 것이다.

나는 그런 증상을 이겨내기 위해 과음하면서 술에 의존하기는 했어도 극단적으로 자살을 생각하거나 위험한 약물에 의존하지는 않았다. 시간이 약이니까, 시간이 흐르면 조만간 치유될 거라는 작은 희망을 품고 있었고 혹은 어떤 형태이든 구원이나 은총이 내려오지 않을까 막연하게나마 기대했다.

내가, 더는 젊지도 않지만 그렇다고 중년의 영역에 들어서지도 않은 삼십 대 중반을 지나면서부터 혹은 불혹지년의 나이를 지나면서부터 흐르는 세월이야말로 가장 좋은 정신적 치료제이어서 도저히 아물지 않을 것 같았던 그 심각한 상처는 내가 의식하지 못한 사이에 조금씩 회복되었다. 그렇다고 나에게 '좋았던 옛날'이 있었던 건 아니지만 말이다.

그렇다고 할 수 있다. 시간은 흐른다. 강물이 흘러서 먼 바다로 들어가는 것처럼 시간은 무한한 영원 속으로 흘러들어간다. 시간은 영겁의 회귀이다. 인간은 시간의 노예이다. 시간은 무거운 짐이다. 하지만 시간은 모든 것을 삼켜버린다. 시간은 모든 것을 포용하고 치유한다. 시간은 영혼의 약이다. 시간은 진리의 아버지다.

돌이켜보면 내 인생의 후반부는 평범한 일상을 회복하기 위한 기나긴 투쟁이었다. 그게 투쟁이라는 거친 표현을 써도 되는지 모르겠지만. 나는 그저 무난하고 편안하게 사는 것, 안정된 삶을 영위하는 게 인생의 유일한 목표였다.

그 시절 나는 경제적으로 너무 궁핍했다. 당장 먹고 사는 것이 문제였으니 생존의 두려움에 몸을 떨어야 했다. 속칭 보따리장수라고 하는 시간강사를 하며 겨우 연명했다. 누군가 '우리 삶의 목적은 그저 존재하는 것이 아니라 품위 있게 살아가는 것이다'라고 했지만 나는 도저히 품위 있게 살아갈 수 없었다.

(그 시절을 새삼스럽게 돌이켜보면) 나는 인간의 삶을 명료하게 이해하기에는 여전히 자아 형성이 되어있지 않았고 정신적으로 미성숙했다. 나의 마음 깊은 곳에는 아직 견고한 장벽이 존재했고 그 것을 스스로 허물 수 없어서 그곳으로 아무도 들어올 수 없었다. 인

간은 타인과 함께하지 않으면 존재 자체가 불가능한데 말이다.

나는 언제쯤 성숙한 어른이 되어 진짜 철이 들었던 것일까? 미성숙에서 성숙으로 이행과 자아의 정체성 확립에는 오랜 시간이 필요했다. 그러므로 내가 그걸 희미하게나마 깨닫기 시작한 것은 인생의 단맛 쓴맛을 다 겪고 난 훨씬 후의 일이다.

오랫동안 고대했던 정년이 보장되는 직장을 얻게 되고 뒤늦게나마 결혼도 하게 되자 그제서야 생활은 점점 안정되었다. 나는 벌써 직업적 타성에 젖었고 일상생활에도 익숙해지고 있었다.

그즈음에는 실제로 나는 나 자신에게 아주 중요한 존재라는 희미한 확신이 들었다. 나라는 존재의 실체를 온전히 느끼기 시작했기 때문이다. 이제부터 내 삶의 조건을 어떻게 만들어갈지 새롭게 결정해야 한다는 것을 그 어느 때보다도 명확하게 느끼기 시작했다.

인간에게 실존의 조건은 무엇인가? 나 자신에게 던지는 어떤 궁극적인 존재론적 질문이 아니다. 살아 숨쉬는 실제 인간의 삶의 문제이기 때문이다. 그렇다고 경제적 관점에서 삶의 조건을 말하는 것도 아니다. 어쩔 수 없이 다시 그를 생각한다. (장편소설 「사하라」의 주인공인) 김규현 말이다. 그가 겪은 인생역정에서 실존의 조건은? 삶의 궤적. 삶의 유동성. 의식과 무의식의 심층.

나는 지금까지 나름 세상을 살 만큼 산 중늙은이가 되었음에도 불구하고 그를 돌이켜보면 인간이란 무엇인지, 실존의 조건은 무엇인지 도무지 이해할 수가 없다.

한 인간을 이해한다는 것은 얼마나 어려운 일인가.

그는 공기처럼 가벼운 사람이 아니다. 가면을 쓴 위선자도 아니다. 결코 맹목적인 가벼운 삶을 산 것도 아니다. 그는 아름다운 영혼을 가진 불가해한 인물이다.

무엇이든지 다 정한 때가 있다.
하늘 아래 모든 일에 기한이 있고
모든 목적에 시기가 있나니
날 때가 있으면 죽을 때가 있으며
씨를 뿌릴 때가 있고 수확할 때가 있으며
죽을 때가 있고 치유할 때가 있다.

나는 어느새 육십이이순六十而耳順의 나이가 되어버렸다. 굴레가 덧씌워진 낡은 인생. 이때쯤에 점차 소멸되어 가는 추억의 희미한 발자국을 반추하면서 나의 굴곡진 삶의 총체적 의미를 어느 정도 이해한다는 일이 비로소 가능한 일임을 깨달았다. 하지만 내가 관심을 갖는 것은 인생에 있어서 성공과 좌절의 명확한 인과관계를 밝혀서 결산하려는 것이 아니었다. 오히려 원인과 결과의 영역 밖에 있는 성찰 (이 얼마나 철학적이고 이해하기 어렵고 전율을 느끼게 하는 말인가)에 대한 것이다.

지금 이 시점에서 솔직하게 말해야 하리라. 누굴 속일 수 있겠는

가. 더욱이 자신을 더 이상 속여서는 안 될 것이다. 내가 언제 진지하게 자기 성찰을 한 일이 있었던가. 그것은 무용한 짓이 아니었던가. 그렇다. 그렇고말고. 그렇게 되었다. 나 자신을 알려고 더 이상 애쓸 필요는 없었다. 그리고 내가 나로 다시 환원되어서는 안 될 것이다. (그런데, 인간은 아무도 위선과 허영심 때문에 자신에 대한 모든 진실을, 더욱이 남이 알까 두려운 추악한 진실은 자존심 때문에 절대로 말하지 않는다.)

나는 매일 아침 일찍 동네의 낮은 산을 오른다. 그건 산이 아니라 언덕이라고 해야 할 것이다. 언덕 너머에 뭐가 있어서 나를 기다리는 것은 없다. 그러나 그 언덕에는 계절이 되면 땅에서 초록색 싹이 솟아오르며 아름다운 꽃들이 피고 나무에는 파릇파릇한 새싹이 돋아나며 녹음이 우거지고 새들이 지저귀고 줄무늬다람쥐가 참나무 우듬지까지 기어오르니 온통 생명이 넘쳐나는 것이다.

나는 개체들의 아름다운 생명력과 영혼을 대할 때마다 기도를 드리고 싶을 만큼 경건한 감정을 느낀다. 그게 내가 바로 경배하는 신인 것이다. 그러므로 그 언덕에는 수많은 신들이 살고 있다. 저마다 개체 깊은 곳에 눈에 보이지 않는 신이 들어있지 않다면 어떻게 고귀한 생명체가 존재할 수 있을 것인가. 그렇다면 이 복잡한 세상에 왜 무서운 턱수염을 기른 위대한 하느님만이 신이라고 할 수 있겠는가. 니체가 「자라투스트라는 이렇게 말했다」에서 죽음을 선언한

신은 바로 그리스도교의 하느님이 아니었던가.

나는 인간과 세상이 한없이 두렵게 느껴지면서 이 세상에 미만해 있는 무수히 많은 생명체 속에 들어있는 신들의 존재를 믿지 않을 수 없게 된 것이다.

그러므로 나는 무신론자가 아니다. 회의론자도 아니다. 하지만 신들은 무수히 존재한다. 신은 단수가 아니라 복수이다. 이를 가리켜 유일신에 대한 다신론이니 다성음이니 다원주의라고도 할 수 있고 또는 그쪽에서는 불가지론자, 불신자라고 부르면서 혐오감을 드러낼 수도 있겠지만 그건 나하고는 관계없는 일이다. 그런데 '유일하다고'……? 이 복잡한 세상에 어떻게 하여 유일한 게, 유일한 진리란 게 존재할 수 있단 말인가?

내가 야전병원의 침대에 누워있을 때 매일 복용하는 엄청난 양의 진통제 작용 때문인지 몽롱한 채로 마치 하얀 새털구름 위에 떠 있는 환상에 사로잡혔었다. 이제 돌이켜보면 하얀 연기가 하늘로 올라갈 때 어떤 환영, 신의 환영을 어렴풋이 보았던 것이다. 믿을 수 없는 게 기억이긴 하지만 그렇게 기억한다. 나는 그때부터 신을 부정할 수 없었을 것이다. 신의 부정을 부정했을 것이다. 그러나 신의 존재를 그렇게 확신한 것은, 오랜 시간이 흘러간 뒤였다.

내가 인간이 얼마나 하찮고 왜소하다는 사실을, 이 세상에는 인간 이외에 타자가 엄연히 존재한다는 사실을, 신을 몰아내고 신이 사라진 언덕에 인간이 대신 올라설 수는 없다는 사실을 깨닫기까지,

그래서 신의 존재를 믿기까지는 가혹하고도 평생에 걸친 오랜 시간이 걸렸던 것이다.

그런 면에서 김현수 대위의 말이 옳았다. 신의 존재에 대해서는 너무 일찍 결론을 내릴 필요는 없었던 것이다. 인간은 변덕을 부리며 끊임없이 변하니까 말이다.

적자생존의 법칙이 적용되는 자본주의 사회에서 자식을 키우며 먹고 살려고 분투하는 사이 세월은 미처 깨달을 새도 없이 빨리 지나가 버렸다. 아버지의 처지가 바로 그런 것이다. 처자식이 딸리면 어쩔 수 없는 것이다. 치사한 것도, 부당한 것도 꾹 참아야 한다. (우리의 삶에서 제일 어려운 것이 자신의 신념을 고수할 때와 굽히거나 버릴 때를 아는 것인데) 필요하다면 이념도 신념도 헌신짝처럼 버려 버리거나 재빨리 바꿔야 한다.

나는 2000년대를 기준으로 구닥다리 구시대의 인물도 아니고 그렇다고 출랑거리는 신시대 인간도 아니다. 완전히 구세대에 속하기에는 너무 늦게 태어난 것이고, 신세대에 속하기에는 너무 일찍 태어난 것이다. 나는 원래 진보적 낙관론자였으나 오랫동안 흔들렸다. 그래서 한때는 더할 나위 없이 철저한 비관론자가 되었다.

하지만 1980년대를 지나오면서 그 엄혹한 시절에 아무런 반감도 저항도 없이 순응했으니 시대의 흐름이나 상황은 나와는 전혀 무관했다. 나의 오로지 관심사는 가정과 일, 일상생활 그 자체였다. 나는 삶이란 그 무게가 얼마나 가벼운 것인가를 마침내 깨닫기 시작한 때로부터 시간이 제멋대로 흘러가도록 내버려 두었고, 가급적 모든 일에 무관심했고, 너무 진지한 것을 싫어했고, 애써 그 무엇도 기다리지 않고, 그저 머뭇거렸다.

나는 그때쯤 노화하기 시작했으므로 휘어지기는 하지만 부러지지 않는 법을 본능적으로 깨달았다.

지금은 퇴행성 관절염이 조만간 생길 가능성이 있는 나이 탓에, 이마에는 자잘한 주름들이, 양쪽 볼에는 쭈글쭈글하다 못해 깊은 골이 패이고, 올챙이배처럼 배가 튀어나오고, 온몸은 군데군데 점점 커져가는 섬버섯이 독버섯처럼 나 있고, 다리와 팔은 점점 가늘어져 가고, 머리 가죽에 들러붙은 머리털이 온통 하얘진 탓에 어쩔 수 없이 고리타분한 꼰대가 되었다.

젊은 청년은 나를 보고 '세월이 흐른다면 나도 저렇게 늙을 텐데 저게 바로 내 모습일 거야'라고 생각할 것이고, 나는 젊은이를 응시하며 '나도 한때는 너처럼 젊었었지'라고 생각할 것이다.

다시 돌이켜보면 그 전쟁이 끝난 지가 언제인가. 까마득하게 느껴진다. 나는 진즉 그 옛날 그 시절의 나와는 연결 고리가 끊어져 있다. 기억이라는 것이 하루아침에 한꺼번에 남김없이 잊히는 건 아니지만, 벌써부터 기억에 크고 작은 구멍이 뚫리면서 그저 조금씩, 하나씩 부스러져서 사라진 것이다.

우리는 잊는다. 기억하고 싶지 않은 일은 잊게 된다. 절대 잊을 수 없다고 생각한 것들도 너무 빨리 잊는다. 어쩔 수 없는 일이다.

그렇지만, 솔직히 고백하건대, 내가 죽지 않고 살아서 무사히 돌아왔을 때는 말로 표현할 수 없을 만큼 쾌감과 안도감을 느꼈다. 한동안 트라우마로 고생하긴 했지만 나는 자신이 싸운 그 전쟁을 가끔 기억하면서 향수에 젖기도 한다. 나는 젊은 날의 통과의례를 무사히 통과했고 삶과 죽음의 의미를 아주 일찍 깨닫게 되었으니 그만큼 빨리 훌쩍 인간으로 성장한 것이다.

내가 언제 죽음을 갈망했던가. 중요한 건 인생이다. 아! 아름다운 인생이여. 삶에의 의지. 그러니 이제는 그 과거의 일들을 대수롭지 않게 까발릴 수 있게 된 것이다.

나는 지금 부부가 사립학교교직원연금법에 따라 연금을 받으니까 경제적으로 안정되어 있고 가정생활은 원만하여 아무런 근심 걱정이 없으니 매일 명랑하고 유쾌하다. 내 인생의 과정은 행복과 불행이 뒤섞이면서 어느 정도 균형을 잡은 것이다. 내가 무엇 때문에 수도승처럼 살 일이 있겠는가. 행복이란 게 무엇인지 정확히 알지는 못하지만 시쳇말로 하는 그런 행복이라면 정말 행복하다고 할 수 있다. 그건 구제불능의 행복이지만 말이다.

그러므로 무장해제된 것처럼 정신적 고뇌는 나날이 희미해지고 지워지기 시작했다. 내 삶이 육상선수처럼 빨리 달려가고, 먹이를 낚아채려고 빠르게 내려오는 독수리처럼 날아가는데, 지금 가혹한 시험을 하여 자신을 괴롭힐 하등의 이유가 없다.

미국의 문명사학자 윌 듀런트는, 결혼하면 남녀를 불문하고 그다음 날부터 이미 다섯 살쯤 더 나이를 먹고 청춘은 끝난다고 했다. 그러므로 중년은 결혼과 함께 시작된다는 것이다. 나의 경험에 비추어 봐도 내가 30대 말쯤에 결혼했는데 그때 내 굴곡진 청춘은 막을 내렸다고 할 수 있다.

단테 알리기에리 역시 나이 35세쯤에 '우리 삶의 노정 중간'에 이른다고 했다. 그런데 나는 지금 산술적으로나 정신적 육체적으로 삶의 노정에서 중간보다 훨씬 멀리 와 있다.

내친김에 말하자면, 남자건 여자이건 좋은 배우자를 만나 백년해로를 하는 건 인생에 있어서 가장 큰 행운이라고 할 수 있다. 나는 시간강사 시절 경제적으로든 정신적으로든 많은 고통과 시련을 겪고 있었는데 그때 버팀목이 되어 나를 지켜준 것이 지금의 아내이다. 여기서 아내의 이름을 굳이 밝힐 필요는 없겠지만. 어쨌거나 아내 덕분에 그녀가 수학 교사를 했던 고등학교에 교사로 자리를 잡았고, 결혼 후 안정을 찾으면서 우리의 삶은 순풍에 돛단 듯 더할 나위 없이 앞으로 나아갔다.

결혼은 내 인생 역정에서 마지막 파랑새였다.

인생은 너무 빨리 지나가고 남은 시간은 언제나 너무 적다.

(그런데 나이 든 사람은 지혜가 있거나 총명한 것이 아니라 단지 노회하고 능구렁이가 될 뿐이므로) 나는 필요할 경우 다소간 권모

술수와 감언이설을 사용하는 것은 불가피하다고 생각하고 있고, 다른 사람들이 날 어떻게 생각하는지 그런 것에는 전혀 관심도 없고, 오히려 부동산 투기와 주식투자를 해서 재산을 많이 모으는 데 관심이 많다. (물론 관심뿐이긴 하지만 말이다.) 돈이란 이 정도면 충분하지, 라고는 도저히 말할 수 없는 고귀한 것이기 때문이다.

삶의 매 단계마다 겪게 되는 정체성의 위기와 정체성의 변태기는 지금 나에게는 이미 지난 날의 일이다.

지금 내가 스스로 말할 수 있는 나의 정체성은 무엇인가.

전직 고등학교 국어 교사, 그 전에는 오랫동안 시간강사, 매월 얼마간의 연금을 받는 월남전 참전 유공자, 늙은이, (외손자, 외손녀를 하나씩 둔) 할아버지, 신에 대한 참된 통찰이 불가능한 무신론자 또는 불가지론자, 아니면 범신론자 또는 유신론자, 시인이 되고 싶었지만 불가능했던 불우한 가짜 시인, 예술은 결국 자연을, 삶을 모방할 뿐이라고 믿는 어설픈 문학이론가.

나는 지금 오래 살기 위해서 건강식과 값비싼 보약을 열심히 먹고 있다. 그렇지, 오래, 오래 살아야만 한다. 아직 충분히 오랫동안 산 것은 아니라는 생각이 든다. 편리한 현대의 발명품들 (컴퓨터와 인터넷, 스마트폰 등), 눈이 핑핑 돌 정도로 바뀌는 덧없는 유행들, 분주하고 변화무쌍한 삶은 생의 의욕을 북돋아 준다.

이 좋은 세상에. 장수의 비결이 뭘까. 그래야만 손주들이 크는 모습을 지켜보고 그들의 결혼식에도 참석할 수 있을 것이 아닌가.

그러므로 술은 더 이상 한 모금도 입에 대지 않는다. 술을 마셔도 즐겁지 않고 건강만 해치는데 그걸 왜 마시겠는가. 그래도 가끔은 울적할 때가 있고 그러면 몇 번이고 토할 만큼 혼자서 술을 많이 마신다. 그때는 며칠간 숙취로 고생하리란 걸 알고 있지만 여러 차례 차수를 변경해가며 작정하고 마신다. 그러고 싶은 것이다.

밤이 깊어 갔다. 창백한 초승달이 잿빛 어둠에 싸인 도시 거리와 뒷골목을 어루만지고 있다. 희미하게 잊혀져가던 옛이야기의 작은 조각들이 마음속에 되살아났고 어쩔 수 없이 주마등처럼 기억의 파노라마가 펼쳐졌다. 그때는 통증과 함께 깊은 허무감을 느꼈다.

나는 오래전부터 한 달 간격으로 염색을 하고, 매일 종합비타민 알약과 고지혈증약, 혈압약을 복용한다.

나는 틀림없이 꼰대 중의 꼰대이다. 심술 첨지처럼 고집만 늘어나서 확증 편증에 사로잡혀 있다. 그리스도는 '진리가 너희를 자유롭게 하리라'라고 했지만 나는 자신이 믿고 싶어 하는 내용이거나 나에게 유리하다고 여겨지는 진리만을 받아들인다.

그렇지만 지금도 거리에서나 카페에서 아름다운 여자를 만나면 몰래 훔쳐보면서 감탄을 하고 주책없이 가슴이 두근거린다. 나는 발끝부터 시작해서 머리끝까지 몸매의 부드러운 곡선을 따라 전체를 쭉 훑는다. 나는 그녀를 나체로 완전히 벗긴다. '다리는 날씬하고 …… 괜찮은데 …… 엉덩이는 더할 나위 없이 탱탱하다고. 엉덩이와 다리야말로 여자의 신체 중에서 가장 짜릿하고 흥미로운 부분이

거든. 거기에 뭐가 숨겨져 있으니까. 내 관점은 그렇다니까.'

그 아름다움에 넋이 빠져버린다. 나는 문득 우리말 중에서 부드러운 모음으로 시작해서 수많은 의미를 함축한 '아름다운'이라는 말을 참 좋아했다는 생각이 들었다. 아름다운 인생, 아름다운 사랑, 아름다운 세상, 아름다운 추억 등등.

나는 때때로 예쁜 여자들이 눈에 띄기를 바라면서 한껏 점잔을 빼며 강남역 대로를 천천히 걷는다. 그런 여자들이 나의 우울한 기분을 한껏 북돋아 주니까 말이다. 하지만 마주치는 여자들마다 출랑거리는 어린애처럼 재잘대며 빠르게 지나쳐 갔다. 나는 너무 실망하여 낮은 신음소리를 내뱉으며 뒷골목 카페로 숨어 들어가 커피를 마셨다.

내 가슴에 옛날 노래가 돌아왔다. 세상에! 시간은 왜 그렇게 빠르게 지나가 버렸을까? 나는 어김없이 만났다가 헤어지고 다시 만나고 다시 헤어진 몇몇 애인들을 추억한다. 우리는 만나는 동안 싸운 적도 전혀 없고 말다툼한 적도 전혀 없는데 말이다. 그녀들은 그때 더욱더 공들여 자신들을 치장했다. 흘러넘치는 욕망 때문에 부르르 몸을 떨었다. 잠언에서 말하길 '도둑질한 물이 달고 훔쳐먹은 빵이 맛있다'고 했는데 그건 여자의 경우에도 마찬가지이다. 섹스의 쾌락에 빠져 관능으로 지새운 황홀한 밤들을 기억하면 잠시 흥분하면서 온몸이 뜨거워진다.

인간은 태어나고 성장하고 병들고 고통을 받고, 그러다가 죽는다는 걸 내가 왜 모르겠는가. 그러나 (노망만은 들어서는 안 되지만) 더 오래 살아야 할 이유가 너무 많다. '이미 충분히 살았다'라고 말할 수 있을까. 인간의 기대 수명이 얼마나 늘어났는데.

그러니까 나는 아직 노인성 치매 증상은 나타나지 않고 있다. 하지만 노인이 되면 어린애가 된다고 하더니만 제2의 유년기에 접어들었다. 유년기와 노년기가 비슷한 점은 무엇일까. 두 경우 모두 사리를 가릴 줄 아는 지각 능력인 철이 안 들면서 유치하다는 것이다. 유년기는 철이 들기에는 이른 시기였고 노년기는 들었던 철이 서서히 빠져나간다.

우리 사회는 노년기에 접어든 사람은 특정 연령 계층으로 보지 않는다. 어느 정도의 나이가 들면 그냥 노인일 뿐이다. 60세든, 70세든, 90세든 말이다. 그래서 노인은 천민계급으로 취급될 뿐이다. 젊은이들이 노인을 보는 눈은 매우 이율배반적이다. 자신들은 끊임없이 감정이나 욕망을 마구 배출하면서 개방적이지만 유독 노인들에게는 그래서는 안 된다고 엄중한 도덕성을 요구한다. 노인이 설 자리는 없다. 노인을 위한 나라는 어디에도 없다.

노인들은 자신의 현실 생활에 뿌리를 내리고 자신의 인생을 사는 것이 아니라 사회에서 철저히 소외되면서 근거 없는 환상 또는 망상의 세계로 도피해서 다른 인생을 사는 것이다.

그렇지만 나는 그러고 싶지는 않았다.

내 인생에서 특별히 행복했던 시절, 그러니까 최고로 좋은 시절은 없었다. 그렇지만 어느 시기 이후에는 크게 낙담하고 슬펐던 시절도 없는 것으로 기억된다. 그게 있었다고 한들 진즉 망각 속으로 집어넣어 완전히 잊어버렸다. 잊어버리지 않으면……. 내 인생은 단조로운 삶이었고 지루한 나날이었다는 생각밖에 들지 않지만…… 그저 그랬다. 그게 전부다.

내 인생 여정이 실존적 관점에서 의미 있고 보람이 있었거나 공허하고 무의미했건 간에, 혹은 내 인생의 수준이 어떻든 상관 없이 한 인간으로서 나는 내 자신의 인생 이야기에서 분명한 주인공이고 유일한 저자이다.

나는 지금까지 시간이 어떻게 흘러갔는지 깨닫지 못했지만 노년기에만 맛볼 수 있는 기쁨과 즐거움이 있고 슬픔과 고통이 있기 때문에 더 이상 자기혐오와 자기부정에 빠지지 않는다.

그렇다고 해도 내 삶과 인생이 점차 해어지며 스러져가고 있다. 지금 죽음이 끈질기게 나를 기다리고 있다. 우리의 삶에서 확실한 것은 바로 죽음이다. 삶은 밝고 행복하지만 죽음은 어둡고 슬프다고 생각할 수 있을까. 죽음도 평온하고 자비로울 수 있지 않겠는가.

생명이 고귀한 것처럼 죽음 역시 고귀한 것이다.

우리는 유한한 생명에 만족해야 한다. 영원히 불멸의 존재로 살아야 한다면 그것처럼 비극은 없을 것이다. 인간의 시간은 짧다. 나는 소멸의 과정 중에 있다. 안락사를 원치 않는다. 나는 아무 흔적도 남기지 않고 사라질 것이다. 자연의 순리에 맡기겠다.

내가 믿는 신의 세계에는 천당도 없고 지옥도 없다. 환생을 믿지도 않는다. 나를 점점 잃어간다고 해도 나는 분리가 불가능한 동일한 연속체인 삶과 죽음의 중요성을 알고 내 마음의 깊이와 인간 감정의 고귀함을 알고 있으니 여전히 나 자신으로 남아 있으리라.

마지막 순간까지⋯⋯.

죽은 자여, 무덤 속에서 평화롭게 잠들라.
산 자들이여, 삶을 누리도록 하라.

작가의 말

우리가 1969년 2월 부산항 제3부두에서 미 해군 수송선에 승선하여 동중국 해와 남중국 해를 지나는 일주일 간 긴 항해 끝에 도착한 곳은 베트남 남쪽의 나트랑 (나쨩)항이었다. 거기서 바로 거대한 미군 보급창 기지가 있는 캄란 베이 입구 수진 마을 근처 백마부대 30연대 본부로 군용 트럭을 타고 이동했다. 나는 20개월 복무를 마치고 1970년 10월 캄란 베이 부두에서 미 해군 수송선을 타고 왔던 길을 되돌아서 귀국했다.

내가 마지못해 베트남을 다시 찾은 것은 2010년 이후의 일이었다. 지금은 우리나라 사람들이 동남아에서 가장 많이 찾는 관광지가 베트남이다. 삼성전자나 LG전자 등의 현지 공장이 진출해 있어 그 곳 젊은 이들의 선망의 직장이 되고 있다. 베트남 대학들의 한국학과 학생들은 한국으로 여행이나 유학이 꿈이다. 많은 베트남 처녀들이 한국 농촌으로 시집을 온다.

우리나라가 베트남 전쟁에 참전한 것은 (6·25 전쟁이 끝난지 불과 11년만인) 1964년 9월이었고 마지막 철수한 것은 1973년 3월이었다. 그리고 외교관계가 정식 수립 된 것은 1992년이었다. 미국은 1994년 2월 베트남에 대한 경제제재 조치를 해제하고 1995년 7월 양국 관계의 정상화가 실현되었다.

불과 20여년만에 국교가 정상화되고 평화스러운 관계가 수립되었는데 격세지감을 느껴야할까? 감개무량하다고 해야할까? 왜 그렇게 목숨을 걸고 전쟁을 수행했단 말인가? 무슨 전쟁의 의미가 있었단 말인가? (전쟁 기간 동안 베트남에서는 1,500만 명의 사상자가 발생했다.

최소한 각 가정마다 1명씩은 전사 아니면 부상당한 사람이 있었다.)

호치민 (본명은 구엔 타트 탄)은 그 당시 구부정한 등, 가냘픈 몸매, 듬성듬성한 턱수염, 짚으로 만든 샌들, 고무줄을 넣은 헐렁한 검은 바지 차림의 노인이었다. 60년 이상을 베트남 독립에 몸바쳤던 '호 아저씨'는 1969년 9월 심장마비로 사망했다. 팔십 평생을 홀홀 단신으로 살다가 그렇게 죽은 것이다.

1973년 1월 미국은 베트남을 떠나기 위해 파리에서 평화협정을 체결했다. 1975년 4월 남베트남의 티우 대통령은 금괴 2톤을 가지고 몰래 조국을 떠났다. 4월 30일은 사이공 마지막 날이었다. 사람들은 일상생활에서는 여전히 사이공이라고 불렀지만 지도에서는 그 지명이 사라지고 '호치민 시'가 되었다. 베트남이 통일된 지 2년 후인 1977년 9월 **베트남사회주의공화국**이 유엔에 가입했다.

우리는 "왜 여기서 싸워야 하는지?" 끊임없이 의문이 들었다. 우리들에게 정부의 공식적인 전쟁 명분은 전혀 중요하지 않았다. 그저 국가가 명령했기 때문에 와서 싸울 뿐이었다. 민주주의와 공산주의 대결에서 자유와 평화를 위해서라는 정부의 선전은 그저 애매모호한 추상적인 것에 불과했다.

우리들은 언제든지 대체 가능한 보충병에 불과했다. 우리들이 어떤 삶을 살았고 어떤 개성을 지닌 인물이건 간에 군복을 입는 순간 똑같은 전쟁 부품으로 취급되었다.

열대의 폭우, 맹렬한 더위, 위협적인 정글, 전투를 위한 끝 모를 행군. 화약 냄새, 땀 냄새, 오줌 냄새, 피 냄새, 시체 썩는 냄새.

전쟁터에 던져진 우리들은 자주 자신이 개성과 존엄을 가진 인간임을 망각했다.

기억과 망각은 서로 반대이면서 상호적이어서 동전의 양면과도 같다. 기억은 항상 망각과 싸우지 않으면 안 된다. 망각되었다고 영원히 잊혀진 것이 아니며 반대로 기억 속에 있다고 영원히 잊혀지지 않는 것도 아니다. 잊은 것을 어떻게 기억한다는 것이며 기억하는 것을 어떻게 잊을 수가 있다는 것인가.

전쟁소설은 기억과 상상의 혼합물이다. 기억에만 의존한다면 그것은 회고록이나 수기일 뿐이다.

나는 성장소설이나 사회비평소설을 쓰고 싶지 않았다. 그러므로 냉전시대 민주주의와 공산주의 이념 대결에서 서로 이념적 우월성을 강조하기 위해 벌이는 말의 잔치가 주제가 될 수 없다.

참혹한 전투 경험, 전쟁의 허무, 전쟁이 가져오는 인간의 비극, 전쟁에서 귀환 후 겪는 트라우마, 인간의 발가벗겨진 모습을 보여주고자 한 것도 아니다.

삶의 연장선상에 있는 죽음을 향해 걸어가는 인간의 기억과 망각에 관한 이야기.

모든 전쟁의 공통점은 인간이다.

전쟁은 젊은이들을 희생시키기를 좋아한다. 전쟁은 흥미진진한 역사소설을, 평화는 지루한 소설을 만들어낸다. 전쟁을 경험하지 못한 자들에게는 전쟁이 즐거운 것이다. 전쟁을 선포하는 것은 노인들이지만 싸우고 죽는 것은 젊은이들이다. 또한 전쟁에 뒤따르는 고통과 슬픔과 승리도 젊은이들의 몫이다. 사람은 누구나 가난, 사랑, 전쟁을 알기 전에는 인생의 맛을 전부 맛보지는 못한 것이다.